Petronius Arbiter

Satyrikon

Die Begebenheiten des Enkolp

Übersetzt von Wilhelm Heinse

Petronius Arbiter: Satyrikon. Die Begebenheiten des Enkolp

Übersetzt von Wilhelm Heinse.

Der Schelmenroman entstand um 55/65 n. Chr. Erhalten sind nur Fragmente. Der Text folgt der ersten deutschen Übersetzung von Wilhelm Heinse, 1773.

Neuausgabe
Herausgegeben von Karl-Maria Guth
Berlin 2016

Dieses Buch folgt in Rechtschreibung und Zeichensetzung obiger Textgrundlage.

Umschlaggestaltung von Thomas Schultz-Overhage unter Verwendung des Bildes: Konstantin Egorovič Makovskij, 1904

Gesetzt aus der Minion Pro, 11 pt

Verlag: Henricus - Edition Deutsche Klassik GmbH
Mörchinger Str. 33, 14169 Berlin, info@henricus-verlag.de
Druck: Libri Plureos GmbH, Friedensallee 273, 22763 Hamburg

ISBN 978-3-8430-9121-3

Bibliografische Information der Deutschen Nationalbibliothek

Die Deutsche Nationalbibliothek verzeichnet diese Publikation in der Deutschen Nationalbibliografie; detaillierte bibliografische Daten sind im Internet über www.dnb.de abrufbar.

Vorwort

Leserinnen und Leser!

Hier übergeb' ich Ihnen den Roman des Petron in die teutsche Sprache übersetzt. Ohne allen Zweifel ist Ihnen allen der Name dieses Aristippischen Wollüstlinges schon bekannt; ob Sie aber alle sein so genanntes Satyricon gelesen haben werden, kann ich nicht so gewiß wissen, da es durch Mönche, die vermuthlich aus dem sündlichsten Saamen gezeugt waren, und durch Erklärer und Verbesserer so sehr verunstaltet worden, daß es schwerlich zu lesen ist.

Ich wünsche und hoffe, daß Sie durch diese Übersetzung den Mann besser kennen lernen mögen. Man hat zwar auch sechs französische Übersetzungen von diesem Romane, aber ich weiß nicht, welcher feindseelige Dämon die Verfasser davon verhinderte, daß sie, wie ich und andere Leute glauben, sehr selten den Gedanken des Petron, und den Ton, in welchem er ihn sagte, getroffen haben; – und dennoch glaubte Jeder, daß er den Petron am besten übersetzt, so – wie auch ich es glaube.

Wir sind alle Menschen. Entschuldigen wir die nothwendigen Fehler der Menschheit! Man kann nicht, ohne eine Sünde zu begehen, von dem geringsten Erdensohne verlangen, daß er sich selbst für unwissend und kein Genie halten solle.

Sie dürfen nicht darüber erröthen, wenn man Sie bey Lesung dieser Übersetzung antreffen wird. Ich weiß es sicherlich, daß diesen Roman die keuschesten aller Göttinnen, die Grazien, selbst gelesen haben. Schalkhaft spotten sie in einem gewissen Gedichte, welches man ihnen entwendet, über den Enkolpion, daß er bey der reizenden Circe – sich nicht besser aufführte. Die Erzählungen des *Boccaz, la Fontaine und Crebillon* sind weit ärger; und welche Dame unter Ihnen und welcher Herr wird sich schämen, diese gelesen zu haben, zu lesen und noch vielmahl lesen zu wollen?

»Das wollen wir schon besorgen, Herr Übersetzer! wenn nur die Übersetzung gut gemacht ist! –«

Sie ist ganz vortrefflich! das werden Sie sehen! –

Nun muß ich Ihnen vor allen Dingen was von den Lebensumständen des *Petron* erzählen.

3

Wir wissen nur aus dem *Tacitus*, einem sehr heiligen und strengen Geschichtschreiber, was gewisses von ihm. Dieser erzählt seinen Lebenslauf, wie folget.

»Er brachte den Tag mit Schlafen zu, und die Nacht mit Geschafften und den Freuden des Lebens. Andere Menschen werden durch Fleis berühmt, dieser aber wurde es durch seine Unthätigkeit. Man konnt' ihn für keinen Hurer und Verschwender halten, der wie die mehrsten das seinige verpraßte, sondern für einen gelehrten Wollüstling. In seinen Reden und ausgelassenen Handlungen war eine gewisse Nachlässigkeit, welche unter dem Schein einer edeln Einfalt Iedem angenehm war. Doch zeigte er sich als Proconsul in Bithynien und gleich darauf, als Consul, wie einen Mann, der fähig sey, wichtige Geschäffte mit Munterkeit auszuführen.

Nachdem er frey davon war, so zog ihn sein Hang zum Vergnügen wieder auf das Blumenlager einer verfeinerten Wollust und er wurde unter die wenigen Günstlinge des *Nero*, als *Oberaufseher* über seine Vergnügungen aufgenommen, und Nero hielt nichts für angenehm, als was ihm sein Petron dafür empfolen hatte.

Tigillin wurde deswegen auf ihn eyfersüchtig, als seinen Nebenbuhler, der ihn weit in der Kenntniß der Wollüste übertraf. Er griff also die Grausamkeit, die Hauptleidenschafft des Monarchen an, beschuldigte den Petron, daß er ein Mitverschworener des *Scevin* sey, bestach einen Sklaven, daß er ihn angab, und damit ihm alle Mittel zur Vertheidigung benommen wären, ließ er den größten Theil seiner Familie in Bande werfen.

Von Ohngefehr reiste der Kaiser zu dieser Zeit nach Campanien bis nach Cumen; woselbst Petron aufbewahrt wurde. Dieser konnte den Zustand zwischen Furcht und Hoffnung nicht länger erdulten; doch nahm er sich nicht plötzlich das Leben, sondern ließ sich die Adern öffnen und, wie es ihm gefiel, wieder verbinden und wieder eröffnen. Während dieser Zeit unterhielt er sich mit seinen Freunden, aber nicht von ernsthafften Dingen, als wenn er den Ruhm eines standhafften Weisen erlangen wollte, sondern er scherzte mit ihnen. Nichts wurde von der Unsterblichkeit der Seele und den Lehrsätzen der Philosophen gesprochen, sondern *leichtfertige Gedichtchen liebliche Verschen wurden gesungen*. Einigen von seinen Sklaven gab er Geschenke und einige ließ er züchtigen. Er gieng unter grünen Lauben spazieren und schlummerte bisweilen, so daß er seinen gezwungenen Tod in den besten natürlichen verwandelte.

In seinem Testamente schmeichelte er weder dem Nero, wie es die mehresten seiner Vorgänger gemacht hatten, noch dem Tigillin, noch irgend einem andern Günstlinge, sondern beschrieb die schändlichen Handlungen des Tyrannen unter den Namen von Buhlern und Buhlerinnen, und schilderte ihm jede seiner neuerfundenen Arten von Hurereyen, und übersendete versiegelt diese Schrifft dem Nero, und zerbrach den Ring, mit welchem er sie versiegelt hatte, damit man nicht andere damit in Gefahr stürzen könne.

Nero konnte lange nicht ausfindig machen, woher er die Begebenheiten seiner Nächte erfahren hätte; endlich fiel der Verdacht auf die *Silia*, die sehr wohl bekannte Gemahlin eines Senators, welche er selbst zu allen Arten von Wollust gebraucht, und die eine sehr gute Freundin von Petron war.

Sie wurde aus Rom verbannt, weil sie zu ihrer eignen Schande nicht verschwiegen, was sie gesehen und erdultet hatte. –«

Soviel erzählt *Tacitus* vom *Petron*.

Höchst wahrscheinlich ist es also, daß der Verfasser dieses Satyricons der nämliche Petron sey.

Verschiedene Gedanken darinnen sind Kinder von einem Geiste gebohren, den eine *Aspasia* unter dem süßesten Ionischen Himmel erzogen zu haben scheint. Was für reine Empfindungen der Wollust sind nicht in der schönsten römischen Musensprache in diesem Gedichtchen besungen:

> Welch eine Nacht! ihr Götter und Göttinnen!
> Wie Rosen war das Bett! da hiengen wir
> Zusammen im Feuer und wollten in Wonne zerrinnen!
> Und aus den Lippen floßen dort und hier
> Verirrend sich unsre Seelen in unsre Seelen!
> Lebt wohl ihr Sorgen! wollt ihr mich noch quälen?
> Ich hab' in diesen entzückenden Secunden,
> Wie man mit Wonne sterben kann, empfunden!

Anakreon, Horaz, Ovid, Chaulieu und *Dorat* und selbst Tibull haben die Wollust nie so schön empfunden besungen! – wenn ich eben iezt nicht zu parteyisch bin, wie ich nicht glaube. Man halte nur dieses einzige Gedichtchen zu den Zügen, welche Tacitus von seinem *Petron* gemacht hat, so wird man den nämlichen Mann finden, oder ich müßte nicht empfinden können. Auch hier findet man diese reizende Nachlässigkeit, welche unter dem Schein einer edeln Einfalt Iedem angenehm war. Er starb beynahe wirklich, wie er hier sterben wollte. So starb vermuthlich *Aristipp, Horaz* und *Mäcen*; und wie sie und *Ovid* sterben wollten, *Laidion.* –

Er lebte mehr nach der Philosophie des Aristipp, als des Epikur, welcher leztere nur ein hochmüthiger Schüler des Aristipp war und dessen Lehrsätze für seine eignen ausgab. Wie *Boccaz* und der jüngere *Crebillon* in der Lehre von der Liebe verschieden sind, so waren vielleicht *Epikur* und *Aristipp* es in allen. Dieser Unterschied läßt sich mehr empfinden, als deutlich beschreiben.

Die *Gelehrten* behaupten, daß dieser Roman die nämliche Schrifft sey, welche er dem *Nero* in seinem Testamente übersendet habe. – Ich weiß nichts davon. Wenigstens find' ich nicht viel von dem darinnen, was nach dem Berichte des Tacitus darinnen stehen sollte. *Circe* könnte *Silia* seyn; und wahrscheinlich kann man das machen; und *Quartilla* eine andere Buhlerin des *Nero*. Aber schwerlich wird man in dem *Enkolp, Eumolp* oder *Trimalcion* den *Nero* finden können. Die gewisse Geschichte des *Nero* zeigt uns einen ganz andern Mann. Ich überlaß' es, wie es sich geziemt, der Willkühr der Leserinnen und Leser, in den Personen dieses Romans zu finden, wen sie wollen, da sich nichts gewisses darüber sagen läßt.

Petron hat ia ausser seinem Testamente noch mehr geschrieben, wie wir von den Alten wissen; und es ist nicht wahrscheinlich, daß er das schöne Gedicht auf den bürgerlichen Krieg dem Kaiser in seinem Testamente, als eine Satyre mit übersendet habe. Vielleicht übersendete er ihm nur einige Fragmente von diesem Romane, welche insbesondre ihn betrafen; z. B. die Begebenheiten des Enkolp mit der Circe und der Quartilla, nachdem er den ganzen Roman vorher seinen Freunden übergeben hatte, und noch andere Stücke davon, welche verlohren gegangen sind – doch das sind Muthmasungen, und weiter nichts.

Und so viel denn von dem Verfasser dieser Schrifft.

Nun muß ich mich wohl bey den strengen, tugendhaften Weisen vertheidigen, daß ich diese Schrifft übersetzt habe. Ich habe alle Hochachtung und Verehrung gegen diese Männer in meinem Busen, die man von einem edeldenkenden Menschenkinde verlangen kann. – Die weinerlichen, triefäugigen Dudeldumianer rechn' ich freylich nicht zu diesen Weisen; diese verdienen *höchstens* ein muthwilliges Gelächter. – Nein! bey denen Männern will ich mich vertheydigen, die so denken, wie der Verfasser des Jahres zwey tausend vier hundert und vierzig, welcher den Petron, so wie die Sappho und unsern vielgeliebten Anakreon, samt dem Catull und ihres gleichen, aus einer Republik, die von Weisen regiert wird, verbannet.

Meine Herren

Wenn das menschliche Geschlecht den Grad von Vollkommenheit, noch bey meinen Lebzeiten, wird erreicht haben, welchen *Confucius* und *Sokrates* und alle deren Nachfolger ihm wünschten – welchen *Xenophon* und der träumende *Plato* und *Morus* und *der Verfasser des Jahres 2440* und besser als alle *Helvetius* und reizender als alle *Wieland* – in ihren goldenen Spiegeln den sehenden Erdenbürgern zeigten, – und *Pindar, Virgil* und *Horaz* und *Gesner, Wieland, Gleim* und *Jakobi* und der *achtzehnjahrhundertige Voltaire* denen, die da hören, vorsangen –

Dann will ich grausamer, als *Gregor*, der Griechenverbrenner, unerbittlicher, als der *Pfarrer* im *Don Quischott* mithelfen ins Feuer werfen – alle Ausgaben des *Petron, Lucian, Boccaz, Molza, Casa des Erzbischoffes, Lazarelli, Berni, Bembo des Cardinais, Aretin, Dolce*, des sechssinnichten *Grecourt* und des geliebten *la Fontaine* und *Crebillon* – alle Komödien – ausser zwoen von *Leßingen* – alle Tragödien – ausser denen des *Shakespear* und ** und ** und **** – und alle Romanen – ausser meinem *Don Quischott, Tom Jones* und *Agathon*! (das könnt' ich unmöglich thun, und wenn man mich mit der Tortur dazu zwingen wollte, daß ich nur einen davon, wie gewisse Censoren an der D** mit Füßen träte – welche Distelgeister!) – und kurz!

Alle Bibliotheken zusammen irgend hundert Bücher noch ausgenommen. Denn fast alles, was gut und schön geschrieben worden ist, entfernt uns von dem Genuße der unschuldigen Freuden der Natur, wie Sirenengesänge den Ulysses, auf Klippen, an welchen unsere Glückseeligkeit den erbärmlichsten Schiffbruch leidet; und dann waren die Griechen die weiseste Nation, das auserwählte Volk der Grazien und Musen, und hatten wenig Bücher, mit welchen Pedanten der Jugend ihr jugendliches Leben hätten abstehlen können.

Aber da wir sehen und hören, daß alles Singen und Sagen der Weisen nichts fruchtet, daß alles seinen alten Gang gehet – daß die schnurgeraden ordentlichen Republiken des göttlichen Plato und des Bürgers des Jahres 2440 niemals gewesen sind und nie seyn werden, so lange uns nicht ein *Pygmalion* die Gnade anthut, uns in stählerne oder hölzerne Maschienen zu verwandeln, und so lange nicht alle Gegenden des Erdbodens den fünf und vierzigsten Grad der Breite erhalten, so wollen wir uns denn auch keines Verbrechens schuldig gemacht zu haben glauben, wenn wir eine sehr wohlgerathene Übersetzung des Petronischen Romans den ehrlichen Teutschen zu Nutz und Vergnügen drucken lassen. – Wir würden es so nicht über das Herz bringen können, einige von unsern Lieblingsautoren, welche wir oben, den strengen Herrn zu Gefallen, genannt haben, auch in einem Elysium, wo sie selbst wären, ins Feuer zu werfen. –

Man dürfte wenig Bücher lesen, wenn man keines lesen dürfte, woraus ein Narr oder Geck Gifft für seines Geistleins Seeligkeit hohlen könnte. Die besten Bücher können schaden. Wie mancher hat sich schon durch die Gesichter in der Offenbahrung Johannis, einem der heiligsten Bücher, nach der gründlichen Meinung der allergrößten Gottesgelehrten, die Nerven in seinem Gehirne verrückt! Soll man es deswegen nicht lesen und sich daraus herzlich erbauen? Hat nicht der tapfre Schweizer *Lavater* in diesem Buche die besten Gründe für das tausendjährige Reich der christlichen Kirche und die herrlichsten Aussichten in seine herrlichen Aussichten in die Ewigkeit gefunden?

Wie viel gute Lehren kann man aus den Erzählungen des *Boccaz* und der *Margarethe von Navarre* und des *Hanns la Fontaine* und *Rosts* und *Wielands* lernen? Wie sehr kann man sich auch darüber erbauen und sich freuen? Welch eine seelige Wonne kann man bey dem *Sopha* des *Crebillon* und seinem beliebten *Schaumlöffel* empfinden? Wenige unter uns Weibeskindern verstehen freylich die Kunst, wie die Bienen, das Honig zu suchen! Aber liegt die Schuld an uns unschuldigen Übersetzern, Erzählern und Dichtern?

Die Dichter, Mahler und Romanschreiber haben ihre eigne Moral. Es wäre eine sehr unbillige Forderung, wenn man von ihnen verlangte, sie sollten lauter Grandisonen, Madonnen und Crucifixe und Meßiaden zur Welt bringen. Die Moral der schönen Künste und Wissenschaften zeigt die Menschen, wie sie sind und zu allen Zeiten waren, in hervorstechenden Handlungen, allen Menschen zum Vergnügen, zur Lehre und Warnung.

Es ist einem Genie also erlaubt, alles zu beschreiben und zu mahlen, was geschehen ist und geschehen seyn kann. Es ist ihm erlaubt, die schönsten und häßlichsten Handlungen und Gedanken der Menschen in den ausdrückendesten Worten zu erzählen und zu mahlen. Nur dann allein ist er strafbar, wenn er die abscheulichen Laster, als gute Handlungen anpreiset.

Nun ist die Hauptfrage: was ist eine gute, was ist eine böse Handlung? was ist Tugend?

Iezt ist das weiter nichts, als ein Wörtchen, womit die Schurken und Heuchler dieser Erde die unschuldigen Kinder, von der Natur zur Freude geschaffen, unglücklich zu machen suchen. Denn sie wissen nicht, was sie ist, und haben die süße Wonne nie empfunden, mit welcher sie alles, was in uns empfindet, entzücket. Ein Tugendhaffter ist ein Geschöpf, welches bey ieder Gelegenheit in seinem reinen Busen ein süßes Wallen empfindet, welches ihn reizet, allen Geschöpfen Freude zu verschaffen und sich selbst zu freuen und alles Elend zu entfernen. Und auf diese Art kann man ein tugendhaffter Mann seyn und komische Erzählungen machen, wie *Chaulieu* und *Voltaire* dichten, und kurz! den *Petron* übersetzen. Diese Tugend reizt uns freylich nicht, einfältigen Vorurtheilen, die zur Schande des menschlichen Geschlechts schon viele *Galiläi* und *Cervantes* unglücklich gemacht haben, Weyrauch, als Göttern zu opfern. *Der Tugendhaffte verehret nur dann die Vorurtheile, wenn sie glücklicher machen als die Wahrheit, an deren Stelle sie stehen.*

Ein Dichter richtet sich nach der Moral des Volkes, dessen Landesleute er reden und handeln läßt, – das ist: nach deren Sitten und Gebräuchen. Die Knabenliebe war z.B. bey den Griechen und den mehrsten alten Völkern erlaubt und der göttliche *Plato* will in seiner Republik seine Helden mit dem Genuße der schönsten Knaben belohnen –

»Was die Heyden für abscheuliche Ungeheuer waren! welche Bestien müssen die übrigen gewesen seyn, da einer von ihren Weisen, der als der tugendhaffteste ausgeschrieen ist, solche Verbrechen und Lasterthaten in der besten Republik hat verordnen können und noch dazu zur höchsten Ehrenbezeugung und Belohnung! Und sollte man nicht die Ungeheuer aus unserm Lande jagen, welche die Glückseeligkeit der Griechen immer so sehr ausposaunen und erheben? –«

Gleich will ich Ihnen antworten Herr *Lactanzianer!*

Die Griechen und alle aufgeheiterte Nationen – ich muß es nur einmahl sagen, da es keiner von unsern Genieen noch gesagt hat und sagen will – hielten die Theile des Leibes, weswegen wir armen Erdensöhne und Töchter wir wissen selbst nicht, warum? – uns so sehr zu schämen pflegen, nicht für das Allerheiligste im Himmel und auf Erden, mit welchen man bey Lebensstrafe ja nichts anders berühren dürfe, als ein Mann ein einziges Theilchen an einem einzigen gewissen Weibe und ein Weib ein einziges Theilchen an einem einzigen gewissen Manne, das und den man sich nach seinem Gefallen auswählen könnte, ausser denen Personen, welche Gott verboten hätte – damit das Blut nicht vermischt würde. – O heiliger *Sokrates* bitte für uns möchte man hier mit dem *Erasmus* ausrufen.

Davon, mein Herr, wußten die Griechen nichts. Wie konnten sie es auch wissen, da sie es weder an den Gestirnen des Himmels, noch in dem Schoose ihrer Mutter Erde lesen konnten? So viel allein konnten sie aus den Gesetzen der Natur wissen, daß man von einem Manne in seiner Blüthe nicht mehr verlangen könne, als daß er iedes Jahr ein Kind dem Staate zeuge, weil ein Weib neun Monathe zu der Geburt desselben nöthig habe, und doch wenigstens drey Monathe vom Jahre ausruhen wolle. Sie verlangten also auch nicht mehr von einem Manne. Die Zeit, welche die Männer nach Vollbringung dieses wichtigen Werks übrig hatten, wendeten sie zu ihren bessern Vergnügen an und die Gesetze des Staates erlaubten es ihnen. Wer will ihnen beweisen, daß ihre Vergnügungen mit schönen Ganymeden sie nicht mehr hätten entzücken sollen, als mit ihren Weibern? Ieder Mensch hat den Maaßstab seines Vergnügens in seiner eignen Brust; und ieder von diesen Maaßstäben ist verschieden. – Selbst einer von den größten Weisen unter den Alten, ein Kenner des wahren Guten und Schönen, *Lucian* zieht die Knabenliebe der Frauenliebe in seinem Gespräche über die Liebe vor; und *Zeno*, der *Luther* und *Calvin* der stoischen Secte, welche *Montesquieu* für die weiseste hält, die ie auf Erden war, sagte in seinen Streitschrifften: »Es ist kein Unterschied, ob man bey einem Knaben oder Mädchen den Trieb zur thierischen Wollust stillet; es ist gleich anständig, man mag lieben wen man will.« Ferner lehrte *Chrysipp* öffentlich in seiner Republik: »Ich halte es für das beste, wenn man die Sachen so einrichtet, daß eine Mutter mit ihrem Sohne, ein Vater mit seiner Tochter und ein Bruder mit seiner Schwester Kinder zeugen kann.«

Der guten, wohlthätigen Natur hat nun diese Mannigfaltigkeit der Neigungen der Menschen so beliebt; und du Geschöpf von ihr willst deine Mutter tadeln? –

Wie man sich doch in der Hitze übereilen kann! – Vergeben Sie mir diese harte Stelle! ich bitte Sie um unsrer schwächlichen Menschheit willen! Nein! meine Matronen und Herrn! nein! nein! ich billige die Knabenliebe gar nicht! das, weswegen ich dem Heuchler *Augustus* noch gewogen bin, ist hauptsächlich dieses, daß er legem Scantinam erneuerte und legem Iuliam gab und legem de adulteriis et pudicitia und legem de maritandis ordinibus – in welchen Gesetzen allen die härtesten Strafen auf die Knabenliebhaberey gesetzt waren. Die Knabenliebe ist gerade zu wider die Fortpflanzung des menschlichen Geschlechts und läßt keine blühende Nachwelt erwarten. Nein! ich billige die Knabenliebe gar nicht! Ich liebe das schönere Geschlecht zu sehr, als daß ich seinen Verlust dabey so gelassen mit ansehen könnte; und wer hat einen so verderbten Busen, daß er bey einer reizenden Glycerion nicht mehr Wonne des Lebens zu empfinden glauben kann, als bey einem schönen *Ligurin* oder *Bathyll?* Nur ein Schatten von der Empfindung, ein Kind der Liebe dem Staate zu geben, ist mehr, als alles, was *Anakreon* und *Horaz* und *Virgil* und, was die Damen betrifft, *Sappho* von ihrer Wollust gesungen haben.

Petron selbst dachte eben so, wie ich hier denke. Seine Erzählung von den Begebenheiten des *Giton* ist weiter nichts, als eine Satyre. Aus verschiedenen satyrischen Zügen auf die Knabenliebhaber will ich nur die Begebenheit mit der reizenden Circe anführen – Hier, zeigt *Petron* – hätte wenigstens einer von den grauhaarigten Erklärern, den *Burmännern, Salaßen, Erhardten* und *Heinsen* ausrufen können, damit ich es nicht thun müßte – was die Unmäßigkeit in der Knabenliebe für bittere Folgen habe! die größte, höchste Wollust seines Lebens mußte *Enkolpion* einbüßen, weil er immer bey seinem *Giton* geschlafen hatte, und war nicht im Stande, eine Liebesgöttin, die ihn mit den feurigen Armen lechzender Begierden umschlang, glückseelig zu machen!

Auf diese Art macht' *Petron* seine Satyren! diese greifen das Herz und den Verstand an! er poltert und prediget nicht Bußpredigten, wie *Iuvenal!* von diesen wußte er, wie wir alle wissen, daß sie leider! nichts helfen.

Noch muß ich auch den Kunstrichtern etwas zum Vorberichte sagen.
Meine Herren
Aufrichtig will ich Ihnen es gestehen, daß ich wenig von den Eigenschafften besitze, die man gewöhnlicher Weise von einem Übersetzer verlangt. Einer von den ersten und schönsten Geistern der teutschen

Nation schrieb mir, da ich ihm Nachricht von dieser Übersetzung gegeben hatte, zur Antwort: »Ich halt' es Ihrem Genius für leichter, selbst ein Satyricon von irgend einem Kaiser im Monde zu schreiben«, aber die Übersetzung war schon beynahe fertig.

Wir haben noch wenig erträgliche Übersetzungen von den griechischen und römischen Schrifften. Die Franzosen haben dadurch ihre Sprache bereichert und vervollkommet und Weisheit, Sitten und Kenntnisse der aufgeheitertesten Genieen der Griechen und Römer ihrer Nation mitgetheilet, so wie auch die Italiäner und Engelländer – warum sollten wir Teutschen nicht auch anfangen, die Meisterstücke dieser Alten zu übersetzen, da ihre Weisheit auf fremden Boden verpflanzt, so schöne, gesund machende Früchte bringt.

Ich habe den Petron gewählt, weil – die Franzosen sechs Übersetzungen davon, und wir noch keine haben; und weil ** und weil ** und weil mir viele Stellen in dieser Schrifft so sehr gefallen, daß ich sie gern unsrer Nation in ihrer Sprache sagen wollte.

Mir war nichts angelegners bey dieser Übersetzung, als ieden schönen Gedanken und schönen Ausdruck und ieden starken Gedanken und starken Ausdruck in seiner ganzen Schönheit und ganzen Stärke in unsre Sprache überzutragen. Finden Sie einige Gedanken und Ausdrücke, meine Herren, wo dieses nicht geschehen ist, so bitt' ich Sie, mir dieselben anzuzeigen; ich verspreche Ihnen, wenn Sie Recht haben, mit Ihren Anmerkungen darüber, wenn sie mir zu Gesichte kommen, bey der zwoten Ausgabe diese Übersetzung zu verbessern. Ich bin wohl eins von den gutherzigsten Geschöpfen – ich muß nur à la *Montagne* mich ein wenig selbst loben – die auf dieser Erde herum wandeln und weiß sehr wohl, daß ich Fleisch und Blut und Mängel und Gebrechen, wie alle Menschen habe. Meine eigne Erfahrung und nicht allein *Lucian* und *Sextus* haben mich das gelehret. Beleidiget man mich mit Bosheit, dann wehr' ich mich, wie ein Grieche, wie ein Spartaner; sagt man mir was gar zu einfältiges, so thu ich, als wenn ich es nicht gehört hätte, wie ich schon offt es gethan habe, oder lasse meiner Laune, mit welcher mich die Natur, ich weiß noch nicht, ob zum Glücke oder Unglücke, reichlich beschenkt hat, ihren Willen; lehrt man mich aber etwas gutes, das ich noch nicht gewußt habe, dann möcht' ich dem Manne, der es thut, das Herz aus dem Leibe mittheilen.

Ich habe bey der Übersetzung selbst die Ausgabe des Petron von *Burmann* gebraucht, nicht wegen der eignen Anmerkungen des Seeligen;

denn dieser hat nichts oder höchstens sehr wenig von den Schönheiten des Satyricon empfunden und ihn sehr selten verstanden, wie es fast bey allen Variantensammlern zu sehen ist, – wenn er noch lebte, so würd' ich das nicht sagen, aber er ist schon vor dreyßig Jahren gestorben und hört's nicht – sondern weil er das mehrste, was darüber angemerket worden, zusammen getragen und das Original selbst ziemlich gereiniget, heraus gegeben hat.

Das noch im vorigen Jahrhunderte gefundene Fragment, welches die Trimalcionische Mahlzeit ergänzt, wird ieder für ächt halten, der es ohne Vorurtheile gelesen. Es ist keinem Manne iezt möglich, wie ich glaube, etwas in dieser Schreibart, in welcher es geschrieben ist und geschrieben werden mußte, dem Petron nachzumachen. Der Streit darüber ist auch unter den Gelehrten nun völlig entschieden. Ich hab' es also auch als ein ächtes Fragment des Petron übersetzt.

Was aber das betrifft, was *Nodot* herausgegeben, so sag' ich, wie Ieder, der nur ein wenig Latein und nur etwas weniges vom Petron gelesen hat, sagen muß, daß es *Nodot* aus seinen wenigen Kenntnissen, die er von der römischen Litteratur hatte und aus dem Vorrathe von Gedanken seines ganz kleinen Geistes, ohngefehr wie ein moderner Töpfer einen Arm und einen Fuß an eine schöne Bacchantin – an den alten Enkolp gekleidet hat. Er hat auch weiter nichts gewagt, als den Zusammenhang zu ergänzen, wie ihn die Überbleibsel vom Satyricon deutlich anzeigen. Ich habe sein Fragment deswegen auch mit übersetzt, und zwar sehr frey, damit diese Übersetzung einiger Maaßen sich als ein Ganzes lesen lasse.

Burmann hat den armen *Nodot*, noch bey dieses Lebzeiten, so ausgeschimpft und gebrandmahlet, daß ich offt Mitleiden mit ihm gehabt habe. Er konnte keinem Strassenräuber, keinem Mörder ärger begegnen. Er spricht völlig die Sprache der ** Kunstrichter mit ihm.

Sein Fragment ist noch ganz erträglich gemacht, nur der Anfang taugt leider! gar nichts. Das Latein ist das schlechteste und die Gedanken und die ganze Erfindung sind erbärmlich. *Fabricius Veiento* ist hier, wie ein Pflaster auf dem Auge zu sehen.

Es ist nicht wohl begreiflich, wie *Nodot* die Augen der Mitglieder von einigen Akademieen mit seinem Fragmente so sehr verblenden konnte, daß sie es für eine ächte Geburt des Petronischen Geistes erklärten! Wie konnte *Charpentier* es wagen, eins von den schönsten Werken des Weisen der Grazien, des *Xenophon*, zu übersetzen, da er so wenig

Empfindung des griechischen Schönen hatte und zuerst die französischen Liebeshändel des *Enkolp* mit der *Doris* und *Tryphäna* mit ungeheuren Lobsprüchen erhob, als wenn sie das schönste Stück im ganzen Satyricon wären! – Wenn Sie nicht so gewaltig strenge wären, meine Herren, so weiß ich wohl, was ich gethan hätte. Ich hätte nämlich das Nodotische Fragment gänzlich weggelassen, das ganze Manuscript im Herkulaneum oder sonst wo gefunden und Ihnen nur einstweilen die Übersetzung davon mitgetheilet und einen Strauß gewaget. Aber weil Sie so gewaltig strenge und unbarmherzig sind, so hab' ich – den Herrn *Fabricius Veiento* auch an der Spitze meiner Übersetzung stehen lassen.

Übrigens muß ich Ihnen noch entdecken, daß ich Hoffnungen habe, von einem meiner guten Freunde in Sicilien ein Manuscript von diesem Satyricon zu erhalten, an welchem, wie er schreibt, nur sehr wenig von dem Wurm der Zeit abgenaget ist; den Schatz, welchen ich darinnen finden werde, will ich Ihnen mittheilen, wenn ich wieder zurück nach Teutschland komme. –

Nun empfehl' ich mich denn allen denen, welche dieses und diesen ersten Roman mit untermischten Versen lesen, und bitte jede schöne Seele um Verzeyhung, wenn sie die Petronischen Beschreibungen von den schaamlosen Handlungen der Römer und Römerinnen, welche zu den Zeiten der ersten Kaiser von der Würde der Menschheit in die unreinsten Strudel der Wollüste hingerissen waren, ärgern sollten. Sie mögen bedenken, daß die Charitinnen, die Göttinnen der unschuldigen Freuden, sehr selten auf diesem schmuzigen Irrsterne, der Erde, verehrt wurden. Es strahlen einige Perioden in der Geschichte der Menschheit hervor, in welchen sie nur von einem kleinen Häuflein von Geistern, die vom Himmel abstammen, angebetet wurden. Auch in dem goldenen Zeitalter dieser Erde, wo in Griechenland ieder empfindliche Busen ihre seeligen Einflüsse empfand, wo sie dem *Sokrates, Xenophon, Pindar, Damon, Phidias* und *Apelles* und *Aspasien* und auch *Laidion* bisweilen leibhafftig erschienen, gab es immer einen *Aristophan*, oder weinerlichen, boshafften Sophisten oder eine freche Buhlerin, welche sie zu verscheuchen suchten, und denen es gelang, ihre Lieblinge zu ermorden oder aus dem Schoose ihres Vaterlandes zu verjagen; wie es zur Schande der Athenienser mit dem *Sokrates* und *Phidias*, und beynahe auch mit *Aspasien*, geschehen ist.

Auch in unserm Teutschlande ahmt man iezt den Römern nach und man könnte in verschiedenen großen Städten ein Satyricon von noch ausgewähltem Bastarden der thierischen Liebe anfüllen. Aber wenige Menschen würden es als ein Satyricon lesen, so, wie vielleicht wenige diese Übersetzung, als ein Satyricon lesen werden.

Zürnen Sie nicht über mich armen Übersetzer! ich durfte ia dieses Satyricon nicht besser machen, als es ist, Sie kennen ja unsere Kunstrichter! –

Ich hoffe durch diese Gedanken mir die Anbeterinnen und Anbeter der Sokratischen Grazien zu Freundinnen und Freunden gemacht zu haben. Ich verzweifele nicht daran. Sie haben die besten Herzen und können nicht lange zürnen. – Lebe wohl, geliebtes Vaterland! möchte man nicht wieder von dir sagen können, was ich kurz vor der Ermordung unsers großen *Winkelmanns* in einer vielleicht zu jugendlichen Hitze sagte, weil ich doch eben von der Verehrung der Grazien in Teutschland gesprochen hab.

> Ins Land der schönen Phantasieen
> Hat Teutschland seinen *Mengs* und *Winkelmann* gegeben –
> Es darf darum sich warlich nicht erheben!
> Singt *Metastasio* nicht auch für uns in Wien?
> Hat uns das Land der schönen Phantasieen
> *Jomelli* nicht nach Schwaben gar gegeben?
> Die Teutschen reiften erst in Welschland zu Genieen,
> Und diese wurden uns so wie sie sind gegeben.
> Es ist die Frage nur, was mehr zu tadeln ist?
> Hier sagte *Sokrates*: Italien du bist
> Ein Henker deiner Charitinnen!
> Und du o Teutschland deiner Huldgöttinnen!

Geschrieben in *Augsburg* im May 1772 während meiner Reise nach Italien, um den Winkelmannischen Apollo zu betrachten.

Erster Band

Schon so lange hab' ich euch versprochen, meine Begebenheiten zu erzählen, daß ich es nicht länger verschieben kann. Wir wollen uns nicht allein, da wir glücklicher Weise heute beysammen sind, von gelehrten Sachen unterhalten, sondern auch durch Scherze und angenehme Erzählungen ergötzen.

Sehr scharfsinnig hat *Fabricius Vejento* die Vorurtheile, welche sich in die Religion eingeschlichen haben, angegriffen und entdeckt, mit welcher betrügerischen Wuth wahrzusagen, die Priester von Geheimnissen und Wundern plaudern, von welchen sie nicht ein Wörtchen wissen. Aber ergreift unsere Sprecher eine andere Art von Wuth, die da schreyen: Für die Freyheit des Vaterlandes empfieng ich diese Wunden! Dieses Auge habt ihr mir gekostet! Gebt mir einen Führer, der mich zu meinen Kindern bringe, denn meine in zwey gehauene Kniescheiben können mich nicht mehr aufrecht erhalten! –

Noch erträglich wäre das, wenn es jungen Anfängern den Weg zur Beredtsamkeit bahnte; so aber richten sie so viel mit diesem Schwulste von Worten und dem leeren Geräusche von Sentenzen aus, daß die Jünglinge glauben, wenn sie vor Gericht kommen, in einen andern Erdenkreis versetzt zu seyn. Auf diese Art müssen sie in den Schulen zu Narren gemacht werden, weil sie nichts darinnen sehen und hören, was bey uns andern Menschen im Gebrauch ist, sondern Seeräuber, die mit Ketten am Ufer stehen; Tyrannen, welche Befehle schreiben, in welchen sie den Söhnen gebieten, ihren Vätern die Köpfe herab zu schlagen; Orakel zu den Zeiten der Pestilenz gegeben, daß man drey oder vier Jungfrauen opfern solle – lauter Bündelchen von Honigwörterchen, lauter Perioden und Gedanken, die nach lieblichen Brühen und Gewürzen riechen.

Deren Seelen damit genährt werden, können eben so wenig weise seyn, als diejenigen einen scharfen Geruch haben, welche in den Küchen wohnen. Mit eurer Erlaubniß sey es gesagt! wir haben zuerst unter allen die wahre Beredtsamkeit verlohren; denn indem wir mit leichten und leeren Schällen etwas Kindisches hervorbringen wollen, haben wir es dahin gebracht, daß das Ganze der Rede entnervt und schwächlich geworden ist.

Mit solchen Declamationen übte man die Jünglinge noch nicht, da *Sophokles* und *Euripides* Worte erfanden, mit welchen sie ihre großen Gedanken einkleiden wollten. Kein finstrer Pedant hatte das Genie ausgelöscht, da *Pindar* und die neun lyrischen Poeten mit Homerischen Versen donnern konnten. Und damit ich nicht allein die Poeten zum Zeugniß anführe, gewiß weder *Plato* noch *Demosthenes* bildeten sich auf diese Art. Eine erhabene und, wenn ich mich des Worts bedienen darf, eine keusche Rede ist nicht geschminkt und aufgeschwollen, sondern steigt durch ihre natürliche Schönheit empor.

Noch vor weniger Zeit wanderte diese aufgedunsene und regellose Geschwätzigkeit von Asien nach Athen und hauchte die in die Höhe steigenden Genieen der Jünglinge, wie eine Pestilenz, an; zugleich wurde die wahre Beredtsamkeit geschändet und überschrieen.

Wer gelangte nach dieser Zeit zur Höhe des *Thucydides?* wer zum Ruhme des *Hyperides?* Nicht einmahl ein Gedicht von einer gesunden Farbe kam zum Vorscheine, sondern alles, gleichsam von einerley Speise genährt, konnte nicht bis zum Alter reifen.

Eben denselben Weg mußte die Mahlerey gehen, da die Aegypter so verwegen waren, diese große Kunst ins Kleine zu bringen.

Dieses ohngefehr sprach auch ich einst, da *Agamemnon* zu uns kam und mit neugierigem Auge nachforschte, wem die Versammlung so fleißig zuhörte. Er litte nicht, daß ich länger unter der Gallerie redete, als er selbst in der Schule geschwitzt hatte, sondern sagte zu mir: »Jüngling, weil du eine Rede wider die gemeinen Vorurtheile hältst, und, welches man sehr selten antrifft, gesunden Menschenverstand hast, so will ich dir das Geheimniß der Kunst entdecken.

Unsere Lehrer fehlen nicht so sehr, als du glaubst, bey diesen Redeübungen; sie müssen mit den Wüthenden rasen. Wenn sie sich nicht nach dem Geschmacke der Jünglinge richteten, so würden sie endlich, wie *Cicero* weislich sagt, allein in ihren Schulen seyn. Wie Schmeichler, welche nach den Tafeln der Reichen gelüstig sind, auf nichts eher denken, als auf das, was sie ihren Zuhörern am gefälligsten zu seyn glauben. – Denn auf eine andere Art würden sie ihr Verlangen nicht stillen können, wenn sie den Ohren nicht einige hinterlistige Nachstellungen gemacht hätten. – Eben so auch ein Lehrer der Beredtsamkeit; wenn er nicht gleich einem Fischer denjenigen Köder in den Hamen gehängt hat, von welchem er weiß, daß die Fischchen darnach begierig sind, so wird er ohne Hoffnung der Beute auf den Felsen verweilen.

Sie sind zu entschuldigen. Die Aeltern aber verdienen die Peitsche der Satyre, welche ihren Kindern mit den strengsten Befehlen verbieten, zur ächten Kunst hinauf zu steigen. Ihre Hoffnungen beruhen auf einem närrischen Ehrgeize, und um ihre Wünsche so schnell, als möglich erfüllt zu sehen, treiben sie sie mit rohem Geiste vor's Gericht, und diese aufwachsenden Knaben sollen dann die wahre Beredtsamkeit haben, welche sie selbst für das allerhöchste halten. Wenn sie Grade in dem Studium derselben gestatteten, so, daß die Lehrlinge durch Lesung der besten Schrifften anfiengen, sich zu bilden, daß sie ihre Geister durch die Lehren der Weißheit in eine gute Verfassung brächten, Fehler ohne Barmherzigkeit ausstrichen, lange das studierten, was sie nachahmen wollten – kurz! wenn ihnen nichts schätzbar wäre, was den kindischen Leidenschafften der Jugend schmeichelt; so würde jene wahre, starke Beredtsamkeit das alte Gewicht ihrer Majestät haben. So aber spielen die Knaben in ihren Schulen und vor Gericht werden sie verspottet; und was schändlicher, als alles ist, *keiner will im Alter gestehen, was er vergebens erlernt hat.*

Damit du nicht glauben mögest, daß ich den leichtfertigen *Lucilius* wegen seiner Verse aus dem Stegreife verachte, so will ich selbst wie er dir dieses stärker in Versen zu sagen versuchen.

Der Jüngling, welchen hohe Kunst entzücket,
Der selbst *Homer* und *Demosthen* will werden,
Der lerne Mäßigkeit und die Palläste
Und stolzen Schlösser zu verachten – Wollust
Lock' ihn mit Phrynens Armen nicht zu Schmäussen.
Falerner Schläuche dürfen nicht das Feuer
Von seinem Geiste löschen bey Verführern.
Sein Händeklatschen laß er nie erkaufen.
Er mag *Athen*, die Lieblingsstadt Minervens,
Tarent und der Syrenen Lust *Neapel*
Zu bilden seinen Geist erwählet haben,
So soll er hier zuerst den Musen opfern,
Den Nektar des *Homers* begeistert trinken!
Dann lern' er, was einst *Sokrates* gelehret!
Und nun ergreif' er *Demosthenens* Waffen!
Aufmerksam wird das ganze Rom ihn hören,
Wenn er die *Demosthen* nun römisch redet,

Wie *Cicero* erhaben, unbezwinglich –
Aus seinen Lippen wird die Suada reden!
Und wie *Virgil* wird dann er mit Entzücken
Uns Krieg und grosse Heldenthaten singen.
O darnach strebe Jüngling! Nektar wird dann
Aus deinem Busen quellen! wie Apollo
Wirst du in Rom vergöttert herum wandeln!«

Indem ich fleißig dieses mit anhöre, bemerkt' ich nicht, daß *Ascylt* sich aus dem Staube gemacht hatte; und indeß ich noch ganz erhitzt von diesem Gespräche auf und abgehe, kam ein Schwarm von jungen Gelehrten in die Gallerie, von einer Rede, wie es schien, welche ein Gewisser aus dem Stegreife den Vorschlägen des Agamemnon entgegen gesetzt hatte. Während der Zeit, da diese Jünglinge über den Innhalt derselben spotten und den ganzen Vortrag davon lächerlich machen, schliech ich mich glücklich davon und lief dem *Ascylt* nach. Aber da ich weder genau auf den Weg Achtung gab, noch mich besinnen konnte, in welcher Gegend unsre Wohnung wäre, so kam ich immer wieder dahin, wo ich schon gewesen war. Endlich von Laufen ganz ermüdet und schon vom Schweise triefend, gieng ich zu einem alten Weibchen, welches grüne Waare verkaufte und fragt' es. »Liebes Mütterchen, ich bitte dich, weist du etwa, wo ich wohne?« Es lächelte über diese poßierliche Frage; »warum sollt' ich es nicht wissen?« sagte das Mütterchen, stand auf und fieng an, vor mir herzugehen. Ich hielt es für eine Wahrsagerin. Bald darauf, da wir in einen abgelegenen Ort gekommen waren, eröffnete das höfliche Weibchen eine verborgene Thür, und sagte: »Hier mußt du wohnen!«

Indem ich ihr sagte, daß ich das Haus in meinem Leben noch nicht gesehen hätte, sah ich einige unter Ueberschrifften und nackenden Buhlerinnen schüchtern herum spazieren. Endlich, aber leider zu spät! sah ich ein, daß man mich in ein V**nest gebracht habe. Ich verfluchte die Alte, welche mir diesen Streich gespielet hatte, verhüllte mein Gesicht, und flohe mitten durch den Saal in einen andern Theil des Haußes. Und siehe! da ich am Ende desselben war, lief mir *Ascylt* eben so abgemattet und halbtod in die Hände. Drauf schwören hätt' ich wollen, er sey von eben dieser Alten hieher gebracht worden. Ich mußte über ihn lachen und küssend fragt' ich ihn, was er an einem so saubern Orte thäte? Er wischte sich den Schweiß mit den Händen ab und, »wenn du

wüßtest, sagte er, was mir begegnet wäre.« – »Nun? was neues?« fragt'
ich ihn.

Noch keuchend erzählt' er mir darauf: »Da ich durch die ganze Stadt
hin und wieder lief und nicht ausfindig machen konnte, an welchem
Orte ich unser Quartier zurück gelassen, kam ein Haußvater zu mir
und erbot sich auf das höflichste zu meinem Wegweiser. Durch dunkle
und abgebrochene Wege bracht' er mich endlich hieher, drückte mir
ein Stück Geld in die Hand und verlangte von mir, daß ich ein wenig
sein Ganymed seyn möchte. Schon war ein Kämmerlein dazu gemiethet,
schon hatt' er die Hände über mich geworfen und wenn ich nicht der
stärkere gewesen wäre, so wäre leider! das Unglück geschehen.«

Während dieser Erzählung überraschte uns der nämliche Haußvater
von einer artigen Dame begleitet. Zärtlich blickt' er den Ascylt an und
bat ihn: er möchte doch nur wieder hereingehen, er versicherte ihn bey
allem, was heilig sey, daß er nichts zu befürchten habe und wann er
nichts mit sich wollte anfangen lassen, so sollte er wenigstens selbst was
anfangen.

Die Dame machte sich an mich, und bat inständig, daß ich mit ihr
gehen möchte. Das thaten wir dann endlich auch alle beyde. Wir kamen
unter die Ueberschrifften und sahen viele von beyderley Geschlechte in
den Zellen sich einander die Zeit vertreiben; alle schienen mir *Satyrion*
getrunken zu haben.

Kaum hatten sie uns erblickt, so lockten sie mit buhlerischer Frechheit
uns zu sich und gleich ergriff ein halbnackender Faun den Ascylt, warf
ihn auf ein Bett und fieng an zu arbeiten. Ich sprang ihm zu Hülfe, und
da wir unsere Kräffte vereinigten, zwangen wir ihn, wieder abzuziehen.
Ascylt gieng hinaus und flohe davon und ließ mich ihrer Geilheit zum
Raube. Aber da ich stärker, als alle diese schwächlichen Geschöpfe war,
kam ich noch unbeschädiget davon.

Bey nahe war ich die ganze Stadt durchstrichen, als ich wie durch
einen Nebel den *Giton* in dem Winkel eines Gäßchens an der Thür-
schwelle unserer Herberge gewahr wurde; in einem Augenblicke war
ich bey ihm. Wir giengen mit einander auf unser Zimmer, und da ich
ihn fragte, ob der Bruder die Mittagsmahlzeit für uns bestellt habe, so
setzte sich mein Liebling aufs Bett und fieng an zu weinen, daß ihm die
Thränen über die Bäckchen herabrollten. Ich wurde ganz bestürzt darüber und fragte, was ihm widerfahren sey? Endlich und endlich, wie
wohl ungern, nachdem ich Bitten mit Drohungen vermischt hatte, sagte

er: »Dort dein Bruder oder Camerad oder wer er sonst ist, kam, erst vorhin, hieher gelaufen, und wollte – und wollte mich mit aller Gewalt entblössen. Und da ich aus Leibeskräfften schrye, so zog er den Degen und sagte, wenn du *Lucretia* bist, so hast du einen *Tarquin* gefunden!«

Nach dieser Nachricht hielt ich dem Ascylt die Faust vor die Augen und sprach zu ihm: »Was antwortest du? du Hure wie ein Weib? was sagst du dazu? du! aus dem kein reiner Athem geht?«

Ascylt stellte sich, als wenn er sich darüber entsetzte; gleich darauf aber streckte er wüthend die Hände nach mir aus und schrye weit hefftiger, als ich: »Willst du nicht schweigen verruchter Klopfechter, der du mit genauer Noth, weil du ein Mörder deines Wirthes warest, der Strafe des Amphitheaters entgangen bist? Nächtlicher Strassenräuber, der du nicht einmahl damals, als du noch nicht so ausgemergelt warest, mit einem reinen Frauenzimmer zu thun gehabt hast? du der du mich in jenem Garten zu eben so schändlichen Dingen gebrauchtest, zu welchen dir jetzt dieser arme Junge dienen muß?«

»Also deswegen hast du dich aus der Gallerie heimlich davon gemacht?« – »Was sollt' ich da thun Erznarr, sagte er darauf, da ich beynahe für Hunger sterben wollte? Es wäre wohl der Mühe werth gewesen, dieses Gewäsche mit anzuhören! Traumausdeutungen und dergleichen Possen! Bey allen Göttern du bist ein Schurke! du lobest so gar einen hungrigen Poeten, um ihn um eine Mahlzeit zu bringen!«

Darauf brach ich aus einem nicht allzu feinem Zank' in ein lautes Gelächter aus und unsere aufgebrachte Galle wurd' ein wenig ruhiger.

Da mir aber dieser Streich doch nicht aus dem Sinne kommen wollte, so sagt' ich zu ihm: »Lieber Ascylt ich sehe wohl, daß wir uns nicht zusammen schicken, es ist am besten, wir theilen, was wir haben, und ieder sucht sich so gut fortzubringen, als er kann. Du bist in den Wissenschafften erfahren, und ich, damit ich deinem Glücke nicht hinderlich sey, will etwas anders ergreifen. Ausserdem würden uns hunderterley Dinge täglich veruneinigen und uns in der ganzen Stadt berüchtigt machen.«

Ascylt war nicht dawider. »Aber heute, sagte er, weil wir versprochen haben, als Gelehrten bey einem Schmauße zu erscheinen, wollen wir deswegen nicht diese Nacht verliehren. Morgen aber, weil du es doch so haben willst, will ich mich nach einem andern Quartiere und einem Freunde für mich umsehen.«

»Thu es nur fein bald, sagt' ich zu ihm, denn das Zaudern ist allezeit bey Dingen, die man verlangt, verdrüßlich.«

Diese plötzliche Trennung verursachte die Liebe; schon längst hatt' ich mir diesen beschwerlichen Wächter vom Halse gewünscht, damit ich mit meinem lieben Giton wieder auf den alten Fuß umgehen könnte.

Dem Ascylt gieng die Sache im Kopfe herum; er redte kein Wort und hastig gieng er zur Thür hinaus. Diese plötzliche Entfernung ließ mich nichts gutes vermuthen, denn seine ungestüme Hitze war mir bekannt, wie seine wüthende Liebe. Ich gieng ihm also auf dem Fuße nach, um seine Anschläge auszuforschen und ihnen zu widerstehen, aber er verschwand vor meinen Augen und vergebens suchte ich ihn lange auf.

Nachdem ich ihn in der ganzen Stadt aufgespürt hatte und nicht fand, kam ich wieder zurück zu meinem Giton. Ich hieng an dem Knaben mit den feurigsten Umarmungen und genoß der Wollust meiner Wünsche bis zum Neide. Ganz in Entzückung noch verlohren war ich, als Ascylt mit aller Stärke die Thüren von einander riß und mich in den Umarmungen meines Lieblings überraschte. Von seinem Gelächter und Händeklatschen wurde das ganze Zimmer erschüttert; er nahm uns die Decke und sagte: »O du frommes, heiliges Brüderchen! was machst du denn da? Ich glaube gar, du bist in dem Dienste der Vesta begriffen?« Bey den Worten blieb er nicht allein, sondern machte seinen Riemen los und prügelte mich kein klein wenig herum, mit vielen Stichelreden. »Nein! sagte er, liebes Brüderchen! so wollen wir nicht theilen! –«

Diese unvermuthete Sache zwang mich, die Beleidigung und die Schläge zu verschmerzen. Ich spottete also über den Vorfall und sehr klüglich; denn sonst hätte ich mit einem streiten müssen, der eben so stark war, und in meiner damahligen Verfassung weit stärker, als ich. Mit einem verstellten Lächeln stillte ich seinen Zorn. Er mußte selbst darüber lachen. »Und du Enkolp, sagte er, in Wollüsten ersoffen denkst nicht daran, daß wir kein Geld mehr haben und daß unsere Habseeligkeiten keine Bohne werth sind? Im Sommer ist in den Städten nichts zu schaffen! das Land wird uns besser bekommen. Weist du was, wir wollen unsere guten Freunde daselbst heimsuchen!«

Die Noth zwang mich den Vorschlag gut zu heißen und den Schmerz zu verbeißen. Wir bürdeten also dem Giton ein Paar Säckchen auf, giengen zu der Stadt hinaus und wanderten nach dem Schlosse des *Lykurg,* eines römischen Ritters.

Da Ascylt ehedem ein Brüderchen von ihm gewesen war, so wurden wir gnädig aufgenommen, und die daselbst versammelte Gesellschafft wurde in ihren Vergnügungen lebhaffter.

Wir fanden daselbst ein reizendes Mädchen, *Tryphäna*, welches mit einem Schiffshauptmann, *Lykas,* gekommen war, der ohnweit des Meeres liegende Güter besaß.

Was wir an diesem angenehmen Orte für Vergnügen genossen haben, ist unbeschreiblich, obgleich der Tisch des Lykurg sehr mäßig eingerichtet war. Sagen muß ich euch, daß wir gleich anfänglich uns alle in einander verliebten. Die schöne Tryphäna bezauberte mich, und ohne langen Widerstand gewährte sie mir meine Wünsche. Allein kaum konnt' ich an ihren Lippen hangen, als Lykas mißvergnügt, daß ich ihm seine Wollust raubte, eine Entschädigung dafür von mir verlangte; denn sie war seine alte Liebe. Er fieng also an, mich anzugreifen und verfolgte mich mit einer unbändigen Leidenschafft. Da aber Tryphäna mein ganzes Herz allein besaß, so schlug ich dem Lykas alle Hoffnung ab. Er wurde dadurch hitziger und verfolgte mich hefftiger, schlich sich zur Mitternacht in mein Schlafzimmer und, da ich seine Bitten verschmähte, wollte er Gewalt brauchen. Ich schrye, so sehr ich konnte; das ganze Hauß wurde davon aufgeweckt, Lykurg stand mir bey und ich wurde von dem beschwerlichen Ueberfalle befreyet.

Wie ihm endlich das Hauß des Lykurg zur Erfüllung seiner Wünsche nicht bequem schien, so versucht' er mich zu bereden, daß ich bey ihm meine Wohnung nehmen möchte; und da ich ihm dieses gerade abschlug, so bedient' er sich, dieses zu erhalten, der Tryphäna. Diese bat mich desto lieber darum, je freyer sie daselbst zu leben hoffte. Ich folgte also der Liebe.

Aber Lykurg, welcher die alte Bekanntschafft mit dem Ascylt wieder erneuert hatte, ließ ihn nicht von sich gehen. Deswegen wurden wir einig, daß er immer beym Lykurg bleiben möchte, wir aber dem Lykas folgen. Bey diesem wurde beschlossen, daß ein ieder nach Gelegenheit Beute zu unsrer gemeinschafftlichen Casse machen sollte.

Lykas war unglaublich froh darüber, daß wir in seinen Vorschlag willigten. Er beschleunigte unsre Abreise. Wir sagten einander das gewöhnliche Lebewohl und an eben diesem Tage kamen wir noch auf sein Landgut.

Lykas hatte die Sachen so fein geordnet, daß er unterwegs neben mir und Tryphäna dem Giton zur Seite saß. Wegen der ihm sehr wohl bekannten Unbeständigkeit dieses Mädchens hatt' er dieses so bewerkstelliget und hatte sich auch nicht betrogen, denn sie brannte gleich vor Liebe zu dem Knaben, welches ich sehr leicht bemerken konnte. Lykas gab mir auch dieses sehr genau zu verstehen und ich mußt' es leider! glauben.

Deswegen bezeigt' ich mich ihm auch gefälliger und er wurde ganz entzückt darüber; denn er glaubte gewiß, ich würde sie deswegen verachten, und ihm desto eher Gehör geben.

In dieser Verfassung waren wir in dem Hauße des Lykas. Tryphäna liebte den Giton auf's äusserste und Giton war ihr mit Leib und Seel' ergeben. Beydes war mir im mindesten nicht angenehm. Lykas aus Begierde, mir zu gefallen, ersann täglich neue Vergnügungen, welche *Doris,* seine schöne Gemahlin um die Wette vermehrte.

Diese machte ihre Sachen so gut, daß sie gleich anfänglich Tryphänen aus meinem Herzen verbannte; mein Liebäugeln gab ihr meine Liebe zu verstehen und voll von schalkhaffter Zärtlichkeit waren ihre Gegenblicke, so daß diese stumme Sprache der Liebe, vor der Zunge, die Sympathie unsrer Seelen verstohlner Weise ausdrückte.

Die Eyfersucht des Lykas, welche mir schon bekannt war, verursachte mein Stillschweigen, und die Liebe selbst hatte die Neigung ihres Mannes gegen mich der Gemahlin kund gemacht. So bald wir Gelegenheit hatten, mit einander zu sprechen, entdeckte sie mir es. Aufrichtig gestand ich ihr die Wahrheit, und erzählt' ihr zugleich, wie streng' ich ihm immer begegnet wäre. »Wir müssen hierbey ein wenig listig seyn!« sagte die schlaue; und nach ihrem Rathe war die Gewährung des einen mit dem Besitze des andern verbunden.

Unterdessen, da der erschöpfte Giton wieder Kräffte sammlen sollte, machte sich Tryphäna wieder an mich; aber weil sie kein Gehör bey mir fand, so verwandelte sich ihre Liebe in Wuth. Hitzig verfolgte sie mich überall und entdeckte endlich meinen Umgang mit Mann und Frau. Der Umgang des Mannes mit mir war ihr gleichgültig, dieser entzog ihr nichts. Aber die heimlichen Liebeshändel der Doris behagten ihr nicht, und diese machte sie dem Lykas bekannt; und da die Eyfersucht die Liebe bey ihm überwog, so rüstete er sich zur Rache. Aber Doris, welcher die Magd der Tryphäna alles verrathen hatte, enthielt sich unsrer heimlichen Zusammenkünfte, um den Sturm abzuwenden.

Wie ich dieses merkte, so verflucht' ich die Falschheit der Tryphäna und die undankbare Seele des Lykas und entschloß mich, wegzugehen.

Das Glück war mir günstig, denn das reich beladne Schiff der Göttin Isis war den Tag zuvor an einer benachbarten Klippe gestrandet.

Ich besprach mich deswegen mit dem Giton, welcher sehr vergnügt über meinen Endschluß war, weil ihn Tryphäna, da er an Kräfften erschöpft, nicht mehr zu achten schien. In aller Frühe giengen wir also nach dem Meere zu und kamen desto leichter auf das Schiff, weil wir den Bedienten des Lykas bekannt waren. Aber da sie uns immer mit ihrer Gegenwart beehrten und wir keine Gelegenheit hatten, Beute zu machen, so ließ ich den Giton zurück, stahl mich glücklich davon, schlich mich auf das Vordertheil des Schiffs, wo die Statue der Isis stand, raubte das kostbare Gewand und das silberne Sistrum davon und andere reiche Kleider, welche dem Steuermann zugehörten, stieg heimlich auf einer Schiffsleiter hinab vom Giton allein bemerkt, welcher sich dann auch davon machte und heimlich mir nachfolgte.

Wie er zu mir kam, zeigte ich ihm den Raub. Nun beschlossen wir in aller Eile Ascylten aufzusuchen. Aber es war nicht eher wohl möglich, als den Tag darauf in das Hauß des Lykurg zu kommen. Ich erzählte kürzlich dem Ascylt den Diebstahl und wie wir ein Spiel der Liebe gewesen waren. Er gab uns den Rath, Lykurgen für uns einzunehmen und ihn zu verführen, daß die neuen Ausschweifungen des verliebten Lykas unsere heimliche und plötzliche Abreise verursacht hätten. Welches wir denn auch thaten, und Lykurg schwur, daß wir immer unter seinem Schutze wider unsere Feinde seyn sollten.

Unsere Flucht blieb verborgen, bis Tryphäna und Doris aufgestanden waren; denn wir versäumten keinen Morgen, auf das höflichste bey ihren Nachttischen unsere Aufwartung zu machen. Da wir also wider unsere Gewohnheit aus blieben, so ließ uns Lykas aufsuchen, vornemlich an dem Strande. Und da erfuhr er dann, daß wir auf das Schiff der Isis gegangen wären; des Diebstahls aber wurde nicht dabey erwähnt, indem man selbst auf dem Schiffe noch nichts davon wußte, da der Schiffsschnabel nach dem Meere zu sah und der Steuermann noch nicht auf das Schiff zurückgekommen war.

Da man endlich nun von unserer Flucht gewisse Nachricht hatte und sich Lykas darüber ärgerte, so fiel sein ganzer Zorn auf seine Frau, von welcher er glaubte, daß sie die Ursache davon sey. Ich will der Scheltworte und der Grobheiten seiner Hände gegen sie nicht erwähnen, denn ich weiß die besondern Umstände nicht davon. Ich will nur erzählen, daß Tryphäna, welche Schuld an allen diesen Verwirrungen war, dem

Lykas den Rath gab, uns bey Lykurgen aufzusuchen, weil wir daselbst vielleicht unsere Zuflucht genommen hätten; sie wollte ihn selbst mit dahin begleiten, und uns, wie wir es verdienten, die Wahrheit sagen.

Den Tag drauf reisten sie ab und kamen auf das Schloß, aber wir waren eben nicht da; denn Lykurg hatte uns mit sich zu einem Feste des Herkules in ein benachbartes Städtchen genommen. So bald sie es erfuhren, reisten sie uns nach und trafen uns in der Vorhalle des Tempels an. Ihre unvermuthete Gegenwart machte uns ein wenig bestürzt. Lykas beklagte sich in den härtesten Ausdrücken bey dem Lykurg über unsere Flucht, aber er wurde so verdrüßlich und so verächtlich von ihm aufgenommen, daß ich, muthiger da durchgemacht, mit überlauter Stimme ihm alle seine Bubenstücke und geilen Anfälle vorwarf, die er bey dem Lykurg so wohl, als bey sich auf mich gemacht hatte.

Tryphäna wollte ihm beystehen, aber sie kam mir iezt eben recht. Ich predigte der ganzen Versammlung, die auf meinen Lärm herbey gelaufen war, ihre Schandthaten. Zum Beweis der Wahrheit führt' ich den ausgemergelten Giton hervor und zeigte mich, wie ich von der alles verschlingenden Geilheit dieses Weibes bey nahe den Tod davon getragen hätte.

Die ganze Versammlung schlug ein helles Gelächter darüber auf; sie kamen darauf aus aller Fassung, dachten auf Rache und giengen ganz beschämt von dannen. Wie sie bemerkt hatten, daß wir den Lykurg eingenommen, so beschlossen sie, ihn auf seinem Schlosse zu erwarten, um ihn aus seinem Irrthume zu bringen. Da aber das Fest etwas spät geendiget wurde, so konnten wir nicht mit ihm nach Hauße kommen und er führte uns auf ein Landgut, welches in der Mitte des Wegs lag, und verließ uns den andern Morgen, da wir noch schliefen, weil er Geschäffte zu Hauße zu verrichten hatte. Daselbst traf er denn den Lykas und Tryphänen an, welche auf ihn warteten, und ihm nun so viele Schmeicheleyen vorsagten, bis sie ihn dahin brachten, daß er uns ihrer Rache übergäbe. Lykurg war von Natur grausam und treulos und dachte schon darauf, wie er uns in ihre Hände spielen könnte. Er rieth dem Lykas, sich mit einiger Mannschafft zu versehen, unterdessen wollte er selbst uns schon auf dem Landgute fest halten.

Darauf kam er zu uns und begegnete uns schlimmer, als uns selbst Lykas hätte begegnen können, und nachdem er uns sehr rednerisch ausgescholten, daß wir bey ihm den Lykas so sehr verläumdet hätten, befahl er, daß man uns in die Kammer einsperren sollte, wo wir geschlafen, den Ascylt ausgenommen, von welchem er aber nicht ein Wörtchen zu unserer Vertheidigung anhören wollte. Nach diesem führt' er ihn mit sich nach Hauße, uns aber übergab er Hütern bis auf weitern Befehl.

Unterwegs suchte Ascylt das harte Herz des Lykurg zu erweichen; aber alle Bitten und Liebe und Thränen vermochten nichts über ihn. Er hielt also für das sicherste, uns selbst aus der Gefangenschafft zu erlösen; zankte sich mit dem Lykurg, und da er nicht bey ihm schlafen wollte, so konnte er desto leichter ausführen, was er beschlossen.

Da alles im Hauße in dem ersten Schlafe begraben lag, warf Ascylt unsere Sachen auf seine Schultern, stieg durch den Riß einer Mauer, welchen er zuvor bemerkt, und kam mit der Morgendämmerung auf das Landgut, gieng sonder Hinderniß hinein und auf unsere Kammer, welche die Wächter verschlossen hatten. Die Eröffnung aber war nicht schwer, es war nur ein hölzerner Riegel, welchen er mit einem Eisen von einander zwängte. Der Riegel fiel herab und weckte uns auf, denn wir liessen bey unserm Unglücke uns nichts vom Schlafe abgehen.

Da aber die Wächter wegen der Nachtwache in einem tiefen Schlafe lagen, so wurden wir allein von dem Schall aufgeweckt. Ascylt kam zu uns und erzählte uns kürzlich, was er unsertwegen gethan. Es bedurfte keines mehrern. Indem wir in aller Eile uns ankleideten, kam mir in Sinn, die Wächter tod zu schlagen und das Landgut zu plündern. Ich entdeckte dieses dem Ascylt; das Plündern gefiel ihm, aber er sagte, daß es ohne Blutvergießen geschehen könne; denn er kannte alle Zugänge und Gelegenheiten des ganzen Haußes und führte uns gleich in ein Kleiderbehältniß, welches er sehr leicht eröffnete. Alles, was von Kostbarkeiten da war, wurde eingepackt, und darauf schlichen wir uns in aller Frühe davon, vermieden alle öffentliche Wege und ruhten nicht eher aus, als bis wir sicher zu seyn glaubten.

Dann schöpfte Ascylt wieder Athem und vergrößerte die Freude, mit welcher er das Landgut des Lykurg, eines Erzgeizhalses, geplündert. Und wahrhafftig! er hatte auch Ursache sich über seine Sparsamkeit zu beklagen, denn er hatte ihm für keine einzige Nacht was gegeben und mußte noch dazu an einem trocknen und hungrigen Tische speisen. Ein solcher Filz war Lykurg, daß er bey einem übermäßigen Reichthume sich so gar die Nothwendigkeiten des Lebens versagte –

Im Wasser will fast Tantalus versinken,
Und dennoch darf er nicht ein Tröpfchen trinken!
Wie unglückseelig ist nicht Tantalus

Daß er darinnen schmachten muß!
Ihn hungert's – Aepfel schwimmen vor dem Munde,
Er schnappt nach ihnen und – sie fliehen vor dem Munde! –
Dies ist wohl eines Reichen Bild,
Der alles, was er sieht, begehret
Und fürchtet, nie den Hunger stillt,
Ihn selber lieber gar verzehret.

Ascylt wollte noch diesen Tag in Neapel seyn; ich aber sagte ihm: »Es ist sehr unklüglich, daß wir an einen Ort gehen, wo wir wahrscheinlicher Weise können ausgeforscht werden. Wir wollen uns also entfernen und auf einige Zeit das Land durchstreichen; wir haben ia, um gut zu leben.« – Dieser gute Rath wurde angenommen und wir nahmen den Weg auf einen Flecken, welcher in einer entzückenden Gegend lag, wo nicht wenige von unsern Bekannten die Wollust der schönen Jahrszeit genoßen. Kaum aber waren wir auf die Mitte des Wegs gekommen, so fieng es an zu regnen, als wenn es mit Krügen göße. Wir mußten, um unter zu kommen, in ein benachbartes Dörfchen fliehen; und wie wir in die Schenke kamen, trafen wir verschiedene an, welche eben auch, um den Regen zu vermeiden, sich dahin begeben hatten.

Die Menge verhinderte, daß man uns nicht beobachtete. Wir sahen uns allenthalben sehr begierig um, ob wir nicht etwas in dem Gewimmel stehlen könnten. Indem hob Ascylt ein Säckchen von der Erde auf und steckte es zu sich, ohne daß es Jemand gewahr wurde, in welchem wir hernach viele Goldstücke fanden.

Dieser glückliche Anfang machte uns muthig; aber aus Furcht, daß man darnach suchen möchte, schlichen wir uns durch ein Hinterthürchen davon. Bey diesem Thürchen trafen wir einen Sklaven an, welcher Pferde sattelte; dieser gieng von den Pferden in Hauß, weil er etwas vergessen hatte. Wie er weg war, stahl ich einen prächtigen Mantel und löste die Riemen auf, mit welchen er an den Sattel gebunden war. Dann flohen wir längst den Häußern in den benachbarten Wald.

Wie wir weit genug in dem Walde und in mehrerer Sicherheit waren, so machten wir allerhand Anschläge, um das Gold zu verbergen, damit wir nicht entweder des Diebstahls beschuldiget, oder selbst geplündert werden könnten. Endlich wurden wir einig, es in den Bund eines alten Rocks zu nähen, welchen ich um mich hängte; und Ascylt mußte den Mantel besorgen; und so beschloßen wir durch krumme Wege in die

Stadt zu gehen. Wie wir aber aus unserm Schlupfwinkel heraus giengen, so hörten wir hinter uns rufen: »Sie sollen uns nicht entwischen! dort hinein hab' ich sie gehen sehen! wir wollen uns theilen, damit wir sie desto eher fangen können.« Diese Stimme fuhr uns wie ein Donnerschlag durch Mark und Gebeine. Ascylt und Giton flohen durch das Dickicht nach der Stadt zu; ich aber sprang in der größten Eile wieder in den Wald hinein und in der größten Bestürzung verlohr ich den Rock mit den Goldstücken, ohne daß ich es merkte.

Ermüdet, und so abgemattet, daß ich nicht einen Schritt weiter gehen konnte, verbarg ich mich unter die Zweige eines Baumes, wo ich zuerst den Verlust des Rockes gewahr wurde. Der Schmerz darüber gab mir wieder neue Kräffte. Ich stand auf, um den Schatz zu suchen; und wie ich lange vergebens herum gelaufen war, begab ich mich in den dunkelsten Schlupfwinkel des Waldes von Strapatzen und Traurigkeit ganz niedergeschlagen. Wie ich vier Stunden daselbst zugebracht hatte, so suchte ich einen Ausgang, dieser fürchterlichen Einöde überdrüßig.

Im heraus gehen erblickt' ich einen Bauer. Hier mußt' ich allen meinen Muth zusammen nehmen. Kühnlich gieng ich auf ihn los, und fragte ihn, wo man nach der Stadt zu gienge? und klagte ihm, daß ich schon lange in dem Walde herum irre. Mein Zustand gieng ihm zu Herzen, weil ich durchaus von Kothe besprützt und blässer, als der Tod aussah. Er fragte mich, ob ich Jemanden in dem Walde gesehen? Keine Seele! gab ich zur Antwort. Dann führt' er mich auf das leutseeligste in die Straße. Hier traf er zweene von seinen Bekannten an, welche ihm zur Nachricht brachten, daß sie alle Wege des Waldes durch gelaufen wären, ohne etwas ausser dem Rocke zu finden, welchen sie ihm hier zeigten.

Ich konnte mir unmöglich das Herz nehmen, ihn wieder zu fordern, wie man leicht glauben kann, ob ich gleich sehr wohl den Werth davon wußte. Darauf wurde mein Schmerz hefftiger; ich seufzte über den geraubten Schatz, und da ich immer schwächlicher wurde, so gieng ich langsamer, als gewöhnlicher Weise, ohne daß die Bauern auf mich Acht gaben.

Ich kam deswegen sehr spät in die Stadt und da ich zur Herberge hinein gieng, so fand ich den Ascylt auf einem Bette halbtod ausgestreckt liegen; ich selbst fiel auf ein andres Bett, und war nicht im Stande ein Wort hervorzubringen. Erschrocken darüber, daß er den mir anvertrauten Rock nicht sahe, fragt' er mich hastig, wo ich ihn hätte? Ich aber ganz ohnmächtig entdeckt' ihm mit betrübten Augen, was ich mit der Stimme nicht sagen konnte; und da endlich nach und nach meine Kräffte wieder kamen, erzählt' ich ihm den ganzen Unglücksfall. Er aber glaubte, ich scherze; und ob gleich ein ganzer Strom von Thränen meine Aussage bekräfftigte, so zweifelte er nichts desto weniger an der Wahrheit davon und glaubte, ich wolle ihn um das Gold betrügen. Giton, der dabey stand, war eben so traurig, als ich darüber, und der Schmerz meines Lieblings vergrösserte meine Traurigkeit. Und noch mehr wurd' ich gefoltert, wie ich daran dachte, daß man uns nachstelle.

Ascylt war deswegen unbesorgt, da ich ihn daran erinnerte, weil er sich glücklich aus der Gefahr gewickelt hatte. Er war völlig überzeugt, daß wir sicher wären, indem man uns nicht kenne und nicht gesehen habe. Doch wollten wir uns krank stellen, damit wir desto länger in unserm Schlafzimmer verweilen könnten, ohne daß man einen Argwohn deswegen auf uns fasse. Aber der Geldmangel zwang uns, wider unsern Endschluß, eher auszugehen, um etwas von unserm Geräthe aus Noth zu Geld zu machen. –

Schon fieng der Tag an, abzunehmen, da wir auf den Markt kamen, auf welchem wir einen Haufen von verkäuflichen Sachen antrafen, die eben nicht kostbar waren, deren wandelbare Sicherheit aber die Dunkelheit der Zeit leicht verheelen konnte. Da wir auch selbst unsern gestohlnen Mantel mitgebracht hatten, so bedienten wir uns der besten Gelegenheit, und hielten in einem Winkel den äussersten Zipfel davon hervor, ob vielleicht das kostbare Gewand einen Käufer an sich ziehen könnte.

Es währte nicht lange, so trat ein Bauer, der meinen Augen nicht unbekannt war, mit einem Weibchen etwas näher hinzu und betrachtete den Mantel genauer. Hingegen heftete Ascylt seine Betrachtung auf die Schultern des Bauers, der zu dem Mantel Lust zu haben schien, und schwieg plötzlich ganz erschrocken stille. Auch ich konnte den Kerl nicht ohne einige Bewegung ansehen; denn er schien mir der nämliche zu seyn, welcher den Rock in dem Walde gefunden hatte. Er war es auch wirklich. Aber da Ascylt befürchtete, es möchten ihn seine Augen betrügen, so gieng er, als ob er ihn kaufen wollte, etwas näher hinzu, damit er keinen unbesonnenen Streich begienge, nahm den Rock von den Schultern und befühlt' ihn sehr genau. O bewundernswürdiges Spiel des Glückes! der Bauer hatte sich noch nicht einmal die Mühe genommen, die Näthe zu befühlen, und hatte ihn verächtlich wie einen Bettlers Lumpen feil.

Ascylt, wie er den mir anvertrauten Rock unversehrt sah, machte sich nichts aus dem Verkäufer, führte mich aus der Menge ein wenig bey Seite und sagte zu mir: »Brüderchen, weist du, daß der Schatz uns wieder in die Hände gefallen ist, worüber ich mich beklagte? alles Gold ist noch in jenem Röckchen, wie es scheint; was sollen wir thun? oder mit welchem Rechte wollen wir unsere Sache uns wieder zueignen?«

Auf einmahl fiel mir ein Stein vom Herzen. Ich war nicht so wohl wegen des Goldes, als deswegen vergnügt, weil mich das Glück von dem schimpflichsten Verdachte befreyet hatte. Ich sagte, daß wir nicht nöthig hätten, hinterlistig zu handeln, sondern daß wir gerichtlich darum streiten könnten; und wenn der Bauer die fremde Sache ihrem rechten Herrn nicht ausliefern wollte, so müßte man Arrest darauf legen.

Allein was hilft das Recht, wo nur das Geld regiert,
Und wo ein armer Mann stets den Proceß verliehrt?
Die wie Catonen und wie Fabiusse leben,
Die werden selbst für Geld offt falsches Zeugniß geben.
Der Ritter giebt das Recht dem, der's gekaufet hat
Und einer Krämerey gleicht unsre Richterstatt.

Deswegen befürchtete Ascylt die Gesetze. »Und wer, sagte er, kennt uns an diesem Orte? Oder wer wird uns auf unser Wort Glauben beymessen? Ich halt' es für das Beste, wenn wir den Rock kaufen, ob er gleich uns gehört, da wir ihn sehr gut kennen. Wir wollen lieber etwas weniges für den Schatz geben, als uns in einen zweifelhafften Streit einlassen.« Aber alles Geld, was wir hatten, bestand in wenig Münze, welche zu Einkaufung einiger Wurzeln bestimmt war. Damit uns aber inzwischen die Beute nicht aus den Händen gienge, so wollten wir den Mantel lieber etwas wohlfeiler verkaufen; der grössere Werth machte, daß wir diesen Verlust nicht so sehr empfinden durften.

So bald wir den Preis gesagt hatten, kam das Weib, welches bey dem Bauer mit einem Schleyer vor dem Gesichte stand, betrachtete den Mantel auf allen Seiten, riß ihn dann mit beyden Händen zu sich und schrye aus vollem Halse: »Räuber! Räuber!«

Wir im Gegentheil darüber bestürzt fielen über den zerissenen und schmuzigen Rock her, damit wir nicht müßig da zu stehen schienen, und schryen mit eben der Begierde, daß sie uns diesen Rock gestohlen. Aber wir kamen in keine Vergleichung mit ihnen, und das Volk, welches auf dieses Geschrey um uns zusammen gelaufen war, lachte ganz natürlich über uns. Auf jener Seite wollte man ein kostbares Gewand wieder haben, und auf dieser einen zerissenen Kittel, der nicht einmahl werth war, mit guten Lappen ausgeflickt zu werden. Ascylt aber hemmte bald das Gelächter, und sagte, da alles still war: »Wir sehen, daß einem Jeden das Seine lieb ist! sie mögen ihren Mantel wieder nehmen und uns unsern Rock überlassen!«

Obgleich der Bauer und das Weib mit diesem Tausche zufrieden waren, so legten sich doch Advocaten dazwischen, welche gleich nächtlichen Spitzbuben den Mantel erbeuten wollten, und befahlen, daß beydes bey ihnen niedergelegt würde; Morgen sollte der ganze Streit von den Richtern untersucht werden, nicht der Sachen wegen, über welche wir uns stritten, sondern um heraus zu bringen, auf welcher Seite der Verdacht des Diebstahls statt fände; denn daran sey am meisten gelegen.

Schon sollten die Sachen einem dritten übergeben werden; und hier trat, die Götter wissen, was für ein Kahlkopf, der ehemahls auch etwas mit Processen zu thun gehabt hatte, mit aufgeworfner Stirne hervor und ergriff den Mantel, welchen er künftigen Tag wieder heraus zu geben versprach. Uebrigens war es sonnenklar, daß diese Spitzbuben nichts anders suchten, als den Mantel wegzufischen und ihn unter sich zu vertheilen; denn sie waren schon davon überzeugt, daß wir aus Furcht, des Verbrechens schuldig gemacht zu werden, nicht vor Gericht erscheinen würden. Und das war denn auch völlig das, was wir wollten. Ein Zufall half den Wunsch beyder Theile efüllen. Der Bauer, welcher sich darüber erzürnte, daß wir unsern Lumpen herausforderten, schmiß den Rock dem Ascylt ins Gesicht und befahl, daß wir befreyt von aller Klage den Mantel überliefern sollten, welcher allein den Streit ausmächte.

Nun hatten wir, wie wir glaubten, unser Geld wieder, und eilten, so geschwind wir konnten in unsere Herberge zurück, schloßen die Thüren zu und lachten nicht weniger über den Scharfsinn des versammelten Volkes, als des Bauers und der Frau, daß sie uns so überlistig das Geld wieder zugestellt hatten.

Wie wir den Rock auftrennten und die Goldstücke heraus zogen, so hörten wir Jemanden den Wirth fragen, was für Leute in sein Hauß gekommen wären? Ich erschrack darüber, und wie er wieder fortgegangen war, gieng ich hinab zu dem Wirth, um zu wissen, was es wäre. Und da erfuhr ich denn, daß es der Knecht des Prätors gewesen sey, welcher nach seiner Amtspflicht dafür sorgte, daß die Namen der Fremden in die öffentlichen Register eingetragen würden. Dieser habe zween Fremde in dieses Hauß gehen sehen, deren Namen noch nicht aufgeschrieben wären, und deswegen hätte er sich um ihr Vaterland und ihre Beschäfftigungen erkundigen wollen.

Der Wirth erzählte mir dieses so gewissenhafft, daß ich besorgte, wir möchten hier nicht sicher seyn; und damit wir nicht erwischt würden, wollten wir lieber ausgehen, und erst bey Nacht wieder kommen. Wir giengen also fort und befahlen dem Giton, die Mahlzeit zu besorgen.

Da wir im Sinne hatten, die öffentlichen Wege zu vermeiden, so giengen wir durch die einsame Gegenden der Stadt. Gegen Abend begegneten uns in einem abgelegnen Orte zwo schöne, vornehm gekleidete Damen, welchen wir mit langsamen Schritten bis an eine Capelle nachfolgten. Sie giengen hinein, und wir hörten daraus ein ungewöhnliches Murmeln, wie Töne, die aus hohlen Gewölben hervor schallen. Die Neugierde trieb uns an, auch in dieses Capellchen zu gehen. Wir erblickten darinnen verschiedene Weiber, welche in ihrer rechten Hand große lederne Priapen hielten. Mehr war nicht erlaubt zu sehen; denn so bald sie uns gewahr wurden, erhoben sie ein so grosses Geschrey, daß davon das ganze Gewölbe der Capelle erschüttert wurde. Sie suchten uns darauf zu ergreifen, aber wir flohen mit geflügelten Füßen in unsere Herberge.

So bald wir die von Giton besorgte Mahlzeit verzehrt hatten, geschah kein kleiner Schlag an unsere Thüre, und da wir ganz blaß für Angst fragten: »Wer da?« so wurde uns geantwortet: »Mache auf! gleich sollst du es erfahren!« Indem wir leise darüber uns besprachen, fiel das Schloß von sich selbst herab und die Thüren fuhren plötzlich auseinander. Ein verschleyertes Weib trat herein, und es war das nämliche, welches kurz zuvor bey dem Bauer gestanden hatte.

»Und ihr meintet mich zu verspotten? sagte es; ich bin das Mädchen der *Quartilla,* deren geheimen Gottesdienst ihr gestöret habt. Sehet! sie selbst kommt zu euch, und bittet, daß es ihr erlaubt sey, mit euch zu reden. Macht euch keine arge Gedanken deswegen! Sie hält euren Irrthum weder für ein Verbrechen, noch wird ihn bestrafen. Vielmehr verwundert sie sich, welcher Gott ihr so artige Jünglinge zugeführet habe.«

Indem wir noch schwiegen und nicht wußten, was wir dazu sagen sollten, kam sie selbst herein, von einem kleinen Mädchen begleitet, setzte sich auf mein Bett, und weinte ziemlich lange. Wir sprachen auch nicht eine Sylbe zu diesem allen, sondern ganz ausser uns, liessen wir den Thränen den Lauf, welche ihren Schmerz ausdrücken sollten. Da dann endlich dieser stolze Thränenregen herabgefallen war, so ließ sie ihren Mantel von dem majestätischen Haupte herabsinken und drückte hitzig ihre Hände zusammen, daß alle Finger knackten.

»Welch eine Verwegenheit ist das? sagte sie, und wo habt ihr diese Geschichtchen und die vorhergegangenen Spitzbübereyen gelernt? Bey allen Göttern! ich habe Mitleiden mit euch! Ungestraft hat noch Niemand gesehen, was nicht erlaubt war; zumahl da unser Land so voll von gegenwärtigen Gottheiten ist, daß man eher einen Gott, als einen Menschen finden kann! doch damit ihr nicht glaubet, daß ich aus Rache hiehergekommen sey, muß ich euch sagen, daß ich mehr durch eure Jugend, als durch die mir geschehene Beleidigung gerührt werde; denn unvorsichtiger Weise, wie ich noch iezt glaube, habt ihr dieses unaussöhnliche Verbrechen begangen.

Mich selbst, die ihr diesen Abend so verspottet habt, hat ein so gefährlicher Frost überfallen, daß ich einen Anfall von Fieber befürchtete. Ich suchte deswegen eine Arzney im Schlafe, und darinnen ist mir befohlen worden, euch aufzusuchen, um den Anfall der Krankheit zu schwächen, indem ich euch das Mittel zeigen müßte, welches ihr dabey brauchen solltet.

Aber wegen des Mittels bin ich nicht so sehr beunruhiget; denn eine grössere Sorge wüthet in meinem Busen, welche mir beynahe das Leben rauben will. Nämlich ihr möchtet aus jugendlicher Zügellosigkeit bekannt machen, was ihr in der Capelle des Priap gesehen habt und die Geheimnisse der Götter unter das Volk bringen. Ich falle deswegen mit gefaltenen Händen vor eure Kniee und bitte und flehe, daß ihr diesen nächtlichen Gottesdienst nicht zum Gespötte und Gelächter machet und die Geheimnisse so vieler Jahre ausplaudert, welche nicht einmahl die Ordensschwestern alle wissen. –«

Nach dieser Beschwörung rollten die Zähren wieder aus den Augen und von tiefgehohlten Seufzern erschüttert fiel sie mit Gesicht und Brust auf mein Bett. Zu gleicher Zeit voll von Mitleiden und Furcht sagt' ich ihr, gutes Muths und wegen beyden, was sie verlangte, versichert zu seyn. Keiner von uns würde diese Geheimnisse entdecken und wenn ihr über dieses Gott ein Mittel wider das Fieber gezeigt hätte, so wollten wir dieser göttlichen Vorsicht auch so gar mit Gefahr unsers Lebens zu Hülfe kommen. –

Nach diesem Versprechen erheiterte sich ihr Gesicht, sie gab mir häufig Küße und die Thränen verwandelten sich in Lächeln. Darauf kämmte sie meine herabwallenden Locken mit ihren Fingern. »Nun! so mach' ich denn Friede mit euch! sagte sie, und lasse den angefangnen Streit fahren. Wenn ihr nicht Ja zu der Arzney gesagt hättet, welche ich von euch verlange, so waren schon viele auf Morgen bereit, welche meine Beschimpfung und meine Würde würden gerochen haben.

Erhaben ist es zu verzeyhn!
Und schändlich ist's, verachtet sich zu sehen!
O das soll immer meine Ruhe seyn,
Daß, welchen Weg ich will, auch mächtig bin zu gehen!
Ein Weiser stillt den Streit
Sehr klüglich durch die Gefälligkeit,
Und ohne Köpf' herab zu schlagen,
Weiß er den Sieg davon zu tragen!«

Darauf schlug sie die Hände zusammen und fieng plötzlich so hefftig zu lachen an, daß wir ihrentwegen besorgt waren. Eben so macht' es auch die Magd auf der andern Seite; und eben so das kleine Mädchen, welches zugleich mit ihr hereingegangen war. Alles erschallte von einem mimischen Gelächter. Wir konnten nicht begreifen, woher diese schleunige Veränderung der Seelen entstanden; bald sahen wir uns an und bald sie.

Endlich nahm Quartilla wieder das Wort und sagte: »Ich habe Befehl gegeben, daß keinem Sterblichen der Zutritt in diese Wohnung heute verstattet werde, damit ich das Mittel wider das Fieber, ohne durch etwas unterbrochen zu werden, von euch empfangen könne.«

Wie sie dieses ausgesprochen hatte, so stutzte Ascylt ein wenig; ich aber kälter als Alpenschnee konnte kein Wort hervorbringen. Doch machte die Begleitung, daß ich nicht noch was traurigers erwartete; denn es waren nur drey Weibchen, die, wenn sie sich etwas unterfangen wollten, zu schwächlich waren, gegen uns nämlich, denen, wenn wir weiter auch nichts männliches an uns hatten, doch das Geschlecht zu statten kommen mußte. Und gewiß! wir waren auch ganz gut zum Streite gerüstet. Ich hatte so gar die Eintheilung schon gemacht, wenn's los gehen sollte; ich selbst nahm die Quartilla auf mich, Ascylt die Magd und mein Giton das kleine Mädchen.

Indem ich dieses reiflich überlegte, umarmte mich Quartilla, damit ich anfangen sollte, ihr Fieber zu stillen. Da aber ihre Hoffnung fehl schlug, so gieng sie wüthend hinaus, kam gleich darauf wieder zurück mit unbekannten Kerlen, und von diesen wurden wir angepackt und in den prächtigsten Pallast geführet.

Hier verließ uns alle Standhafftigkeit; wir waren so sehr niedergeschlagen, daß uns vor dem nicht mehr zweifelhafften Tode Grün und Gelbe vor den Augen wurde.

Endlich sagt' ich zu ihr: »Gnädige Frau, wenn du noch etwas traurigers im Sinne hast, so vollbringe es nur geschwind, denn unser Verbrechen ist doch wohl nicht so groß, daß wir schon von der Erwartung sterben sollen!«

Die Magd, welche *Psyche* hieß, breitete mit allem Fleiß ein Bettchen aus und strich und rieb meine Weichen, in welche aber der Frost von einem tausendfachen Tode geschlagen war. Ascylt kroch mit seinem Kopf' in einen Mantel, indem er nun sehr wohl einsahe, wie gefährlich es sey, wenn man die Geheimnisse anderer entdecken wolle.

Unterdessen machte Psyche zwey Bänder von ihrem Busen los und band uns Hände und Füße damit zusammen. »Auf diese Art, sagt' ich, wird deine Frau nicht zur Erfüllung ihrer Wünsche gelangen können, wenn wir so gefesselt liegen bleiben sollen.« – »Du hast Recht! sagte die Magd, aber ich habe andere und sichere Mittel bey der Hand!« und plötzlich brachte sie ein Gefäß voll Ständelwurzelessenz herbey, und durch viele Possen und leichtfertige Reden brachte sie mich dahin, daß ich beynahe alles, was im Gefäße war, ausleerte; und weil kurz zuvor Ascylt ihren Liebkosungen kein Gehör gegeben hatte, so schüttete sie den Rest, ohne sein Wissen, auf seinen Rücken.

Wie alles vorbey war, rief Ascylt: »Bin ich nicht werth, daß ich auch einmahl trinke?« Psyche, welche ich durch mein Lachen verrathen hatte, klatschte mit ihren Händen: »Freylich, mein junger Herr, sagte sie, hab' ich dir's vorgesetzt!« und zu mir: »Und du allein hast alles ausgesoffen?«

»Im Ernste? fragte Quartilla, Enkolp hat alle Ständelwurzelessenz ausgesoffen?« und lachte auf das schalkhaffteste aus voller Brust darüber. Endlich konnte sich so gar Giton des Lachens nicht mehr enthalten, zumahl da das kleine Mädchen sich an seinen Nacken hieng und dem schönen Jungen, welcher sich gar nicht dawider setzte, unzählige Küsse gab.

Wir wollten in unsern Leibesnöthen um Hülfe schreyen, aber wer sollte uns hören? und da ich: »Bürgerrecht ihr Römer!« rufen wollte, kam Psyche auf der einen Seite und stach mich mit einer Haarnadel in die Backen und auf der andern Seite wollte das kleine Töchterchen mit einem Pinsel, welchen es selbst in Ständelwurzelessenz getaucht hatte, den Ascylt umbringen.

Endlich kam noch ein Buhltänzer dazu mit einem Myrthenfarbnen Mäntelchen geputzt und hoch aufgegürtet. Bald trieb er unsere Schenkel von einander und wollte den Jupiter machen, und bald besudelte er uns mit dem eckelhafftesten Gezünzle, bis endlich Quartilla mit einer Zauberruthe in der Hand und hoch aufgeschürzt unserer Marter ein Ende zu machen befahl. Dann mußten wir beyde auf das feyerlichste schwören, daß dieses entsetzliche Geheimniß ewig unter uns bleiben sollte.

Darauf traten verschiedene Aufwärterinnen herein und salbten uns, die wir vom Angstschweiße troffen, mit herzstärkenden Oelen.

Wie wir von unserer Müdigkeit nach und nach zu uns selbst kamen, so zogen wir die herbey gebrachten Tischkleider an und giengen in den Speißesaal, in welchem drei Betten zubereitet waren und prächtige Tafeln mit herrlichen Speisen besetzt. Wir lagerten uns also auf Befehl zum Mahle, ließen uns die ersten Gerichte überaus wohl schmecken, und vergaßen nicht, unsere Gurgeln mit Falerner auszuwaschen. Und da wir noch von vielen andern Gerichten reichlich zu uns genommen hatten, fielen wir, weil es uns so gütlich that, in einen sanften Schlummer. »Ey! ey! rief Quartilla, so! ist euch der Schlaf in den Sinn gekommen? Wisset ihr nicht, daß diese Nacht die Mette des Priap muß gefeyert werden?« und da Ascylt von so vielen Strapatzen eingeschläfert nicht erwachen wollte, so kam die Magd, welche noch nicht gut auf ihn zu sprechen war, weil er ihr kein Gehör hatte geben wollen, und schmierte über sein ganzes Gesicht Kühnruß, und da er nichts davon empfand, bemahlte sie ihm Lippen und Schultern mit toden Kohlen.

Auch mich von so vielen Uebeln abgemattet, hatte iezt ein kleines Schlummerchen angewandelt, und in und ausser dem Saale war alles im Hauße eingeschlafen. Einige hatten sich denen, welche in den Betten schliefen, vor die Füße hingelagert, andere hatten sich an die Wände gelehnt, und noch andere schnarchten auf den Thürschwellen mit zusammen gesteckten Köpfen. Auch die Lampen wollten einschlafen und flimmerten aus Mangel der Nahrung kaum noch ein wenig Licht von sich, als zween syrische Sklaven, welche eine Flasche erbeuten wollten, sich an den Tisch schlichen. Indem sie sich heißdurstig die Flasche zwischen den silbernen Gefäßen aus den Händen reißen wollten, zerrissen sie sie. Der Tisch fiel sammt dem Silber um und ein Becher fiel auf den Kopf einer Magd, welche in einem Bette darneben schnarchte, und schlug ihr ein Loch hinein; zugleich fieng sie hefftig an zu schreyen, weckte einen Theil der Betrunkenen auf und verrieth die Diebe. Nachdem diese Syrer, welche Beute hatten machen wollen, sahen, daß sie im Garne wären, so fielen sie blitzschnell an ein Bett, daß man glauben konnte, sie wären schon da gewesen, und schnarchten, als wenn sie schon lange geschlafen hätten. Auch der Erztruchses wurde davon aufgeweckt und goß in die sterbenden Lampen frisches Oel; die kleinen Mundschenken wischten sich die Augen aus und giengen wieder zu ihrem Dienste.

Indem trat eine Zymbelspielerin herein, schlug ihre Zymbeln zusammen und weckte alles auf. Der Schmauß wurde wieder erneuert, die noch taumelnde Quartilla befahl zu trinken und die Zymbelschlägerin ermunterte uns, ihrem Befehle mit Vergnügen zu folgen.

Nun trat noch ein getreuer Bruder von dem Buhltänzer, der abgeschmackteste Kerl auf der ganzen Welt, herein. Er schickte sich völlig für dieses Hauß. Nachdem er ein Händeklatschen zum Vorspiel gemacht hatte, so sang er folgendes Liedchen:

Her ins Gewehr! Hieher ihr ausgelernten Brüder,
Die eine Meisterhand in Delos einst verschnitt!
Auf! rüstet euch zum Streit und salbet alle Glieder!
Spannt an den Fuß und lauft! die Ferse fliege mit!
Ihr weichen Brüder her! ihr müßt von Salbe düfften!
Hieher mit glatter Hand, gelenkigen Schenkeln und Hüfften!

So bald er das Liedchen gesungen hatte, besudelte er mich mit dem unreinsten Kusse; und gleich darauf fiel er über das Bett her, entblößte mich mit Gewalt und wackelte lange ohne Frucht auf mir herum. Schweiße liefen wie Bäche von seiner Stirne herab und zwischen den Runzeln seiner Wangen klebte so viel Schminke, daß man sie für Wände halten konnte, welche der Regen abgespült hat. Ich konnte mich nicht länger der Thränen enthalten, sondern, bis zur äussersten Traurigkeit gebracht, sagt ich zur Quartilla: »Gewiß, Madame, hast du das diesem Zünzler befohlen?«

Darauf schlug sie lachend die Hände zusammen und schrye: »O, du witziger Kopf! du Quelle der feinsten Scherze! Was? du weist noch nicht, daß der Buhltänzer dafür bezahlt wird?« Darauf sagte ich ihr, damit es meinem Cameraden nicht besser gehen möchte: »Und du kannst es geschehen lassen, daß Ascylt allein in seinem Bette rastet?«

»Du hast Recht!« sagte sie und gab dem Tänzer einen Wink. Auf diesen Befehl stieg der Bereuter auf sein andres Pferd und wollte mit Küssen und Schenkeln den Ascylt ermorden. Giton sah diese Dinge alle mit an und wollte vor Lachen zerbersten.

Wie ihn Quartilla ins Gesicht bekam, so war sie begierig zu wissen, wem der Junge sey. Wie ich ihr sagte, er sey mein Bruder; so sagte sie: »Warum hat er mich denn noch nicht geküßt?« Sie rief ihn darauf zu sich, hielt seine Lippen an ihren Mund, steckte darauf ihre Hand unter sein Röckchen, und nachdem sie alles befühlt und betastet hatte, sagte sie: »Er ist noch in der ersten Blüthe! Morgen soll er mir ein Vorspiel zum Genuß der vollen Wollust machen! Eine Europa setzet sich nicht von ihrem Stiere auf ein Böckchen.«

Indem sie das sagte, näherte sich Psyche lächelnd ihren Ohren und da sie ihr, ich weiß nicht was, hinein geflüstert hatte, so sagte Quartilla: »Ja! ja! o vortrefflich! es ist die schönste Gelegenheit dazu da, warum soll unsere *Pannychis* nicht entjungfert werden?«

Im Augenblick wurde ein allerliebstes Kind hervor geführt, welches nicht mehr, als sieben Jahre zu haben schien. Es war das nämliche Mädchen, welches mit der Quartilla in unser Zimmer trat. Alle klatschten einmüthiglich und alle brannten vor Begierde, diese Hochzeit mit anzusehen. Ich erstaunte ganz darüber und versicherte auf's heiligste, daß Giton, der schaamhaffteste Knabe, noch nicht im Stande wäre, diese schlüpfrige Scene mit zu machen; und daß dieses Kind noch nicht erdulten könne, was eine Braut ausstehen müßte.

»So! sagte Quartilla, ist sie irgend kleiner, als ich gewesen bin, da ich's zum erstenmahl probiret habe? Frau Juno soll mich strafen, wenn ich mich entsinnen kann, jemals eine Jungfer gewesen zu seyn! Als Kind braucht' ich Kinder dazu, und wie ich nach und nach älter wurde, größere Jungen, und so stieg ich von Grad zu Grad damit, bis ich endlich dieses Alter erreicht habe. Ich glaube auch, daß daher das Sprichwort entstanden sey:

Ein Mädchen, das zuerst ein Kälbchen hat getragen,
Kann nach und nach es auch mit einem Ochsen wagen.«

Damit also meinem Lieblinge ohne mein Wissen nichts zu Leide geschehen möchte, so stand ich auf, die Hochzeitfeyerlichkeiten selbst mit zu
begehen.

Schon hatte Psyche dem Mädchen das Köpfchen mit einem rosenfarb-
nen Schleyerchen verhüllt; schon trug der Tänzer der Wollust Hymens
Fackel vor; schon war das Brautbett bereitet; schon giengen die Weiber
vom Bacchus begeistert in einem langen Zuge und klatschten und sangen,
wie ihnen der Tänzer vorsang.

> Hymen! o Hymen!
> Steige herab vom Olymp!
> Gieb der reinesten Braut,
> Welche du je auf Erden
> In das Bett der Wollust geführt –
> Gieb ihr den süssesten Nektar des Lebens zu trinken!

> Hymen! o Hymen!
> Steige herab vom Olymp!
> Deine Bräute waren alle
> Aelter, als dieses Bräutchen!
> Steige herab vom Olymp!
> Hymen! o Hymen! o Hymen!

> Oeffne doch das Rosenknöspchen
> Alle Blätterchen sind verhüllt,
> Wenn es soll den Nektarthau des Lebens trinken!
> Oeffne doch das Rosenknöspchen
> Hymen! o Hymen! Hymen! o Hymen! o Hymen!

Quartilla durch diese Scherze zur Wollust angeflammt ergriff den Giton
und zog ihn in's Hochzeitbett. Man kann leicht vermuthen, daß sich
der Schelm nicht lange bitten ließ; auch dem Mädchen wurde nicht
Angst bey dem Worte Hochzeit.

Wie sie zusammen im Bette eingesperrt lagen, so traten wir vor die
Thüre des Kämmerleins, und insbesondere guckte Quartilla mit neugie-

rigen Augen durch einen boßhafft geritzten Spalt und bemerkte so genau alle Bewegungen des kindlichen Spieles, daß ihr selbst das Maul darnach wäßrig wurde. Zärtlich drückte sie mir die Hand, indem sie mich eben diese ihre Augenweide wollte mit geniessen lassen; und weil wir deßwegen unsere Köpfe berühren mußten, so regnete sie gleichsam verstohlne Küße auf mich, wenn wir nicht zusahen, und lächelte lieblich dazu. –

Ich wurde von der Geilheit derselben so ermüdet, daß ich auf Mittel und Wege dachte, wie wir von ihr los kommen wollten. Ich sagte dem Ascylt meine Meynung, welchem sie sehr wohl gefiel, denn er hatte keine Lust mehr, sich von der Psyche noch länger quälen zu lassen. Es würde auch sehr leicht angegangen seyn, wenn nicht Giton in die Hochzeitkammer wäre gesperrt gewesen; wir wollten ihn mit uns nehmen und der Ausgelassenheit der Buhlerinnen entziehen.

Indem wir voller Sorge darüber Rath hielten, fiel Pannychis aus dem Bette und Giton mußte mit hinter drein; doch blieb er unbeschädiget. Das Mädchen aber, welches eine leichte Wunde an dem Kopf bekommen hatte, schrye so sehr, daß Quartilla ganz erschrocken darüber eilend hinzulief und uns Gelegenheit gab, uns davon zu machen. Wir verzögerten auch nicht, sondern flohen nach unserer Herberge, und so bald wir da waren, warfen wir uns in die Betten und schliefen die übrige Nacht ohne Furcht.

Da wir den folgenden Tag ausgiengen, trafen wir zween von den Kerlen an, welche uns zur Quartilla gebracht hatten. So bald sie Ascylt erblickte, griff er den einen tapfer an, und da er diesen zu Boden geworfen und hefftig verwundet, kam er mir zur Hülfe, der ich mich mit dem andern herumprügelte. Dieser wehrte sich aber so tapfer, daß er uns beyde, aber nur sehr leicht, verwundete, und glücklich entwischte.

Schon war der dritte Tag erschienen, an welchem bey dem *Trimalcion* freye Tafel sollte gegeben werden; da wir aber einige Wunden erhalten, so wollten wir lieber nach Hauße gehen, als länger uns hier verweilen. Wir eilten also nach Hauße, und da unsere Wunden nicht viel zu bedeuten hatten, so heilten wir sie leicht mit Oel und Wein.

Der eine Kerl aber lag noch auf dem Platze, und wir waren voll Furcht, man möchte uns entdecken. Traurig berathschlagten wir uns, wie wir den gegenwärtigen Sturm abwenden wollten, als uns ein Sklave des Agamemnon durch seine Ankunft erschreckte. »Wie? sagte er, ihr wißt nicht, was heute vor sich geht? Trimalcion, der prächtigste Mann, hat schon seine Uhr auf der Tafel stehen, und der Trompeter ist schon bestellt, damit er immer wisse, wie viel er von seinem Leben verlohren habe.« Wir plauderten also mit einander und kleideten uns an, vergassen alle Uebel und baten den Giton, welcher gern das Amt eines Sklaven bis hieher bey uns über sich genommen hatte, uns in das Bad zu folgen.

Unter vertraulichen und scherzhafften Gesprächen wandelten wir fort und gelangten zu den Spielplätzen. Auf einmahl erblickten wir einen alten Kahlkopf in einem rothen Gewande, welcher mit langhaarigten Knaben grüne Bälle schlug. Aber nicht sowohl die Knaben, ob es gleich der Mühe werth war, sondern der Herr selbst in seinem rothen Rocke und seinen Sohlen, welcher sich das Ballspiel sehr angelegen seyn ließ, zog unsere Aufmerksamkeit auf sich.

Kein Ball durfte wieder in's Spiel kommen, welcher einmahl die Erde berührt hatte, sondern ein Sklave trug einen Korb voll davon, welcher den Spielern hinreichend war.

Wir bemerkten über dieses noch etwas ungewöhnliches. Zween Verschnittene standen auf verschiedenen Seiten des Cirkels, von welchen der eine einen silbernen Pißtopf in der Hand hatte, und der andere die Bälle zählte, nicht diese, welche sie mit dem Spiel ihrer Hände in die Lufft trieben, sondern diejenigen, welche auf die Erde herab fielen.

Da wir alle diese Herrlichkeiten bewunderten, kam Menelaus zu uns gelaufen und sagt' uns: »Das ist er, bey welchem ihr speisen werdet! und was? ihr habt ja schon den Anfang der Mahlzeit gesehen.« Noch hatte Menelaus nicht ausgeredt, als Trimalcion, der prächtigste Mann, mit den Fingern schnippste. Auf dieses Zeichen setzte der Verschnittene dem Spielenden einen Pißtopf unter. Er leerte nun die Blase aus. Darauf forderte er Wasser in die Hände und trocknete die damit besprützten Finger an den Haaren eines von den hübschen Jungen.

Es würde mir zu lange gewähret haben, wenn ich auf alles einzele hätte Achtung geben wollen. Wir giengen also in's Bad, und da wir schon anfiengen zu schwitzen, giengen wir ein wenig zu dem kalten über. Schon wurde Trimalcion, von Salbe durchgossen, nicht mit leinenen, sondern mit den feinsten wollenen Tüchern gerieben. Unterdessen zechten drey Bader in seiner Gegenwart Falerner; und da sie während eines hefftigen Zankes ihn verschütteten, so nannte dieses Trimalcion eine Gesundheit ihm zur Ehre getrunken.

Darauf wickelte man ihn in einen Scharlachmantel und setzt' ihn in eine Sänfte. Vor ihm her giengen vier prächtig geputzte Läufer und eine kleinere Sänfte, in welcher seine Wollust sich befand, ein alter triefäugiger Junge, welcher häßlicher als sein Herr Trimalcion selbst war. Wie er zu ihm gebracht wurde, so neigte er sich mit einem ganz kleinen Flötchen zu ihm und blies den ganzen Weg darauf fort, als wenn er ihm etwas heimliches in's Ohr sagte. Wir giengen hinten drein schon satt vor Verwunderung und gelangten mit dem Agamemnon vor die Pforte seines Pallastes, an deren Pfeiler ein Täflein mit folgender Aufschrifft angeschlagen war:

Welcher Sklave ohne Geheiß des Herrn
heraus gehet, soll hundert Streiche
empfangen.

In dem Eingange aber selbst stand ein grün gekleideter Pförtner mit einem kirschfarbnen Gürtel und wusch in einer silbernen Schüssel Erbsen; und über ihm hieng ein goldner Käficht, in welchem eine gesprenkelte Atzel die Eingehenden bewillkommte. Indem ich alles dieses so angaffe, wär' ich bald hinterrücks umgefallen und hätte meine Beine zerbrochen; denn im Eingange, nicht weit von der Zelle des Thürhüters, war ein ungeheurer Kettenhund abgemahlt, und mit großen Buchstaben darüber geschrieben:

Nimm dich vor dem Hund in Acht!

Meine Herren Collegen lachten mich alle aus. Ich aber, da ich wieder zu mir selbst kam, unterließ nicht, die ganze Wand zu untersuchen. Es war ein Gemählde von einem Sklavenmarkte darauf, und Trimalcion selbst war noch mit Haaren und einem Friedensstabe in den Händen vorgestellt, indem ihn Minerva auf einem Wagen eben nach Rom hineinführte. Ferner war noch dazu gemahlt, wie er rechnen gelernt hätte und Schatzmeister geworden wäre. Alles hatte der Mahler sehr künstlich mit Ueberschrifften versehen, damit man wissen könnte, was es bedeuten solle. Am Ende der Gallerie hob ihn Merkur bey dem Kinne auf einen erhabenen Richterstuhl. Fortuna mit einem Füllhorn, das auf allen Seiten überfloß, war daneben und die Parcen, welche goldene Fäden spannen.
Noch sah man in der Gallerie einen Haufen von Wettläufern mit ihrem Lehrmeister sich üben. Ueberdies sah ich noch in einem Winkel einen Schrank, in welchem silberne Haußgötter standen und eine Venus

von Marmor und ein nicht kleines goldnes Büchschen, in welchem, wie man mir sagte, sein erster Bart aufbewahret wurde.

Ich fragte den Hofverwalter, was für Gemählde mitten in der Gallerie wären? und er gab mir zur Antwort: »Die Iliade und Odyßee und noch einige Fechterkämpfe.« – Es war keine Zeit mehr übrig, alles zu betrachten, denn wir waren nun schon im Speisesaale, in dessen Vordertheil der Zahlmeister seine Rechnungen empfieng. Das, worüber ich mich am meisten verwunderte, waren Büschel mit Beilen, welche an den Pfeilern des Saales befestiget hiengen, und gleichsam mit einem ehernen Schiffsschnabel sich endigten, auf welchem zu lesen war

Dem Gn. Pompeius Trimalcion
kaiserlichen Minister Cinnamus
der Schatzmeister.

Unter dieser Aufschrifft hieng eine doppelte Nachtlampe, und an beyden Pfeilern waren noch zwey Täfelchen befestiget, auf dem einen stand, wenn ich mich recht besinne,

Den dritten und den letzten Tag vor dem Jenner speist unser Gneius
nicht zu Hauße!

Auf dem zweyten waren der Lauf des Mondes und die sieben Wandelsterne abgemahlet und welche Tage gut, und welche bös waren, mit einem Zeichen bemerket.

Da wir an diesem allen unsern Geist geweidet hatten und in den Speisesaal treten wollten, schrye einer von den Knaben, welchem dieses Amt war aufgetragen worden: »Mit dem rechten Fuße!« Ohne Zweifel wurd' uns ein wenig bange, damit keiner wider den Befehl sich vergienge. Wie wir zu gleicher Zeit mit einander mit dem rechten Fuße hineingeschritten waren, so fiel uns ein entkleideter Sklave zu Füssen und bat uns, wir möchten ihn doch von der Strafe befreyen! sein Verbrechen sey nicht groß, weswegen er in Gefahr stünde, denn im Bade wären ihm die Kleider des Schatzmeisters weggestohlen worden, welche nicht viel werth gewesen.

Wir giengen also mit den rechten Füßen wieder zurück und baten den Schatzmeister, welcher in seiner Amtsstube war und Goldstücke zählte, daß er dem Sklaven die Strafe schenken möchte. Mit stolzen

Mienen hob er sein Gesicht empor, und sagte: »Aus dem Verluste mach' ich mir gar nichts, aber die Nachläßigkeit dieses Schurken von Sklaven ärgert mich. Er hat mich um die Schlafkleider gebracht, welche mir ein Client aus Dankbarkeit auf meinen Geburtstag geschenket hatte; ohne allen Zweifel waren sie ächt Tyrisch, und nur einmahl gewaschen. Doch es mag seyn, wie es will, auf eure Bitte soll der Schurke Gnade haben.«

Wir statteten für diese grosse Wohlthat unsern verbindlichsten Dank ab, und wie wir wieder in den Speisesaal traten, so lief uns eben der Sklave entgegen, für welchen wir gebeten hatten, und überhäufte uns mit Küssen, so, daß wir darüber erstaunten, und bedankte sich für unsere Menschenliebe. »Kurz! sagte er, ihr sollt gleich wissen, wem ihr diese Wohlthat erwiesen habet! der beste Wein des Herrn soll sich für den Mundschenken bedanken.«

Endlich lagerten wir uns denn zu Tische und Alexandrinische Buben gossen uns Schnee in die Hände, andere wuschen unsere Füsse damit und reinigten mit ausserordentlicher Behutsamkeit die Nägel. Und nicht einmahl bey dieser beschwerlichen Arbeit schwiegen sie, sondern sangen immer dazwischen. Ich wurde dadurch begierig zu erfahren, ob alles im Hause sänge. Also forderte ich was zu trinken. Im Augenblicke war ein Knabe da und empfieng mich mit einer eben so falschen Stimme; und so macht' es ieder, von dem man etwas verlangte. Man konnte das Zimmer für ein Theater voll Pantomimen, und nicht für das Speisezimmer eines Haußvaters halten.

Unterdessen brachte man die erste Tracht, welche prächtig anzusehen war. Alle lagen zu Tische, ausser dem einzigen Trimalcion, welchem man den ersten Sitz, nach einer neuen Mode, vorbehielt. Sie bestand in einer Art von Auftrage, welcher die Figur eines Esels von Korinthischem Erzte hatte. Auf ihm lag ein Queersack mit Oliven, auf der einen Seite waren weise und auf der andern schwarze. Den Esel selbst bedeckten zwey Becken, in deren Rand der Name Trimalcion und das Gewicht des Silbers eingeschrieben war. Auf kleinen mit Stahl ausgelegten Tellerchen lagen grosse, in Honig eingemachte Haselnüßkerne mit Magsaamen bestreut, und noch rauchende Bratwürste auf einem silbernen Roste, und unter dem Roste Syrische Pflaumen mit Granatäpfelkernen.

Mit diesen herrlichen Gerichten waren wir beschäfftiget, da Trimalcion selbst mit einer Symphonie herbey gebracht und auf einen Haufen kleiner Kopfküßchen gesetzt wurde. Viele lachten unbesonnen über ihn; denn sein geschorner Kopf guckte possierlich aus seinem Scharlachmantel, und an seinem damit beschwerten Nacken hatte man eine Serviette mit Purpur bebrämt gesteckt, von welcher auf allen Seiten Franzen herab hiengen. Auch trug er an dem kleinen Finger seiner linken Hand einen großen mit Gold überzogenen Ring, und an dem äussersten Gliede des folgenden Fingers einen kleinern, welcher mir ganz von Golde zu seyn schien und mit vielen stählernen Sternchen belegt war. Damit er noch mehrere Reichthümer zeigen könnte, so entblößte er den rechten Arm mit einem goldenen Bande und einem helfenbeinernen Ringe geziert, den blendende Kettchen zusammen hielten.

Wie er darauf mit einem silbernen Zahnstocher seine Zähne ausstocherte, sagte er: »Angenehm war es mir zwar noch nicht, meine Freunde, zu Tische zu kommen, aber damit ich euch nicht zu lange warten liesse, hab' ich mir alles Vergnügen versagt. Doch werdet ihr mir erlauben, daß ich das Spiel zu Ende bringe.« Darauf kam ein Knabe mit einem Brete von Terebinthinischem Holze und mit Würfeln von Crystall und hier bemerkt' ich den allerfeinsten Geschmack; denn statt der weisen und schwarzen Steine hatt' er goldene und silberne Münzen. Unterdessen, da er alle Steine seines Feindes wegschlug, und wir uns es noch wohl schmecken liessen, wurde ein Bret mit einem Korbe aufgetragen, in welchem eine hölzerne Henne war, die ihre Flügel in einen Kreis ausbreitete; wie sie zu seyn pflegen, wenn sie Eyer ausbrüten. Zugleich kamen zween Sklaven und suchten, während einer rauschenden Symphonie, ihr Nest aus, brachten dann Pfaueneyer hervor und theilten sie unter die Gäste.

Trimalcion wandte seine Blicke zu diesem Gerichte, und sagte: »Meine Freunde, ich habe einer Henne Pfauneyer unter zu legen befohlen, und beym Herkules! ich befürchte, daß sie schon besessen seyen! Unterdessen wollen wir versuchen, ob sie noch was taugen!«

Darauf ergriffen wir die Löffel, davon einer nicht weniger, als ein halbes Pfund wog und machten damit die Eyer auf, welche aus fettem Mehle zubereitet waren. Beynahe warf ich meines aus den Händen, denn es schien mir schon ein junges Pfauchen darinnen zu seyn. Wie ich aber von einem alten Gaste hörte: »Darinnen muß wohl was gutes stecken!« und ich mit der Hand das Ey gänzlich abgeschält hatte, fand ich den feistesten Ortolan in wohl zugerichtetem und stark gepfeffertem Eydotter liegen. Trimalcion verschob unterdessen das Spiel, und forderte dieses alles auch. Jezt schrye er mit heller Stimme, daß, wer noch Lust hätte, Honigwein zu trinken, sich nach seinem Gefallen damit bedienen lassen könnte.

Plötzlich wurde darauf ein Zeichen zur Symphonie gegeben, und die Gerichte wurden von einem singenden Chore wie weggezaubert. Da unter diesem Tumulte ein Gefäß herabgefallen war, und es ein Knabe aufhob, so gab Trimalcion, welcher es bemerkte, dem Knaben deswegen Ohrfeigen, und befahl, es wieder hinzuwerfen. Gleich darauf kam ein Küchenjunge, und kehrte das Silber in das Auskehricht.

Darauf traten zween Mohren mit langen Haaren herein. Sie hatten kleine Schläuche, wie diejenigen zu seyn pflegen, mit welchen man den Sand auf dem Amphitheater befeuchtet, und schenkten Wein in die leeren Gläser; denn hier wurde kein Wasser gereicht.

Wegen dieser Tracht wurde unser Herr Wirth gerühmt und gepriesen. Darauf sagte er: »Mars liebt die Gleichheit!« und befahl, daß iedem eine eigene Mahlzeit gebracht würde. Den Augenblick gehorchten die Sklaven seinem Befehle, und indem sie sich fast alle auf einmahl entfernten, wurde die Lufft ein wenig kühler dadurch gemacht.

Darauf brachten sie gläserne Flaschen, welche man sehr sorgsam vergipst hatte, auf deren Stöpseln diese Aufschrift zu lesen war

»Hundertjähriger Opimianischer Falerner.«

Indem wir diese Aufschrifft lasen, schlug Trimalcion die Hände über den Kopf zusammen und rief: »Ach! ach! also lebt der Wein länger, als ich Menschlein? – Trinket, Freunde, so viel ihr könnt! Verwandeln wir uns in ihn! Wein ist Leben! Auf meine Ehre! es ist ächter Opimianer! Gestern hab' ich keinen solchen hergegeben! und ich hatte eine viel vornehmere Gesellschaft bey mir.«

Indem wir also tranken und das prächtigste Gastmahl bewunderten, brachte ein Sklave ein silbernes Todengerippe herbey, welches so künstlich zubereitet war, daß man den Rücken und alle Glieder auf allerley Art bewegen konnte. Nachdem er es auf dem Tische hin und her geworfen hatte, und durch die bewegliche Verbindung einige besondere Figuren entstanden, sang Trimalcion:

»Ach! ach! wir Armen! ach!
Ach! dies Gerippe müssen wir auch werden!
Das ganze Menschlein ist ein Nichts auf Erden!

Sein Leben fliest dahin, als wie ein Schmerlenbach!
Dem finstren Orcus sind wir allesammt zum Raube!
Drum lebet wohl! und trinkt den Safft der süssen Traube.«

Wir klatschten allgemeinen Beyfall dazu.

Nun folgte eine Tracht, welche unserer Erwartung nicht entsprach; doch zog sie durch ihre Neuheit aller Augen auf sich. Es kam eine runde Maschiene, in welcher die zwölf himmlischen Zeichen in einem Kreis geordnet waren, auf deren iedes der Künstler eine Speise gelegt hatte, welche ihm zukam. Auf den Widder Kichererbsen: Auf den Stier ein Stück Ochsenfleisch: Auf die Zwillinge Hoden und Nieren: Auf den Krebs eine Krone: Auf den Löwen eine Africanische Feige: Auf die Jungfrau einen Schinken: Auf die eine Schaale der Wage eine Pastete, und auf die andere einen Kuchen: Auf den Scorpion ein Seefischchen: Auf den Schützen einen Hasen: Auf den Steinbock eine Meerspinne: Auf den Wassermann eine Gans: Auf die Fische zwo Barben: in der Mitte aber war ein grüner ausgeschnittener Rasen, auf welchem ein Honigwabe lag. Ein ägyptischer Junge trug auf einem silbernen Teller Brod herum, und sang mit einer abscheulichen Stimme ein Liedchen zum Lobe der besten Brühen. Wie wir mit keinem allzugrossen Appetite diese Speisen versuchten, so sagte Trimalcion: »Die Speisen machen die Mahlzeiten nicht allein aus, wir müssen auch essen!«

Wie er dieses gesagt hatte, erscholl eine Symphonie und vier Sklaven nahmen unter Lufftspringen den obern Theil der Maschiene weg, als wenn sie ihn wegbliesen.

Nun kam wieder eine neue Tracht zum Vorscheine. Diese bestand in einem Mischmasch von einem Spanferkel und anderm Fleische, und einem Hasen mit Flügeln, damit er dem Pegasus gliche. In den Ecken der Maschiene waren vier Faunen zu sehen, aus deren Schläuchen Brühe, welche aus den Eingeweyden verschiedener Fische wohl zubereitet war, auf die Fische herunter floß, die in einem Meerstrudel schwammen.

Wir vergrösserten das Händeklatschen der Familie darüber, und machten uns lachend über diese auserlesene Dinge her. Trimalcion selbst wurde über diese gute Ordnung vergnügt, und rief: »Lege vor!« Gleich trat ein Vorschneider her, und zerriß nach dem Tacte der Symphonie unter vielen Gauckeleyen die Speisen; man konnte glauben, er tanze nach einer Sackpfeife auf einem Seile.

Nichts destoweniger rief Trimalcion immer mit sehr langsamer Stimme: »Lege vor!« Ich muthmasete, daß unter dieser öfftern Wiederhohlung ein Trimalcionischer Scherz stecken müsse, und schämte mich nicht, meinen Nachbar über mir deswegen zu befragen. Dieser, welcher schon offt an diesem Tische gespeist hatte, sagte mir denn: »Dieser da, welcher das Essen zertheilt, hat den Namen: Lege vor; so offt also Trimalcion sagt: Lege vor, so offt nennt und befiehlt er mit einem Worte.«

Ich konnte nichts mehr essen und ließ mich mit diesem in ein Gespräch ein, damit ich mehreres erführe. Ich hohlte weit aus, und fragte, wer die Dame wäre, welche dort hin und wieder lief?

Darauf gab er mir zu Nachricht: »Sie ist die Gemahlin des Trimalcion mit Namen *Fortunata*. Sie mißt das Geld mit Scheffeln. Und wer war sie vor kurzen? dein Genius verzeyhe mir's! du hättest keinen Bissen Brod aus ihrer Hand genommen. Jezt aber, wie? und warum? wissen die Götter, ist sie, wie in dem Himmel, und alles in allem beym Trimalcion. Kurz! wenn es ihr einfallen sollte, am hellen lichten Tage zu sagen: es ist finstre Nacht - so glaubt er's.

Er weiß selbst nicht was er hat, so ein Erzplutus ist er. Aber diese Prinzeßin da giebt dir auf alles Achtung, und wenn du glaubest, sie wäre hundert Meilen von dir, so steckt sie in der Hecke. Sie ist keine Säuferin, mäßig und nicht dumm; aber eine heillose Zunge hat sie; wie einer Atzel geht ihr das Mäulchen, wenn sie am Tische liegt. Wen sie liebt, den liebt sie; und wen sie nicht liebt, den liebt sie nicht.

Trimalcion selbst hat Güter, welche kaum ein Reiger überfliegen kann, und Geld auf Geld. In dem Zimmer seines Thürhüters liegt mehr Silber, als irgend Jemand im Vermögen hat. Und seine Familie - o Nein! - ich will des Todes seyn, wenn der zehnte Theil davon seinen Herrn kennt! und wem er winkt, der springt zum Fenster hinaus, wenn er es haben will. Du darfst nicht glauben, daß er was einkauft! Alles wächst auf seinem Grund und Boden; Wolle, Wachs, Pfeffer - kurz! wenn du Hünermilch verlangst, so steht sie den Augenblick da. Wie ihm die Wolle von seinen Schaafen nicht gut genug war, so kauft' er Widder von Tarent, und ließ seine Heerde davon bespringen. Damit er Attisches Honig auf seinen Gütern erhielt, mußten Bienen aus Athen herbey gebracht werden, und damit auch zugleich die einheimischen etwas im Vorbeygehen von den griechischen lernen könnten.

Höre nur! noch binnen diesen Tagen hat er dir aus Indien Pfifferlings-saamen verschrieben. Alle seine Maulthiere stammen von fremden Eseln.

Siehst du die Kissen alle? Alle haben Ueberzüge von Purpur oder Scharlach. Wie seelig muß nicht seine Seele seyn!

Nimm dich aber ja in Acht, daß du seine Mitfreygelassenen nicht verachtest! Sie stecken alle in der Wolle. Siehst du den, der dort unten am Ende sitzet? der hat iezt seine Achtzig tausend! der ist von nichts groß geworden; vor kurzem pflegte er noch Holz zu hacken. Man sagt, ich will es zwar nicht gesagt haben, aber ich hab' es gehört, daß er einen bösen Geist beschworen, ihm einen Schatz zu überlassen, welches denn auch soll geschehen seyn. Doch! ich bin nicht neidisch, wenn einem Gott was bescheeret hat! Aber er steht noch unter der Ruthe; und weiß sich dabey nicht zu vergessen. So hat er noch neulich dieses angeschlagen:

Gneius Pompeius Diogen vermiethet
den ersten Julius einen Speisesaal;
denn das Hauß ist iezt
sein eigen.

Und jener, welcher den Platz eines kaiserlichen Freygelassenen dort einnimmt? wie wohl hat er sich befunden? Ich will ihm nichts böses nachreden. Er hatte endlich wohl zehnmal so viel, als er anfänglich hatte; aber iezt steht er auf schwachen Füßen! Er hat weder Treue noch Glauben mehr. Ich glaube, iedes Haar auf seinem Kopfe ist nicht mehr sein eigen. Aber er selbst ist, beym Herkules! nicht Schuld daran, denn er ist der beste Kerl von der Welt; die verfluchten Freygelassenen haben ihn ausgezogen. Und ich brauche dir nicht erst zu sagen, daß die Freunde da davon laufen, wo alles aufgezehrt ist und die Sachen krebsgängig gehen. Und was hat er denn für ein Amt gehabt, daß du ihn so oben ansitzen siehst? Weist du wohl, daß er privilegirter Leichenvoigt war? Er pflegte so prächtig, wie ein König zu speisen; ganze wilde Schweine sammt der Haut: das kostbarste Backwerk: Vögel: Pasteten: bey ihm wurde mehr Wein unter den Tisch geschüttet, als andere Leute im Keller haben. Aber er war ein Meteor! kein Mensch! da sein Ruin schon völlig war, und er verhindern wollte, daß seine Gläubiger nicht den Meister über ihn spielen sollten, so schlug er die Versteigerung seiner Sachen auf folgende Weise an:

Julius Proculus wird seine überflüssigen Sachen versteigern.«

Diese so lieblichen Gespräche unterbrach Trimalcion, denn die Tracht war schon wieder abgetragen, die Gäste hatte der Wein aufgeheitert, und man fieng an, sich öffentlich zu unterhalten.

Trimalcion legte sich also auf den Ellenbogen und sagte: »Ihr müßt den Wein angenehm machen! die Fische müssen schwimmen! Sagt mir einmahl, glaubt ihr wohl, daß ich mit dem Gerichte zufrieden gewesen sey, welches ihr im Innren der Maschiene gesehen habt? Kennt ihr den Ulysses? – Nun sagt mir einmahl! – Man muß auch bey Tische die Philologie verstehen.

Ruhet sanft ihr Gebeine meines Patrons, der mich einen Menschen unter den Menschen hat wollen seyn lassen! O! man kann mir nichts neues herbeybringen! Von allen hab' ich wie er eine güldene Erfahrung.

Dieser Himmel da, an welchem zwölf Götter im Kreise sich lagern, verändert sich nach eben so viel Figuren. Jezt wird er *Widder*. Wer also unter diesem Zeichen gebohren wird, der hat viel Vieh und viel Wolle; ausserdem einen harten Kopf, eine unverschämte Stirne, ein spitziges Horn. Unter diesem Zeichen werden die Schulmänner und die Ehebrecher gebohren.«

Wir bewunderten seine witzige Mathematik; also fuhr er fort: »Dann wird der ganze Himmel *ein Stierlein*. Hier werden die Starrköpfe gebohren, Ochsentreiber und die ihrem Bauche opfern.

Unter den Zwillingen werden lauter sympathetische Seelen gebohren, Jochochsen und Anbeter des Priap und Zwischen zwo Wändekriecher.

Im Krebs bin ich gebohren, deswegen steh ich auch auf vielen Füssen und habe vieles zu Wasser und Lande; denn dieses und jenes paßt auf den Krebs. Deswegen hab' ich auch nichts auf ihn legen lassen, als einen sanften Kranz von Rosen, damit ich meinen Schöpfer nicht drücke.

Im Löwen werden die Vielfraße gebohren und die Herrschsüchtigen.

In der Jungfrau die Stutzer, Flüchtlinge und Sklaven.

In der Waage Metzger, Salbenmacher und alle Arten von Krämern.

Im Scorpion Gifftmischer und Assassinen.

Im Schützen Spitzbuben, welche mit den Augen liebäugeln und mit den Händen stehlen.

Im Steinbocke die Mühseeligen, welchen wegen ihrer Uebel Hörner wachsen.

Im Wassermann die Wirthe und Leute, die statt der Seele eine Gurke im Kopfe haben.

In den Fischen Köche und Redner.

So geht der Himmel immer wie ein Mühlrad herum und verursacht immer etwas böses, so wie entweder Menschen gemacht werden oder sterben. Daß ihr aber in der Mitte einen Rasen sehet und über dem Rasen eine Honigscheibe – ich thue nichts ohne Ursache! Die Mutter Erde ist in der Mitte, rund ohngefehr wie ein Ey und hat alles gute in sich, wie eine Honigscheibe.«

»Großer Weiser!« schryen wir alle einstimmig, reckten unsere Finger in die Höhe und schwuren, daß *Hipparchus* und *Aratus* ihm lange nicht gleich in der Mathematik wären. Endlich kamen Bedienten und brachten Leinewand, in welche Netze gestückt waren, und Jäger mit Jagdspießen nebst allem, was zu einer Jagd gehört. Und da wir noch nicht wußten, was es bedeuten solle, so entstand hinter uns ein entsetzliches Geschrey, und Spartanische Hunde fiengen an, um den Tisch herum zu laufen. Darauf erschien eine Maschiene mit einem wilden Schweine von der ersten Größe, und zwar mit einem Hute, in dessen Hauern zwey Körbchen von Palmzweigen geflochten hiengen. In dem einen waren schwarze Datteln und in dem andern weise von Theben. An dieser Sau hiengen kleine Mutterschweinchen, von feinem Mehl gebacken, an den Zitzen. Das eine bedeutete eine säugende wilde Schweinsmutter, und die andern einen Nachtisch für die Gäste.

Um das Schwein zu zerlegen, kam nicht der erstere Lege vor, sondern ein großer bärtiger Kerl mit langen Kamaschen, und hieb mit einem Hirschfänger die Wamme der Sau gewaltig in zwey. Im Augenblick war der Saal mit Grammetsvögeln angefüllt, die daraus geflogen waren. Vogler standen schon mit Leimruthen bereit und fiengen sie als geschickte Jäger über der Tafel weg.

Da Trimalcion befohlen hatte, daß Jedem einer davon gebracht wurde, so fuhr er weiter fort: »Sehet nun auch nach, ob diese wilde Sau ihre ganze Mast verzehret hat!« und gleich liefen die Knaben nach den Körbchen zu, welche an ihren Hauern hiengen und theilten schwarze und weise Datteln nach einander unter die Gäste aus.

Unterdessen macht' ich viele Betrachtungen darüber, weil ich etwas entfernt saß, warum doch die Sau mit einem Hute herein gekommen wäre; und wie ich alle Fächer meines Hirns ausgesucht hatte und nichts heraus bringen konnte, so mußt' ich endlich meinem Dollmetscher entdecken, was mich quälte. Aber er: »Das wird dir auch dein Sklave erklären, denn es ist kein Räthsel, sondern eine offenbare Sache. Diese Sau, da sie gestern sollte verzehrt werden, wurde von den Gästen entlassen und kömmt heute, als eine Freygelassene wieder zu Tische.« Ich verdammte meine Dummheit und fragte nichts weiter, damit ich nicht das Ansehen gewönne, als sey ich ein Neuling in guter Gesellschafft.

Indem wir so gesprochen hatten, kam ein sehr schöner Junge mit Weinlaub und Epheu umwunden, und gab sich bald für den *Bromius,* bald für den *Lyäus* und *Evhius* aus und trug in einem Körbchen Trauben herum, und sang die Gedichte seines Herrn mit einer sehr hellen Stimme. Bey diesem Gesange kehrte Trimalcion sein Gesicht zu ihm und sagte: »Lieber Dionys, *du sollst frey seyn!*«

Der schöne Knabe zog den Hut von dem Schweine herab und setzt' ihn auf sein Haupt. Drauf fügte Trimalcion wieder hinzu: »Ihr werdet mir nicht widersprechen, wenn ich behaupte, daß Bacchus mein Sohn sey!« Wir erhoben den witzigen Gedanken des Trimalcion, und küßten den herum gauckelnden Knaben voll Zärtlichkeit.

Nach diesem Gerichte stand Trimalcion auf, und gieng in sein geheimes Gemach. Nun waren wir frey! nun war das Joch dem Geiste abgenommen und wir fiengen mit neuem Leben an zu plaudern.

Damas rief zuerst aus, da er einen Becher mit Wein gefordert hatte: »Tag du bist nichts! kaum bist du am Himmel, so wird es schon Nacht. Also ist nichts besser, als gerade vom Bette zu Tische zu gehen. – Wahrhafftig! es hat mich sehr gefroren! kaum konnte mich das Bad erwärmen. Aber der Wein ist dem Menschen, wie ein warmer Belz! Ich habe ganze Flaschen ausgezecht! ich bin voll vom Bacchus! Er raset in meinem Gehirne.«

Seleukus fuhr fort: »Und ich bade mich nicht täglich. Das Bad ist eine Walkmühle. Das Wasser hat Zähne, und unser Herz zerrinnt davon; aber wenn ich Honigwein getrunken habe, so widersteh' ich der Kälte wie ein glühender Ofen. Heute konnt' ich aber auch nicht in's Bad gehen, denn ich war bey einer Leiche – der gute Kerl, der schöne Chrysanth hat seine Seele ausgeblasen – Jezt! iezt ruft er mich – ich spreche mit ihm! –

Da wandeln wir wie aufgeblasene Schläuche herum, und sind kleiner als Mücken. Diese haben doch noch etwas gutes! Wir aber – wir sind weiter nichts, als Wasserblasen! – O wenn er doch nicht so enthaltsam gewesen wäre! Fünf Tage lang hat er keinen Tropfen Wassers in den Mund genommen – nicht einen Brosamen – und doch ist er aus der Welt gegangen! – Aber die vielen Aerzte haben ihn um's Leben gebracht! – doch! vielmehr sein böses Schicksal! Ein Arzt ist nichts anders, als ein Seelentrost. Aber er ist dennoch hinausgetragen worden, ob er gleich in einem guten Bette wohl gepfleget und gewartet worden ist. Man hat ihn herzlich bedauert. Er hat einigen die Freyheit geschenkt. So gar seine Frau hat einige Zähren herab rollen lassen, ob gleich sehr heimtückischer Weise. Was hätte sie anfangen wollen, wenn er sie nicht zärtlich ertragen hätte? – Aber ein Weib gehört zu der Art von Raubvögeln! Man darf keinem gut seyn! Man wirft seine Wohlthaten in den Born! – Aber die alte Liebe ist ein Kerker! –«

Phileros, der uns sehr ungelegen kam, rief hier aus: »Laßt uns an die Lebendigen gedenken! der hat, was ihm gebührt! Ehrlich hat er gelebt und ehrlich ist er gestorben. Worüber will er sich denn beklagen? Von Nichts ist er empor gekommen! Mit den Zähnen zog er einen Pfennig bey ieder Gelegenheit, wo er ihn fand, aus dem Kothe! Und was er zugenommen hat, das hat er vom Raube zugenommen – wie eine Honigscheibe. Ich glaube beym Herkules! daß er hundert tausend Thaler hinterlassen hat. Lauter baares Geld! Ich will von der Leber wegreden, denn ich habe so von einem Hühnersteiß gegessen – Er hatte ein schändliches Maul! war ein Schwätzer! der Neid leibhafftig! und kein Mensch! – Sein Bruder war ein braver Kerl! ein Freund gegen seinen Freund! lebte herrlich und in Freuden! –

Im Anfange hatt' er wenig zu beissen und zu brechen! Aber die erste Weinlese hat ihm wieder auf die Beine geholfen, denn er verkaufte den Wein, wie hoch er wollte; und was sein Kinn eben empor gehoben hat – erbte – und stahl mehr bey dieser Erbschafft, als ihm war hinterlassen worden. – Und dieser Stock, indem er auf seinen Bruder nicht wohl zu sprechen ist, hat, ich weiß nicht, welchem Erdensohne sein Vermögen vermacht! – Der geht weit, wer die Seinen übergeht! – Aber er hatte Sklaven, welche ihm in den Ohren lagen, und diese haben ihm den Kopf warm gemacht. Der thut aber niemals wohl, der gleich alles glaubt; insbesondre ein Mann von Geschäfften. – Wahr ist's, er hat viel erhalten, so lang er gelebt hat! Ihm ist's gegeben und nicht versprochen worden. Er war ganz und gar ein Glückskind! In seiner Hand wurde Bley zu Gold. Aber da ist's leicht, wo alles gerade geht. Und wie viel glaubst du, daß er Jahre auf seinem Buckel getragen hat? – Siebenzig! und noch mehr! Aber er war auch wie von Eisen und Stahl. Man merkte ihm sein Alter nicht an. Sein Haar war schwarz, wie ein Rabe. Ich habe den Kerl noch gekannt, da er das Oelschlagen trieb. Da war er noch muthig! und schon damals ließ er, so wahr ich lebe! nicht einen Hund im Hauße!

Ja! zu der Zeit hurte er auch! und bey Nacht waren ihm alle Kühe schwarz! und das hat er gut gemacht! das ist auch das einzige!«

Hier rief *Ganymed:* »Ihr erzählt da, was weder zum Himmel noch zur Erde gehört! Unterdessen denkt keine Seele daran, was die immerwährende Theurung verursacht! Heute hab' ich beym Herkules! keinen Bissen Brod antreffen können. Und warum? die Dürre dauret fort. Schon leid' ich ein ganzes Jahr Hunger. Die Bauherrn soll der Schinder hohlen! Die halten's mit den Beckern! Wurst wieder Wurst! Und so muß das kleine Volk arbeiten und diese Vielfraße leben immer, wie auf der Hochzeit.

O wenn wir noch jene majestätische Löwen hätten, die ich hier antraf, da ich zuerst aus Asien kam! Das hieß leben! So ist es ganz Sicilien auch ergangen! Aber die machten's anders! Wie die Gespenster mußten sie herum gehen, als wenn ihnen Jupiter ungnädig wäre! Wenn ich an den *Safinius* denke! – der wohnte, wie ich noch ein Junge war, bey dem alten Bogen. Der war Pfeffer, kein Mensch! Wo er hintrat, verbrannte er die Erde! Aber er war ein rechtschaffener Mann, auf den man sich verlassen konnte. Freund gegen Freund und man konnte mit ihm ohne Sorge im Dunkeln des Fingerns spielen. Aber wer war er auf dem Rathhauße? Er gab auf seine Collegen nicht einen Schnipps! Er sprach nicht, wie sie es haben wollten, sondern sagte seine Meinung gerade heraus. Ferner! Vor Gericht wuchs seine Stimme, wie eine Trompete. Er schwitzte niemals und hustete nicht und spye nicht aus! Er hatte, ich weiß nicht, was Asiatisches. Wie bedankt' er sich so höflich für jeden Gruß! Er wußte die Namen aller auswendig, wie einer von uns. Brod konnte man damals haben, wie Steine auf der Gasse. Ihrer zweene konnten damals ein Brod für einen Pfennig nicht aufessen; iezt ist ein Ochsenauge größer! Ach! o! Ach! täglich wächst diese Colonie rückwärts, wie ein Kalbsschwanz! und warum? Wir haben einen hungrigen Polizeyinspector, der unser Leben für einen Heller verkaufte. Also hat er zu Hauße die Hülle und die Fülle, und nimmt täglich mehr Geld ein, als ein andrer im Vermögen hat. Ja! nun weiß ich's, woher er die tausend Goldgulden bekommen hat! – Aber wenn wir keine feige Memmen wären, sollt' er sich's nicht so gut schmecken lassen! Zu Hauße ist das Volk, wie ein Löwe, aber draußen demüthig, wie ein Fuchs. – Nun hab' ich beynah alles bis auf mein Hemde aufgezehrt und wenn die Theurung fortwährt, werd' ich endlich wohl noch meine Hütte angreifen müssen; denn was ist zu erwarten, wenn weder Götter noch Menschen sich dieser Colonie erbarmen? Ich glaube ganz gewiß, daß alles vom Himmel herab kömmt. Nicht einer glaubt mehr, daß der Himmel sey! Kein Mensch hält die Fasttage! Kein Mensch macht sich aus dem Jupiter so viel –! sondern alle drücken die Augen zu und zählen ihr Geld. – Sonst giengen fromme Matronen noch baarfüßig auf den heiligen Hügel, mit fliegenden Haaren und reinen Seelen und baten den Jupiter um Wasser – den Augenblick regnete es, als wie mit Krügen – entweder damals oder in Ewigkeit nicht! Alles war glückseelig! Aber iezt achtet man die Götter, wie die Mäuse: die Füße sind ihnen gebunden: und weil wir keine Religion mehr haben, so liegen die Aecker! –«

»Ich bitte dich, rief hier der reiche *Echion,* sprich besser! Bald so! bald so!« – rief iener Bauer, da er seine läufische Sau verlohren hatte; – was heute nicht ist, kann morgen geschehen! So lebt man in der Welt! Unser Land könnte beym Herkules! nicht besser beschaffen seyn, wenn Leute darauf wären. Daran ist es nicht Schuld, daß es iezt brach liegt. Wir dürfen nicht so verzärtelt seyn! wo wir sind, ist der Himmel in der Mitten. Wenn du von einem andern Orte hieher kämest, so würdest du sagen: ›Hier fliegen einem ja die gebratenen Dauben in's Maul!‹ Bedenke nur! auf das nächste Fest werden wir ein prächtiges Schauspiel haben. Keine Sklaven werden klopfechten, sondern fast lauter Freygelassene. Unser *Titus* hat einen grossen Geist! und wenn er getrunken hat, ist er noch grösser. Entweder mag das oder ienes seyn, so wird es geschehen; denn ich bin sein guter Freund. Er ist keiner von den barmherzigen Rittern! Er würde sein eignes Schwerd hergeben, aber gefochten muß es seyn, damit er ein Blutbad mitten auf dem Amphitheater sehe. Er hat auch, wovon! Wie sein Vater starb, so hinterließ er ihm drey Millionen. Wenn er vierzigtausend daran wendet, so spürt sein Vermögen nichts davon, und sein Name wird ewig dauren. –

Er hat einige Klepper und seine Frau ist fahrtoll! – und den Schatzmeister des *Glykon,* welcher ergriffen wurde, da er ihr eben ein Vergnügen machte. Das Volk wird sich in den Streit mischen, eine Parthey auf der Seite der Hörnerträger und die andere der Buhler seyn. Glykon aber ein reicher Kerl, hat den Schatzmeister in's Amphitheater geschickt. Das heist, sich selbst in bösen Ruf bringen. Was hat denn der arme Schelm gesündiget? Er wurde ia gezwungen, es zu thun. Sie, die B * kachel verdiente eher, von einem Stier' in die Lufft geworfen zu werden. Aber wer den Esel nicht prügeln kann, prügelt den Sattel. Wie konnte der altkluge Glykon sich einbilden, daß er Freude an der Tochter des *Her-*

mogenes erleben werde? Er? der einem Falken im Fluge die Klauen abschneiden konnte? Eine Schlange zeugt kein Turteldäubchen. Glykon,
Glykon hat sich und die Steinen beschimpft! so lange er lebt, wird er
dieses Brandmahl nicht verwachsen! der Tod allein wird es auswischen.
Aber nun mag er's haben! –

Ich habe schon eine Spur davon, daß uns *Mammea* einen Schmauß
geben wird. Schon hat er uns mit einem reichen Geschenk' eingeladen.
Wenn er das thut, so mag er immer den *Norban* gänzlich stürzen.
Wissen müßt ihr, daß es bey dem immer mit vollen Seegeln gehen wird.
Und in Wahrheit! was hat uns iener denn für Wohlthaten erzeigt? Er
hat uns Pfennigsfechter, ausgemergelte Kerl hingestellt, die ein Lüfftchen
umwerfen konnte. Bey Leichenbegängnissen hab' ich bessere gesehen.
Bey Fackeln ließ er welche zu Fuß streiten; man konnte sie für streitende
Hüner halten. Der eine war ein einfältiger Kerl, der nicht stehen konnte,
und der andere hatte Klumpfüsse, und der dritte, welcher schon halbtod
von dem Tode seines Vorfahren war, gelähmte Nerven. Ein einziger
Thracier war noch ein wenig ansehnlich, und selbst diesen mußte man
mit Zurufen zum Kampfe aufmuntern. Kurz! alle bekamen ein Paar
Wunden. Es war lauter Lumpengesindel. Der Kampf war eine bloße
Flucht. – Darauf sagte er doch: »Ich habe dir ein Schauspiel gegeben!«
und ich: »Ich habe dir geklatscht! Wir wollen zusammen rechnen, ob
ich dir nicht mehr gegeben, als ich empfangen habe. Eine Hand wäscht
die andere. –«

»Agamemnon du scheinest mir zu sagen: Was kritisirt dieser unerträg-
liche Schwätzer? Weil du, der du reden kannst, nichts red'st. Du bist
freylich nicht von unsrer Zunft, aber deswegen darfst du doch die Gespräche von uns Ungelehrten nicht verspotten! Wir wissen wohl, daß
du ein Redner bist! – Aber wir wollen uns nicht zanken! Ich will dich
schon noch einmahl dazu bringen, daß du mit mir auf's Dorf gehest,
und in unsere Hütten einkehrest! Wir wollen schon was zu Essen finden!
Ein junges Hünchen und ein Paar frische Eyer. Wir werden vergnügt
seyn, ob es gleich das Ansehen hat, als wenn dieses Jahr nichts gerathen
wolle. Wir werden schon so viel finden, daß wir satt werden.

Auch mein *Cicaro* wächst zu einem deiner Schüler auf; er kann schon
vier Reden hersagen und liegt immer über den Büchern. Er hat Genie,
und ist wohl gemacht, ob er gleich von allzuvielem Studieren bisweilen
ein wenig kränkelt. Ich habe ihm schon drey Finken hinaus fliegen lassen, und ihm weiß gemacht, daß sie eine Wiesel gefressen habe, aber

er hat sich schon andere Sänger wieder dafür angeschafft. Das Mahlen ist seine Freude. Mit dem Griechischen ist er fertig. Im Lateinischen kömmt er nicht übel fort, ob ihm gleich sein Herr Lehrmeister sehr durch die Finger sieht. Er kann nicht lang an einem Fleckchen sitzen, und kömmt offt zu mir, und verlangt was zu arbeiten; aber es thut mir doch nichts. Ich habe noch einen Sohn, der zwar nicht gelehrt, aber sehr neugierig ist, und andere mehr lehrt, als er weiß. In den Rasttagen pflegt er nach Hauße zu kommen und ist mit allem zufrieden, was man ihm giebt. Ich hab' ihm einige Juristische Bücher gekauft, denn ich möchte gern, daß er was vom Rechte verstünde, damit man ihn dazu in der Familie gebrauchen könnte. Das Ding trägt Brod ein. In den Wissenschafften hat er einen guten Grund gelegt; wenn er nicht daran will, so soll er eine Kunst lernen. Entweder muß er Barbierer, oder Herold, oder gewiß ein Advocat werden; und das muß er, wenn ihn mir nicht der Orkus entzieht. Täglich ruf' ich ihm deswegen zu: Mein erstgebohrner Sohn glaube mir! Was du lernst, das lernst du dir! Betrachte nur einmahl den *Phileros,* den Advocaten! Wenn er nichts gelernt hätte, so könnte er iezt den Hunger nicht von seinen Lippen jagen! Noch vor kurzem gieng er herum haußieren! Jezt kann er sogar dem *Norban* die Spitze bieten. Wissenschafften sind ein Schatz und Kunst geht nicht betteln.« – Dergleichen Pfeile drückten sie ab, da Trimalcion wieder kam, die herabtriefende Salbe von der Stirne wischte, die Hände wusch und gleich darauf sagte: »Ich bitte euch um Verzeyhung meine Freunde! schon seit vielen Tagen ist mir mein Magen nicht recht, und kein Arzt kann ihm helfen. Unterdessen hat mir doch *Malicorium* geholfen, eine Arzney welche aus der Rinde von einem Granatapfelbaume und Weineßig gemacht wird. Ich hoffe aber er soll sich endlich schämen, sonst brummt er immer wie ein Ochse. Wenn also einem unter euch was ankömmt, so braucht er sich nicht zu scheuen. Keiner unter uns ist eisern gebohren worden. Ich glaube, daß keine grössere Marter in der Welt seyn könne, als ein zurückgehaltener Wind. Das allein kann Jupiter nicht verbieten. Du lachst Fortunata? O du hast mich schon manche Nacht damit aufgeweckt! Ich habe auch noch keinem am Tische verwehrt zu thun, was ihm eine Arzney ist. Auch die Aerzte verbieten, an sich zu halten, wenn so gar etwas mehr kommen sollte, so ist draussen alles dazu bereit; Wasser, Nachtstuhl und die übrigen Kleinigkeiten. Glaubt mir auf mein Wort, wenn ein bösartiger Dunst in's Gehirn steigt, so fließt er denn daraus in alle Gefäße des Leibes. Ich weiß ihrer viele, die auf diese Art um's Leben gekommen sind, ohne daß sie sich die Wahrheit haben gestehen wollen.« –

Wir bedankten uns für seine Höflichkeit und Nachsicht und goßen das hefftige Lachen mit öfftern Becherchen aus. Wir wußten noch nicht, daß wir erst die Mitte der Mahlzeit erreicht hatten. So bald die Tafel bey einer Symphonie abgeräumt war, wurden drey weise Säue in den Saal geführt mit Halftern und Glöckchen geputzt. Ihr Führer gab die eine für zweyjährig, die zwote für dreyjährig und die dritte für eine alte aus. Ich glaubte, daß sie abgerichtet wären und, wie man auf den öffentlichen Plätzen zu sehen pflegt, einige Kunststücke machen würden. Aber Trimalcion vereitelte diese Erwartung und sagte: »Welches wollt' ihr aufgetragen haben? die Landjunker können so was mit Capaunen, Hünern und dergleichen Kleinigkeiten bewerkstelligen, aber meine Köche kochen in der Geschwindigkeit ganze Kälber auf einmahl in ihren Kesseln.« Und gleich befahl er, daß der Koch herbey käme, erwartete unsere Wahl nicht und gebot ihm, das älteste zu schlachten. Er fragte mit heller Stimme: »Aus welcher Classe bist du?« und wie er antwortete: »Aus der vierzigsten«; so fragte er weiter: »Bist du gekauft oder gebohren worden?« – »Keines von beyden, antwortete der Koch, sondern *Pansa* hat mich dir in einem Testamente hinterlassen.« – »Siehe zu, fügte er hinzu, daß du deine Sachen gut machst! wo nicht, so sollst du in die Classe der Bothenköche kommen!« Der Koch von diesem Machtspruche angefeuert, führte eilfertig das Schwein in die Küche.

Trimalcion aber blickte uns darauf mit gnädigen Augen an und sagte: »Wenn euch dieser Wein nicht gefällt, so will ich andern bringen lassen! ihr müßt ihn gut machen. Ich kaufe durch die Gnade der Götter nichts. Dieser Tischwein wächst auf einem von meinen Landgütern, welches ich noch nicht gesehen habe. Es soll in der Nachbarschafft der Tarracinenser oder Tarentiner liegen. Ich bin Willens, nun meine Fluren mit Sicilien zu verbinden, damit ich, wenn es mir gefällig ist, nach Africa zu reisen, auf meinem Eigenthume schiffen kann. – Aber sage mir einmahl, Agamemnon! was für eine Streitrede hast du heute gehalten? Ob ich gleich keine Processe führe, so hab' ich doch die Wissenschafften nach den Regeln gelernt, und damit du nicht glauben mögest, daß ich mir nichts daraus mache – ich habe drey Bibliotheken! eine griechische und zwo lateinische. Sage mir also, wenn du mich liebest, die *Peristasis* deiner Rede!«

Und da Agamemnon gesagt hatte: »Ein Armer und ein Reicher stritten mit einander;« so unterbrach ihn Trimalcion: »Was ist ein Armer?« – »Das ist sehr fein!« sagte Agamemnon und erzählte, ich weiß nicht, was für einen Streit. Gleich darauf sagte Trimalcion: »Wenn das geschehen ist, so ist es kein Streit; und wenn es nicht geschehen ist, so ist es gar nichts.«

Da wir dieses mit den ausgelassensten Lobsprüchen verfolgten, so fuhr er weiter fort: »Sage mir einmahl lieber Agamemnon, weist du die zwölf Arbeiten des Herkules, oder die Geschichte des Ulyßes, wie ihm der Cyklope mit einem Pinsel den Daumen wegschlug? Als Knabe pflegt' ich das noch bey dem Homer zu lesen. Die *Sybille* hab' ich selbst mit meinen Augen zu *Cumen* in einer Flasche hängen sehen; und da sie die Jungen fragten: *Sibylla ti delies?* so antwortete sie: *apodanien delo.*«

Noch hatt' er nicht alles ausgeschüttet, als eine Maschiene mit einer ungeheuren Sau die Tafel einnahm. Wir verwunderten uns über die Geschwindigkeit und schwuren, daß nicht einmahl ein Capaun so schnell könne gekocht werden; und desto mehr, weil uns das Schwein weit grösser zu seyn schien, als vorher die wilde Sau gewesen war.

Darauf sah Trimalcion es immer mehr und mehr an. »Was? sagte er endlich, das Schwein ist nicht ausgeweidet? Nein! beym Herkules! es ist es nicht! Rufe, rufe den Koch her!« Der Koch kam traurig vor den Tisch getreten und sagte: er habe das Ausweiden vergessen. »Was? vergessen?« rief Trimalcion aus: »glaubst du, daß man das wie Pfeffer und Kümmel vergessen könne? – Ausgezogen!« – Im Augenblick war es geschehen. Betrübt stand der Koch zwischen zween Kerkermeistern. Alle fiengen an, zu bitten und sagten: »Das kann sich leicht zutragen! laß ihn gehen! wir bitten! wenn er es noch einmahl wird gethan haben, dann wird keiner mehr für ihn bitten! –«

Ich aber konnte mich der allergrausamsten Strenge nicht enthalten, sondern sagte dem Agamemnon in's Ohr: »Wahrhafftig! dieser Sklave muß der nichtswürdigste Kerl seyn! wer wird denn das Ausweiden vergessen? Ich würd' ihm beym Herkules! nicht verzeyhen, wenn er einen Fisch übergangen hätte!«

Aber das that Trimalcion nicht; er sagte, nachdem er seine Mienen wieder aufgeheitert hatte: »Nun! weil du ein so schlimmes Gedächtniß hast, so weid' es hier vor uns aus!« Der Koch kleidete sich also wieder an, nahm sein Messer und schnitt dem Schweine den Bauch hier und da mit furchtsamer Hand von einander. – Es währte nicht lange, so fielen aus den Oeffnungen, die von dem Druck der Schwere noch erweitert wurden, allerhand Arten von Würsten heraus. Das Haußgesinde fieng, nach Erblickung dieses Wunders, ein großes Klatschen an und wünschten dem Gaius Glück. Der Koch wurde nicht allein mit einem Trunk beehrt, sondern es wurd' ihm auch eine silberne Krone aufgesetzt und man überreicht' ihm zugleich in einem Becken von Korinthischem Erzte einen Becher; und wie Agamemnon das Becken näher betrachtete, so sagte Trimalcion: »Ich habe allein ächtes Korinthisches Erzt.«

Ich erwartete, daß er nach seinem vorigen Hochmuthe sagen würde, seine Gefässe würden ihm gleich von Korinth überschickt; aber er macht' es besser. Er sagte: »Vielleicht verlangest du zu wissen, warum ich allein ächtes Korinthisches Erzt besitze? Ich will dir es sagen, weil nämlich der Kaufmann, von dem ich es kaufe, Korinthus heist; was ist aber Korinthisch, wenn einer nicht Korinthus hat? –«

Aber damit ihr mich nicht für einfältig halten möget, muß ich euch sagen, daß ich sehr wohl weiß, woher zuerst das Korinthische Erzt hergekommen sey. Wie *Troja* eingenommen wurde, so ließ *Hannibal,* ein Schlaukopf und grosser Spitzbube, alle eherne, silberne und goldene Statuen auf einen Scheiterhaufen tragen, zündete ihn an und alle flossen zusammen. Von dieser Masse nahmen die Goldschmidte und machten Kettchen, Becken, Statuen und allerhand Geräthe. Also ist Korinthisches Erzt aus einem Mischmasch entstanden, es ist weder das noch ienes. Ihr werdet mir verzeyhen, was ich sagen will! Ich lobe mir Glas; gewiß ihr nicht. Ja! wenn es nicht zerbrechlich wäre, wär es mir lieber als Gold; so aber ist es was gemeines.

Es war einmahl ein Künstler, welcher gläserne Gefäße von solcher Festigkeit machte, daß sie nicht mehr, als goldene oder silberne konnten erbrochen werden. Da er also einen Becher von dem reinesten Glase gemacht hatte, der wie er glaubte, eines Kaisers würdig wäre, so wurd' er mit seinem Kunststücke vor den Kaiser gelassen. Es wurde gelobt, die Hand des Künstlers gepriesen und seine Ergebenheit gegen seinen Monarchen sehr gnädig aufgenommen.

Der Künstler wollte die Verwunderung der Zuschauer in Erstaunen verwandeln, und damit ihm der Kaiser noch mehr gewogen würde, so bat er sich den Becher aus seiner Hand aus und warf ihn auf das Pflaster mit einer solchen Gewalt, daß auch die festeste und dichteste Masse von Erzt nicht unbeschädigt geblieben wäre. Der Kaiser aber erschrack nicht weniger darüber, als er darüber erstaunte. Er aber hob den Becher von dem Boden auf, welcher nicht zerbrochen, sondern nur ein wenig zusammen gebogen war, als wenn das Glas in eine Art von Erzt sich verwandelt hätte. Darauf zog er einen Hammer aus seinem Busen, gab dem Becher seine vorige Gestalt, und bracht' ihn, wie ein gebogenes Gefäß von Erzte, wieder in Ordnung.

Nach diesem glaubte er, in den Himmel des Zevs erhoben zu werden, weil er das Zutrauen des Kaisers und die Bewunderung aller verdient zu haben glaubte. Aber es gieng anders! denn der Kaiser fragte: ob ein andrer eben dies Geheimniß wisse? und da er Nein sagte, so ließ ihm der Kaiser den Kopf abschlagen, aus der Ursache, weil Gold und Silber, wie Koth verächtlich werden würden, wenn dieses Geheimniß bekannt würde.

Auf die Kenntniß der silbernen Gefäße hab' ich mich insbesondre gelegt. Ich habe Urnenförmige Becher, klein und groß. Auf einem davon ist vorgestellt, wie *Kassandra* ihre Söhne ermordet; leibhafftig tod liegen die Jungen da. Noch hab' ich einen grossen Weinkrug, welchen mir mein Patron hinterlassen hat. Auf diesem sperrt *Dädalus* die *Niobe* in das trojanische Pferd ein; und noch einen, auf welchem sich Merkur und Amor umarmen, zum Zeichen, daß sie ächt sind. Alles ist von dem reinsten Silber, denn was ich einmahl habe, verkauf' ich um alles Geld nicht.

Wie er dieses gesagt hatte, ließ ein Knabe den Becher aus den Händen fallen. Trimalcion sah ihn an und sagte: »Den Augenblick schlage dich selbst, weil du flatterhafft bist!« Der Knabe bat mit niedergeschlagenem Gesichte um Gnade. Aber er: »Was bittest du von mir? Als wenn ich dir was thäte! Ich rathe dir, daß du dir von dir ausbittest, daß du nicht mehr flatterhafft seyest.« Endlich ließ er ihm auf unser Bitten die Strafe nach. Darauf lief er um den Tisch herum und schrye: »Wasser hinaus! Wein herein!« Wir nahmen die Artigkeit dieses Scherzes sehr wohl auf, insbesondre Agamemnon, welcher sehr wohl verstand, durch welche Verdienste man wieder eine Mahlzeit erhalten könne.

Uebrigens trank der gelobte und gepriesene Trimalcion immer mit mehrerem Vergnügen. Da er einem Betrunkenen schon sehr ähnlich war, sagt' er: »Und Niemand von euch bittet meine Fortunata, daß sie tanze? Glaubet mir, kein Mensch tanzet den Lesbischen Tanz besser, als sie!« Er selbst hob hier seine Hände über den Kopf und war der leibhaffte Acteur Syrus. – Das ganze Hauß wollte darüber vor Freude närrisch werden! »O mein! wie natürlich! O mein! wie vortrefflich!«

schrye alles. Er würde selbst sich haben sehen lassen, wenn ihm Fortunata nicht, wie ich glaube, in's Ohr gesagt hätte, dergleichen niedrige Possen schicken sich nicht für seine Würde. Nichts aber war sich selbst ungleicher! denn bald wollte Fortunata, bald die Natur in seiner Seele den Sieg davon tragen. Endlich unterbrach die Geilheit zu tanzen der Haußschreiber, welcher die Begebenheiten des Haußes, als wenn es Rom wäre, herlas, wie folget. –

»Den 26ten Julius sind in dem Cumanischen Gute, welches dem Trimalcion gehört, dreyßig Knäblein und vierzig Mägdlein gebohren worden. Von seinen Tennen sind in die Magaziene anderthalb tausend Malter Getrayde eingeführet. Fünfhundert Stück Jochochsen. Ferner ist nämlichen Datum Mithridates, der Sklave gekreuziget, weil er Blasphemieen wider unsern Gaius ausgestoßen hat. Den nämlich sind hundert tausend Thaler in die Schatzkammer gebracht worden, weil man sie aus Ueberfluß zu nichts anwenden konnte. Den nämlichen war eine Feuersbrunst in den Pompejanischen Gärten, welche in der Behaussung des Nasta eines Pachters entstand.« –

»Was? rief Trimalcion, wenn hat man mir die Pompejanischen Gärten gekauft?« – »Im vorigen Jahre, sagte der Haußschreiber, und deswegen sind sie noch nicht in Rechnung gebracht worden. –«

Trimalcion glühte vor Zorne. »Was für Güter mir gekauft werden, rief er, sollen nicht in Rechnung gebracht werden, wenn ich es nicht höchstens den sechsten Monat darnach gewußt habe.«

Nun wurden die Verordnungen der Polizeyinspectoren abgelesen und Testamente von Oberförstern, welche den Trimalcion mit allen Lobeserhebungen zum Erben einsetzten. – Nun die Namen der Pachter: Nun, wie sein Oberaufseher eine Freygelassene verstossen, weil er sie in der That mit einem Bader ergriffen hatte: Ein Tischbedienter war nach Bajen verwiesen und der Schatzmeister des Verbrechens von dem Gerichte überführt, welches seine Kammerdiener gehalten hatten.

Endlich kamen denn nun auch die Gaukelspieler. Ein Erznarr stand mit seinen Leitern da. Ein Knabe mußte durch die Staffeln und auf dem obersten Gipfel nach Liederchen tanzen. Denn mußt' er durch feurige Reife springen und einen Eymer mit den Zähnen aufheben. –

Trimalcion bewunderte dieses alles allein, und sagte, daß diese Kunst nicht nach Verdienste belohnt würde. Unterdessen wären nur zwey Dinge, welche er überaus gern sähe: Tänzer und Wachteln. Die übrigen Thiere und die übrigen Possen und Gaukelspiele verlohnten sich nicht der Mühe. »Denn ich hatte mir auch eine Bande Komödianten gekauft, sagte er ferner, aber ich konnte kein Vergnügen an ihren ernsthafften Sachen finden; sie mußten mir Possenspiel machen, und mein Musikdirector mußte lateinisch singen. –«

Wie er damit fertig war, so stürzte der Knabe von der Leiter auf ihn herab. Das Gesinde schrye aus Leibeskräfften und die Gäste nicht weniger, nicht wegen des garstigen Kerls, denn sie hätten lieber gesehen, daß ihm gar der Hals gebrochen wäre; sondern damit der Schmauß nicht irgend ein schlimmes Ende nehmen möchte, und sie vielleicht gar den Unrechten, als tod beweinen müßten. Selbst Trimalcion ließ einen tiefen Seufzer fahren, und da er sich auf den Arm legte, als wenn er zerbrochen wäre, so liefen alle Aerzte herbey. Die erste war Fortunata. Sie kam mit einem Becher und fliegenden Haaren herbey und schrye: »Ach ich Elende! ach ich Unglückliche! –«

Aber der Junge, welcher herab gefallen war, kroch schon längst an unsern Füssen herum und flehte, daß wir für ihn bitten sollten. Ich hielt dies aber gar nicht für rathsam, denn ich glaubte, daß diese gefährliche Bitten etwas trauriges nach sich ziehen würden. Der Koch war mir noch nicht aus den Gedanken gekommen, welcher das Schwein auszuweiden vergessen hatte. Ich sah mich im ganzen Saal um, ob nicht irgend ein Henker aus der Wand käme. Gleich darauf wurde ein Sklave ausgepeitscht, welcher den gequetschten Arm seines Herrn in weise und nicht purpurfarbne Wolle gewickelt hatte. Beynahe glaubte ich schon, mich nicht geirrt zu haben, als statt der Mahlzeit ein Decret des Trimalcion aufgetragen wurde, in welchem aber enthalten war, daß der Knabe frey seyn sollte, damit Niemand sagen könne, ein so grosser Mann sey von einem Sklaven beschädiget worden. Wir billigten diese Handlung, und plauderten darüber, wie plötzlich sich die menschlichen Dinge verändern könnten. »Ja! ja! sagte Trimalcion, dieser Zufall darf nicht ohne Aufschrifft übergangen werden!« er ließ sich gleich Schreibezeug bringen, und binnen kurzer Zeit, ohne lange nachgedacht zu haben, las er folgendes her:

Auf dieser Unterwelt herrscht nichts, als Ohngefehr,
Und Glück und Unglück kömmt nicht, wo wir meinen, her!
Drum schenkt Falerner ein, ihr meine lieben Knaben!
Die Sorgen machen's nicht, daß wir zu trinken haben.

Von diesem Sinngedichte wurde nun das Gespräch auf die Poeten gelenkt, und lange hielten wir uns bey den Lobeserhebungen des *Marsus von Thracien* auf, bis endlich Trimalcion sagte: »Lieber Agamemnon! was machst du für einen Unterschied zwischen dem *Cicero* und *Publius?* Ich halte dafür, daß der eine beredter, der andere aber viel feiner in seinem Ausdrucke gewesen sey, denn wer kann was bessers sagen, als das: –

Jezt herrscht in Rom die Göttin Schwelgerey,
Und Mars steht nicht mehr seinen Kindern bey.
Im Babylonischen Gewande
Von Pflaum mit Gold gewebt, o Schande!
Gehst du einher, und willst ein Römer seyn? –
Man sperrt für deinen Gaum die Pfauen ein,
Numidien muß dir die Henne schicken
Und Gallien den Hahn – in Cyperwein
Sie ein gelehrter Koch ersticken,
Um deine tode Zunge zu erquicken? –
Der Storch kömmt über Land und Meer
Geflogen mit dem Frühling' her
Und jagt davon den rauhen Winter –
Auch fängst du den zu schmaußen an,
Damit er dir nicht lehren kan,
Wie man erziehen soll die Kinder! –
Und daß du nicht umsonst ein Hörnerträger bist,
Zwingt dich dein Weib mit schlauer List,
Die Perlen Indiens für sie zu kaufen,
Den Calcedon'schen Stein, der leuchtet in der Nacht,
Das grüne theure Glas, daß es sie schöner macht,
Damit die Buhler nach ihr laufen!
Damit es ihr gelingt,
Daß ihr ein Herkules die tolle Brunst bezwingt,
Indem sie stampfend mit ihm in dem Bette ringt
Und lechzet, wo Lucretien ersaufen! –
O Freund die Tugend glänzt
Mit einem Rosenkranz bekränzt
Weit schöner selbst im Dunkeln
Als prächtige Carfunkeln! –

Da stehet Tochter und Frau
Gehüllt in gewebete Lüffte zur Schau
Liebäugelnd allem Pöbel
In einem leinenen Nebel! –

Welche Kunst aber, sagt' er darauf, haltet ihr nach den schönen Künsten und Wissenschafften für die schwerste? Ich glaube, die Kunst eines Arztes und eines Wechslers ist es. Ein Arzt muß wissen, was die Menschen in ihren Herzen haben, und wenn das Fieber komme. Ich muß die Wahrheit gestehen, ob ich sie gleich nicht ausstehen kann, denn sie geben mir immer Purganzen ein; – und ein Wechsler muß durch Silber Erzt sehen können.

Die Ochsen und die Schaafe sind die wohlthätigsten Bestien von der Welt. Den Ochsen haben wir zu verdanken, daß wir Brod essen und die Schaafe machen uns stolz mit ihrer Wolle. O Schandthat! der ißt das Schäflein noch dazu, der seine Wolle schon auf dem Leibe hat! – die Bienen halt' ich für göttliche Bestien, weil sie Honig machen, ob man gleich sagt, daß sie es vom Jupiter herbringen. Deswegen stechen sie aber, weil jede Süssigkeit, wie wir aus der Erfahrung wissen, ihren Stachel hat. –«

Während der Zeit, da sich Trimalcion nun auch über die Philosophen erheben wollte, wurden Zettel in einem Becher herumgetragen. Ein Knabe, welcher über dieses Amt gesetzet war, eröffnete sie und las sie ab. »Verbrecherisches Geld«. Man brachte einen Schinken mit darauf gelegten säuerlichen Sachen, einem Kopfküßen, Stücke Fleisch und Halsbande. – Nun wurde hergelesen: »Glühender Wein und Schimpf der Lufftesser«, drauf wurden Perlen mit einem Apfel, Knoblauch, Pfersing, Peitsche und Messer hergebracht. Dieser bekam Sperlinge, eine Fliegenklappe, eine getrocknete Weintraube und Attisches Honig; Tisch- und Ausgehekleider, ein Stück Fleisch und eine Schreibetafel, eine Büchse und einen Meßstab. Nun wurde heraus gezogen und gelesen: »Ein Haase und eine Sohle«, der empfieng eine Lamprete, eine Wassermaus, die mit einem Frosche zusammengebunden war und einen Büschel Rüben. –

Wir konnten uns des Lachens nicht mehr enthalten. Noch hundert dergleichen wurden herausgezogen, welche meinem Gedächtniß wieder entfallen sind. Ascylt war ganz unmäßig mit Lachen, schlug die Hände zusammen und lachte so sehr, daß ihm das Wasser in die Augen lief.

Einer von den Freygelassenen des Trimalcion wurde zornig darüber, es war mein gesprächiger Nachbar, und rief: »Was lachst du! du Schaafkopf? Warum gefallen dir die Ergötzlichkeiten meines Herrn nicht? Ja! du bist glückseeliger! du bist einen beßern Tisch gewohnt! Es ist dein Glück, daß ich nicht neben dir sitze, sonst hätt' ich dir längst eine Maulschelle gezogen. Das schöne Früchtchen will andere verspotten! Ein Kerl, der sich nicht bey Tage darf sehen lassen! der den Bissen Brod nicht werth ist, den er ißt! der, wenn ich den Rock aufhebe, nicht weiß, wohin er vor Angst fliehen soll! Ich werde, beym Herkules! nicht leicht aufgebracht, aber hier würd' ihm ein Lamm die Augen auskratzen. Glaubst du, ich sey ein Narr? – Aber du bist ein römischer Ritter! – und ich bin eines Königes Sohn! – Warum bist du denn Sklave gewesen? wirst du fragen – ich habe lieber ein römischer Bürger seyn wollen, Schurke! als ein unterjochter Königssohn. – Nun aber hoff' ich so leben zu können, daß ich mir nicht werde auf dem Maule trommeln lassen. Jezt geh' ich als ein freyes Geschöpf mit heitrer Stirne unter euch Menschen herum. Ich bin keinem Menschen einen Heller schuldig. Ich bin niemals deswegen vorgeladen worden. Niemand hat mir vor Gericht gesagt, gieb heraus, was du schuldig bist! – Ich habe mir liegende Güter gekauft. Ich habe mich mit Haußgeräthe versehen. Ich gebe täglich zwanzig Mäulern zu essen und ernähre Katzen und Hunde. Ich habe meine Gattin frey gemacht, damit kein Mensch mehr an ihr die Hände abwische; tausend Augustd'or hab' ich dafür gezahlt. Ich bin von freyen Stücken zum Sevir berufen worden. Nun hoff' ich, so zu sterben, daß ich, wenn ich tod bin, mich nicht zu schämen habe.

Du aber darfst vor lauter Arbeit nicht um dich blicken! und du verspottest andere, wenn du ein Nißchen bey ihnen gewahr wirst, indem dich die Läuse schon halb verzehrt haben; und sind wir denn dir allein lächerlich? Dort sitzt dein Lehrmeister, ein Mann von Jahren, der hat seine Freude über uns. Und du Gelbschnabel, der du noch nicht hinter den Ohren trocken bist! du! der du weder b, a, Ba, noch b, e, Be, weißt! du zerbrechliches Gefäß! du Leder im Wasser, ohne dich zu verbessern! du bildest dir mehr ein, als wir sind? – Iß einmahl zweymahl zu Mittage und zweymahl zu Abend! Ich will lieber ein ehrlicher Kerl seyn, als Schätze haben. Und doch wer hat mich zweymahl um was gebeten? Ich diente vierzig Jahr, und Niemand wußte doch, ob ich ein Sklave oder ein Freyer wäre. Ich kam, als ein unbeschorner Junge in diese Colonie, damals war das Schloß noch nicht gebauet. Ich gab mir alle Mühe, meinem Herrn zu gefallen – der war ein großer Mann! ein Mann von hohen Ehrenstellen! dessen Fingernagel mehr werth war, als du mit Haut und Haar. – Ich hatte Neider im Hauße, welche mir ein Bein unterschlagen wollten, aber – Dank sey meinem Genius! – ich bin glücklich durchgeschwommen. – An dieser Geschichte ist kein Wort unwahr! Ein Fechter kann so leicht ein Freygebohrner werden, als ich darüber hinfahre! – Nun! was fehlt dir? Du siehst ja aus, wie ein Bock, der Bingelkraut gefressen hat! –«

Nach dieser herrlichen Rede schlug Giton, welcher zu meinen Füßen stand und es lange verbissen hatte, ein helles, muthwilliges Gelächter auf. Da dieses der Gegner des Ascylt gewahr wurde, so band er mit dem Knaben an und rief: »Und du lachst auch, du frisirte Atzel? Sollen es die *Saturnalien* vorstellen? Ich bitte euch! leben wir denn im December? – Wird es bald vorbey seyn? du ungehängter Galgendieb! du Rabenaas? Ich will dir schon den Fluch der Götter auf den Hals laden! dir und deinem Schlingel von einem Herrn! Ich will schon meine Rache sättigen! wenn ich es nicht meinem Mitfreygelassenen hier zu Gefallen thäte, so hättest du gewiß schon deine Tracht Schläge bekommen! Haben uns denn deine Herrn Geten dafür bezahlt, daß wir deine Flegeleyen erdulten müßen? – Ja! wie der Herr, so der Knecht! – Kaum kann ich mich mäßigen! Ich bin von Natur hitzig, und wenn ich getrunken habe, kenn' ich meine Mutter nicht! Ganz Recht! Ich werde dich schon zu sehen bekommen, du Maus! du Zaunkönig! Und ich will weder über, noch unter mich wachsen, wenn ich deinen Herrn nicht wie Kehricht in's Wasser werfe! Auch deiner soll nicht geschont werden, und wenn du selbst den Olympischen Jupiter zu Hülfe riefest! Ich will schon dafür sorgen, daß deine Löckchen gerade werden! und deinen Herrn, den Flederwisch, schon bezahlen! Ich werde dich schon zur rechten Zeit noch unter meine Fäuste bekommen, oder ich müßte mich nicht kennen! du sollst mich nicht umsonst verspottet haben, und wenn du einen Bart von lauter Golde hättest. Ich will dir eine Hexe auf den Hals schicken, und dem dazu, der dich so fein auferzogen hat.

Ich habe die Geometrie nicht gelernt, nicht die Kritik und dergleichen Zeug; aber ich verstehe mich auf die Steine und weiß auf ein Haar zu sagen, was sie werth sind. Ich will mich mit dir auf alles einlassen, du kleine Hure, was du nur willst! du sollst erfahren, daß dein Vater alles vergeblich auf dich gewendet, ob ich gleich die Rhetorik nicht verstehe. Ich kann weit reichen! keiner ist mir zu mächtig! Wenn du mich bezahlest, will ich dir zeigen, wer am weitesten von uns läuft und auf einem Flecke stehen bleibt, wer von uns wächst und kleiner wird. Du laufst, du staunst, du sträubest dich, wie eine Maus im Nachttopfe? Also schweige entweder, oder beunruhige ehrliche Leute nicht, die dich so wenig achten, als wenn du nicht gebohren worden wärest. – Glaube ia nicht, daß mich deine Ringlein in die Augen stechen, welche du deiner Hure gestohlen hast! Merkur soll uns beyden gleich günstig seyn! Komm! laß uns auf dem Markt gehen und Geld darauf borgen! da wirst du gleich erfahren, daß man diesem Stahle da an meinen Fingern traue! – Ach! was ist ein gebadeter Fuchs doch für ein närrisches Ding! Ich will des Todes seyn, wenn ich dich nicht, wie ein Hund einen Haasen, verfolgen will. Der ist auch ein feiner Bursche, der dich dieses gelehret hat, wie braussender schlechter Most ist er über deinen Kopf gekommen, nicht wie ein Lehrmeister. – Wir haben doch was gelernet! unser Lehrer sagte: Merkt euch das! Grüsse! Gehe gerades Weges nach Hauße! Siehe dich nicht um! Beleidige keinen Grössern, als du bist und gieb nicht auf alles Achtung! – Keiner lebt so leicht darnach! Ich aber danke den Göttern, daß ich dadurch das geworden bin, was du mich siehest.« –

Ascylt fieng schon an, auf dieses Geschwätze zu antworten, aber Trimalcion, welcher sich an der Beredtsamkeit des Mitfreygelassenen ergötzt hatte, sagte: »Fort mit den Zänkereyen! Seyd ein wenig liebreicher! und du *Hermeros* schone des jungen Menschen! Sein Blut ist aufgewallt und sey du klüger! Wer bey dergleichen Dingen überwunden wird, überwindet. Weist du noch, wie du Einschenker warest, das Hahnrey! Hahnrey! Damals hattest du den Muth noch nicht! – Das beste ist, wir sind vergnügt und hoffen auf die Homeristen. –«

Den Augenblick darauf kam eine Bande herein getreten und schlug Spies und Schild zusammen. Trimalcion selbst setzte sich auf ein Kissen, und während der Zeit, daß die Homeristen, nach ihrer gewöhnlichen Frechheit, sich in griechischen Versen besprachen, las er mit heller Stimme ein Buch lateinisch her. Und da gleich darauf alles stille war, sagt' er: »Wißt ihr den Innhalt von dem, was sie vorstellen?«

»*Diomed* und *Ganymed* waren zween Brüder: deren Schwester war *Helene*. *Agamemnon* entführte sie und unterschob statt ihrer der *Diane* eine Hindin. Nun aber erzählt *Homer*, wie die *Trojaner* und *Parentiner* unter sich deswegen streiten. Nämlich er, der Agamemnon, trug den Sieg davon, und gab seine Tochter *Iphigenia* dem *Achill* zum Weibe; *Ajax* wurde darüber rasend, wie ihr gleich sehen werdet.«

Wie Trimalcion dieses gesagt hatte, so erhoben die Homeristen ein Geschrey, und unter einem Gewimmel von Bedienten wurde ein ganz gebratenes Kalb mit einer Sturmhaube in einer silbernen Schüssel herbey getragen. Ajax folgte hinter drein, und hieb mit gezücktem Schwerde, als ob er wüthete, darauf, und bald mit ein und bald mit auswärts gebogener Spitze theilt' er es in Theile, und theilte unter die Bewundrer auf diese Art das ganze Kalb aus. Aber es war uns nicht lange erlaubt, diese feinen Kunststückchen zu bewundern, denn plötzlich fieng der ganze Boden an, zu prasseln, daß der ganze Speisesaal davon zitterte. Ganz erschrocken richtete ich mich in die Höhe, ich besorgte, es möchte irgend ein Seiltänzer die Decke herabgestiegen kommen; und nicht weniger richteten die übrigen Gäste ihre verwunderungsvollen Häupter empor, und erwarteten, daß was neues vom Himmel verkündiget würde.

Auf einmahl that sich die Decke von einander und ein ungeheurer Zirkel wurde plötzlich herabgelassen, von einem grossen Weingefässe gezogen, an dessen Bogen goldene Kronen und Büchsen von Alabaster mit Salben hiengen. Indem man uns befiehlt, diese Geschenke zu nehmen, sah ich nach der Tafel. Schon war daselbst eine Maschiene mit einigen Kuchen hingezaubert, in der Mitte stand ein gebackener Priap, und trug nach der gewöhnlichen Weise in seinem ziemlich weiten Schoose allerley Arten von Obste und Trauben.

Begierig streckten wir die Hände darnach aus, und plötzlich wurden wir wieder auf's neue ergötzt; denn alle Kuchen, alle Aepfel, wenn man sie auch auf das zärteste anrührte, gossen einen balsamischen Dufft aus sich, so stark, daß er uns endlich zu hefftig wurde.

Wir glaubten also durch und durch balsamirt, daß etwas heiliges darunter verborgen sey, erhoben uns in die Höhe, und wünschten Glück dem erhabenen Vater des Vaterlandes; und da einige nach dieser heiligen Handlung noch von dem Obste nahmen, so füllten auch wir unsere Tischtücher damit an; insbesondre ich, der ich den Busen meines Giton nie genug mit Geschenken beschweren konnte.

Während diesem traten drey Knaben herein mit weisen Kleidern angethan, von welchen zweene kleine Haußgötter mit Lorberzweigen gekrönt auf die Tafel setzten. Der dritte trug einen Becher voll Wein herum und rief: »Die Götter seyen uns gnädig! –« Der erstere hieß *Cerdon,* der andere *Felicion* und der dritte *Lucron.* – Wir selbst aber schämten uns, die herumgetragene Statue des Trimalcion, da sie von allen geküßt wurde, zu übergehen.

Nachdem nun alle sich gute Gesundheit an Leib und Seele gewünscht hatten, wandte sich Trimalcion zu dem *Niceros,* und sagte zu ihm: »Du warest ia sonst der lustigste Gesellschaffter, wie kömmt es denn, daß du iezt schweigest und den Mund nicht aufthust? Wenn du mich vergnügt sehen willst, mein trauter Niceros, so erzähle mir was, wie du es sonst gethan hast.«

Niceros ergötzte sich an der Gesprächigkeit seines Freundes und sagte: »Zeit Lebens will ich auf keinen grünen Zweig kommen, wenn ich nicht lange schon in Wonne zerfließe, daß ich dich so aufgeräumt sehe! Wir wollen also recht vergnügt seyn! Wenn ich nur nicht befürchtete, daß dort jene Gelehrten lachten! Doch das mögen sie! Ich will erzählen; lachen mag man immer, nur mich nicht auslachen. –«

Und nachdem er dieses gesagt – – – – so fieng er folgende Geschichte zu erzählen an.

»Da ich noch diente, wohnten wir in einem engen Gäßchen in dem Hauße, welches iezt Gavilla hat. Daselbst verliebt' ich mich, nach dem Willen der Götter in die Frau des Terenz des Wirthes. O ihr habt sie wohl gekannt die Tarentinische Melisse! sie war das allerschönste Weibchen. Aber ich habe sie beym Herkules nicht körperlicher Weise oder wegen Fleischeslust, sondern nur ganz allein deswegen so lieb gehabt, weil sie so artige Sitten an sich hatte. Wenn ich sie um etwas gebeten habe, so hat sie mir es niemals abgeschlagen. Wenn ich einen Heller, einen Pfennig hatte, so legt' ich ihn in ihren Schoos, und niemals hat sie mich darum gebracht.

Ihr Ehegatte erlebte den lezten Tag auf einem Landgute. Es war mir nichts angelegners auf der Welt, als wie ich entweder zu Fuß oder zu Pferd zu ihr kommen möchte, da ich es erfuhr. In der Noth kann man die wahren Freunde erkennen lernen. Von ohngefehr war mein Herr nach Capua gereist, um etwas zu verkaufen. Ich ließ diese Gelegenheit nicht entwischen und überredete unsern Wirth, daß er mich ein Paar Meilen begleitete. Dieser war ein starker Soldat und machte sich aus dem ganzen Orkus nichts. Wir machten uns gegen Mitternacht, wann die Hüner schreyen, auf den Weg; der Mond schien so helle, als wenn es Mittag wäre. Wir giengen endlich nun über die Gräber. Da fieng auch mein Kerl an, die Sterne zu beschwören; ich aber zählte die Sterne und sang vor lauter Angst darauf. Wie ich mich nach meinem Begleiter umsahe, so zieht er sich faselnackend aus und legt alle seine Kleider an den Weg. Es schwindelte mir vor den Augen und meine Seele wollte aus der Nase fahren. – Er aber pißte einen Kreis um seine Kleider und plötzlich stand er, als ein Wolf da.

Glaubt ia nicht, daß ich scherze! Wenn mir einer den ganzen Tisch voll Geld herlegte, so würd' ich keine Lüge sagen. Aber damit ich in meiner Rede fortfahre –«

Nachdem er Wolf geworden war, so fieng er an zu heulen und lief in den Wald hinein. Im Anfange wußt' ich nicht, wo mir der Kopf stand; hernach aber wollt' ich seine Kleider aufheben, und siehe da, sie waren alle versteinert worden. Wer erschrack hefftiger, als ich? Aber doch zückte ich mein Schwerd und hieb immer vor mir weg in die Schatten, bis ich endlich in das Hauß meiner lieben Melisse kam.

Wie ich zu ihrer Thür hinein getreten war, so wollt' ich den Geist aufgeben. Der Schweis floß mir bis auf die Füsse hinab: die Augen waren gestorben – kaum kam ich wieder zu mir selbst. Meine Melisse verwunderte sich, daß ich so spät in der Nacht zu ihr käme, und sagte: »Wenn du ein klein wenig eher gekommen wärest, so hättest du uns helfen können; denn ein Wolf ist in unser Dorf gelaufen, und hat wie ein Metzger beynahe alles unser Vieh umgebracht. Aber er hat es nicht umsonst gethan, denn unser Knecht hat ihm einen Spieß in den Hals geworfen, ob er gleich noch davon gekommen ist.«

Wie ich dieses hörte, so macht' ich gewaltig grosse Augen und gieng gleich, da es helle war, wieder zurück nach Hauße, aber so zerstört, wie ein Wandrer, der von Räubern überfallen worden. Nachdem ich an den Ort gekommen war, wo die Kleider in Stein verwandelt gelegen hatten, fand ich nichts, als Blut. Wie ich aber nach Hauße kam, so fand ich meinen Soldaten im Bette liegen, und wie ein Schwein bluten, und einen Wundarzt über seinem Halse. Nun merkt' ich erst, daß er ein Hexenmeister sey und sich verwandeln könne. – Nach dieser Zeit hab' ich keinen Bissen Brod mehr mit ihm essen können und wenn du mich umgebracht hättest. Diese mögen die Sache untersuchen, welche darinnen anderer Meinung sind. »Alle Götter sollen mich strafen, wenn ich die Unwahrheit sage.«

Da alle vor Verwunderung nicht wußten, was sie denken sollten, so fieng Trimalcion allein an, zu reden und sagte: »Es kann alles wahr seyn, was du gesagt hast! So wahr ich lebe! die Haare standen mir gen Berg bey deiner Erzählung. Ich bin überzeugt davon, daß Niceros bey solchen Sachen ernsthafft ist, und nichts sagt, von dessen Wahrheit ihn sein

Gewissen nicht überzeugt. Ich selbst will euch eben eine so erschreckliche Sache erzählen; sie ist so wunderbar, wie ein Esel auf den Dächern.

Da ich noch Haare trug, denn ich habe von Kindesbeinen an gewußt, daß die Wollust das höchste Gut der armen Menschen ist, starb *Iphis,* einer von meinen Lieblingen, ein schöner Knabe, der keinen Fehler hatte, eine Perle. Da nun seine Mutter sich über diesen Verlust gar nicht wollte trösten lassen, und viele von uns bey ihr waren, um sie wieder aufzurichten, so erschienen auf einmahl verschiedene Hexen und fielen über ihn her, wie Windhunde über einen Haasen. Wir hatten damals einen Kappadocier bey uns, einen langen verwegenen Kerl, welcher den Jupiter mit seinem Donner angepackt hätte. Dieser zog ganz muthig sein Schwerd, sprang zur Thür' hinaus, umwickelte sich sehr behutsam die linke Hand und stach ein Weib, so, wie ich es hier zeige – die Götter behüten, was ich berühre! mitten durch. Wir hörten etwas seufzen, aber, damit ihr sehet, daß ich nicht lüge – wir sahen die Hexen nicht. Unser Held aber, wie er wieder in's Zimmer getreten war, warf sich auf's Bett, und sein ganzer Leib war, wie mit Peitschen, braun und blau geschlagen, weil ihn nämlich eine böse Hand berührt hatte. Wir schlossen die Thüre zu und fiengen wieder an, sie auf's neue zu trösten; aber indem sie den Leib ihres Sohnes umarmte, fand sie nichts, als eine Haut voll Kehricht, weder Herz, noch Eingeweide, noch sonst was war mehr davon da; denn die Hexen hatten den Knaben gehohlt und dieses Kehricht statt seiner hingezaubert. – Ich bitte euch, ihr müßt das glauben! Es giebt mehrere von den weisen Weibern, Nachtweibern, und Hexen, die das Unterste zum Obersten machen. Uebrigens erhielt dieser lange, rüstige Kerl niemals seine wahre Farbe wieder, und nach wenigen Tagen starb er in der Raserey.«

Wir entsetzten uns und glaubten zugleich alles, küßten die Tafel, und baten flehentlich die Hexen, daß sie die Gütigkeit haben möchten, nicht auszugehen, wenn wir von der Mahlzeit nach Hauße giengen.

Und wahrhafftig! schon sah ich auch alles mit doppelten Augen an, es schienen mir mehrere Fackeln zu brennen, und die ganze Tafel hatte sich verändert, als Trimalcion wieder anfieng und sagte: »Ich bitte dich *Plocrim!* und du erzählst nichts? Willst du uns kein Vergnügen machen? du konntest sonst so schöne Mährchen erzählen, so schön singen, so schöne Auftritte aus Komödien von lauter Honig mit untermischen. Ach! Ach! ihr süssen Freuden des Lebens seyd alle entflohen!« –

»Ja wohl! sagte er, die Räder meines Lebens sind abgelaufen, seit dem ich das Podagra habe! Da ich noch ein Knabe war, sang ich mir bald die Lunge aus dem Leibe! Was Tanzen? Was zärtliche Scenen? Was das Putzen anbetrifft, wer war mir gleich, wenn ich den einzigen *Apellet* ausnehme?« –

Darauf hielt er die Hand vor den Mund und zischelte, ich weiß nicht, was mißhelliges heraus, welches er dann für etwas griechisches ausgab. Trimalcion, nachdem er die Flöten nachgemacht hatte, blickte seinen Liebling zärtlich an, und schmeichelte ihm mit dem Namen Croesus.

Nun wickelte dieser triefäugige Junge ein schwarzes Hündchen mit abscheulichen Zähnen, das noch über dieses eckelhafft fett war, in eine grüne Binde, legt' ihm ein halbes Brod auf dem Bette vor, und ließ es davon bis an den Hals sich voll essen. Trimalcion erinnerte sich dabey seines Scylax und befahl, daß man ihn gleich herbey bringen sollte; die Wache seines Haußes und seiner Familie. Den Augenblick wurde ein entsetzlicher Kettenhund herbey geführt, und da ihm der Thürhüter mit dem Fusse zu verstehen gegeben hatte, daß er sich niederlegen sollte, so setzte er sich vor die Tafel hin. Trimalcion warf ihm ein Stück Kuchen entgegen und sagte: »Niemand in meinem ganzen Hauße liebt mich so sehr, als dieser Hund.« Dem Triefauge verdroß es, daß er den Scylax so unmäßig lobte, er that sein schwarzes Thier auf die Erde und hetzte es. Scylax gebrauchte seinen Hundsverstand, erfüllte mit dem gräulichsten Gebelle den ganzen Saal und hätte beynahe das Margaritchen des Crösus zerrissen. Dieser Lärm wurde noch vergrössert, ein Leuchter fiel auf den Tisch, machte alle krystallene Gefässe kurz und klein und besprützte einige Gäste mit glühendem Oele.

Trimalcion, damit es nicht schien, als ob er sich was daraus machte, küßte den Jungen und befahl ihm auf seinen Rücken zu steigen. Dieser säumte sich nicht lange, stieg auf's Pferd, schlug ihm mit der flachen Hand auf die Schultern und schrye lachend:

»Hocke! Hocke Mäste!
Wie viel hast du Gäste?«

Nachdem Trimalcion wieder abgesattelt war, ließ er einen grossen Becher anfüllen und befahl, daß alle Sklaven zu unsern Füssen daraus trinken sollten, mit der Bedingung, daß wenn einer nicht trinken wollte, man ihm den Becher auf den Kopf schütten sollte. »Bisweilen muß man strenge seyn, sagte er, und bisweilen scherzen.«

Nach dieser Leutseeligkeit wurden die *Matteen* aufgetragen, vor welchen, ihr könnet mir glauben! die Erinnerung mir noch iezt einen Ekel verursacht. Einige gestopfte Hennen wurden statt der Grammetsvögel mit gefüllten Eyern herum getragen. Mit einer Miene voll Majestät bat uns Trimalcion, daß wir sie speisen möchten, indem er hinzufügte, es seyen ausgebeinte Hennen.

Unterdessen klopfte ein Häscher an die Thüren und ein Gast in einem weisen Kleide, mit einem grossen Haufen umgeben, trat herein. Erschrocken von seiner Herrlichkeit glaubt' ich, der Prätor käme herein. Ich wollte aufstehen und mit blossen Füssen auf den Boden treten. Agamemnon lachte über meine Furcht und sagte: »Mäßige dich Närrchen! es ist *Habinnas* der Sevir, der zugleich ein grosser Steinschneider ist, und die Grabmahle vortrefflich zu machen weiß.«

Dadurch erhielt ich wieder frischen Muth, nahm meine vorige Lage wieder ein und betrachtete den Habinnas mit grosser Verwunderung. Er aber schon trunken legte die Hände auf die Schultern seiner Frau. Auf seinem Haupte waren einige Kronen und Salbe floß ihm von der Stirne in die Augen. Nun setzt' er sich an den obersten Ort und forderte gleich Wein und lauliches Wasser.

Trimalcion ergötzte sich darüber, daß er so lustig war, forderte selbst einen grössern Becher und fragte, wie ihm das Gastmahl gefallen hätte, wo er herkäme.

»Wir hatten alles, gab er zur Antwort, ausser dich nicht; denn meine Augen waren immer hier. Beym Herkules! wir haben recht herrlich gelebt. *Scissa* hat seinem Sklaven Misellus zum Angedenken einen Leichenschmauß gegeben, welchem er bey seinem Tode die Freyheit gab. Er hatte eine reiche Erbschafft gethan, denn man schätzt sein Vermögen auf funfzig tausend. Aber wir haben uns recht wohl befunden, ob wir gleich die Hälfte Wein auf seine Gebeine gießen mußten.«

»Was habt ihr denn zur Mahlzeit gehabt?« fragte Trimalcion.

»Ich will dir's sagen, wenn ich kann; denn ich habe ein so gutes Gedächtnis, daß ich offt meinen Namen vergesse. Unterdessen glaub' ich, daß wir zur ersten Tracht ein bekränztes Schwein gehabt haben, welches mit Bratwürsten, wohlzugerichteten Vögeln, Mangold und schwarzem Brode gefüllt war. Dieses letztere eß' ich lieber, als das weise, denn es giebt Kräffte, und an mir laß' ich gewiß nichts fehlen.

Das zweite Gericht bestand aus kalten Torten, welche mit warmen vortrefflichen spanischen Honige übergossen waren. Von den Torten aß ich zwar auch nicht allzuwenig, aber an dem Honige konnt' ich mich gar nicht satt essen. Von dem Erbsen und Bohnen Sallat hab' ich wenig zu mir genommen; denn Calva hat mir es gerathen, desgleichen auch wenig Obst; aber doch hab' ich ein Paar Aepfel aufgehoben. Siehe! hier sind sie in meinem Tischtüchlein; denn wenn ich meinem kleinen Sklaven nicht was mitbringe, so zankt er mit mir. Mein Schatz erinnert mich auch allezeit daran.

Darauf wurden wir mit einer Keule von einem jungen Bär bedient und da meine *Scintilla* unvorsichtiger Weise davon gegessen hatte, spye sie bald Lunge und Leber darauf aus. Ich aber habe mehr als ein ganzes Pfund davon zu mir genommen, es hatte völlig den Geschmack von Schwarzwildpret. Wenn der Bär das Menschlein frißt, sagt' ich, wie vielmehr muß das Menschlein den Bär essen?

Kurz! wir hatten weichen Käse und Weinsuppe und Schnecken und Gehacktes und Leber und gefüllte Eyer und Rüben und Senf und alles in der Art von grossen Schüsseln, welche *Palamed* erfunden hat, wofür es ihm ewig wohl gehen müsse! – Darauf wurden Austern in einem grossen Becken herumgetragen, nach welchen wir mit Fäusten drein griffen, denn den Schinken hatten wir wieder fortgeschickt. – Aber sage mir doch, mein lieber Gaius, warum ist denn Fortunata nicht am Tische?« –

»Kennst du sie noch nicht? sagte Trimalcion, sie nimmt nicht eher einen Tropfen Wasser in den Mund, als bis sie alles, was zur Mahlzeit gehörig ist, in Ordnung gebracht und die Ueberbleibsel unter die Knaben ausgetheilt hat.«

»Den Augenblick geh' ich weg, sagte Habinnas, wenn sie sich nicht hersetzt!« und da er schon anfieng, aufzustehen, so liefen alle Bedienten nach der Fortunata. Sie kam also herbey.

Sie war mit einer gelben Brustbinde so hoch aufgeschürzt, daß man ihr kirschfarbnes Unterröckchen sehen konnte und ihre von Silber geflochtene Bänder um die Beine und ihre mit Gold gestückten Pantoffeln. Dann wischte sie mit einem Schweistuche, welches an ihrem Busen hieng, ihre Hände ab und setzte sich auf das Bett neben Scintillen, der Gemahlin des Habinnas; küßte diese, da sie vor Freude die Hände zusammenschlug, und rief mit zärtlicher Stimme: »Bist du's denn wirklich?«

Nun that Fortunata ihre von Golde starrende Armbänder herab und wies sie der Scintilla, welche sie sehr bewunderte. Endlich löste sie auch ihre Beinbänder herab und ihr Haarnetz, von welchem sie rühmte, daß es aus den feinsten Goldfäden verfertiget sey.

Trimalcion bemerkte dieses alles und befahl alles herbey zu bringen. »Ihr sehet hier, sagte er, ihre guten Fußketten! so lassen wir Narren uns von ihnen berauben. – Sie müssen sechs und ein halbes Pfund haben; und ich selbst habe noch über dieses ein Armband für sie, welches zehn Pfund wiegt, wozu ich einige Interessen angewendet habe.«

Endlich mußte man ihm sogar noch eine Waage bringen, damit man nicht glauben möchte, er löge – und nun wog er alles nach einander.

Nicht besser macht' es Scintilla. Diese zog eine goldene Kapsel von ihrem Halse, welche sie ihre Felicion nannte, und brachte noch zwo von den größten Perlen hervor und gab sie der Fortunata eben so zu betrachten. – »Dies ist ein Geschenk von meinem lieben Männchen, sagte sie, kein Mensch kann sie besser haben!« –

»Du hast mir lange genug in den Ohren gelegen, sagte dieser, damit ich dir diese Bohne von Glas kaufen möchte, und hast mich beynahe dadurch zum Bettelmanne gemacht. – Wahrhafftig! wenn ich eine Tochter hätte, wollt' ich ihr die Ohrenläppchen abschneiden. Wenn die Weiber nicht wären, so würden wir das alles für Koth halten. Nunmehr aber ist's so unumgänglich, als warm pissen und kalt trinken.«

Obgleich die Damen darüber betroffen waren, so lachten sie doch dazu und küßten sich schon beyde betrunken, indem die eine rühmte, was sie für eine gute Haußmutter, und die andre, was ihr Mann für ein gutes Närrchen sey. – Da sie noch an einander hangen, so stand Habinnas heimlich auf, ergriff die Füsse der Fortunata und legte sie auf's Bett.

»Ach! ach!« schrye sie, wie wenn sie in's Wasser fiel, indem sich ihr Unterröckchen bis über die Kniee hinaufschlug – und in diesem Zustande verbarg sie ihr aufglühendes Gesicht in dem Schoose ihrer Scintilla.

Nicht lange darnach befahl Trimalcion, daß der Nachtisch herbeygebracht würde. Die Sklaven trugen alle Tische fort und brachten andere an deren Stelle und bestreuten den Saal mit rothen und gelben Sägespänen und, welches ich niemals gesehen hatte, mit glänzendem Staube von Spiegelsteinen.

Trimalcion sagte darauf: »Ich konnte zwar mit dem letzten Gerichte zufrieden seyn, denn es war statt des Nachtisches; aber wenn du was gutes hast, so bring es her.«

Unterdessen fieng ein Alexandrinischer Bube, welcher mit laulichem Wasser bediente, an, die Nachtigall zu machen. Plötzlich aber schrye Trimalcion: »Was anders!« da kam denn wieder was neues. Ein Sklave, welcher zu den Füssen des Habinnas saß, schrye augenblicklich darauf, vermuthlich auf Befehl seines Herrn, mit heller Stimme:

»Unterdessen war schon auf der Höhe des Meeres Aeneas
Mit der Flott' und die Reise gewiß u.s.w.«

Kein mißhelliger Ton hat jemals so meine Ohren zerrissen! denn ausser diesem sang der Barbar bald hoch und bald tief und mischte Gassenliederchen mit ein, daß mich damals zum erstenmahl sogar Virgil beleidigte. – Da er nun endlich aus Müdigkeit nicht mehr fortschrye, sagte Habinnas: »Hat er's gelernt? Man muß ihn auf den Markt schicken, dort wird er seines gleichen nicht haben, er mag entweder die Mauleseltreiber oder Quacksalber nachahmen wollen. – Wenn er in Noth steckt, so ist er der verschlagendste Kopf. Er ist Schuster, Koch, Becker und kann bey ieder Kunst einen Bedienten abgeben; doch hat er zween Fehler an sich, und wenn er diese nicht hätte; so würd' er ganz ohne allen Tadel seyn. Er bekömmt bisweilen den Schuß in den Kopf und schläft gerne. Daß er schieläugig ist, hat nichts zu bedeuten; das ist auch Venus, und deswegen verschweigt er nichts. Ich kauft' ihn auch, wie einen Einäugigen für hundert Thaler.«

Hier unterbrach ihn Scintilla und sagte: »Du Schelmchen verschweigst noch vieles von ihm! er ist auch in der Schule der Buhlereyen gewesen; aber ich will ihn schon dafür bezahlen! du Schielauge du! ich lasse dir noch ein Kreuz auf die Stirne brennen!«

Trimalcion lachte und sagte: »Ich erkenn' ihn selbst für einen Erzschalk. Er schlägt nichts aus! und beym Herkules! er thut recht dran! denn er hat seines gleichen nicht. Du aber, liebe Scintilla, darfst nicht so eyfersüchtig seyn! Glaube nur sicherlich, daß wir euch auch kennen! Eben so, so wahr ich Trimalcion bin, pflegt' ich auch den schönen Ammea anzugreifen, daß so gar mein Herr einen Verdacht deswegen schöpfte und mich auf einen Meyerhof verwies. – Aber sey stille, Zunge! ich will dir was zu essen geben!« –

Dieser heillose Sklave, eben, als wenn er gelobt worden wäre, zog ein Pfeifchen aus dem Busen und macht' es länger, als eine halbe Stunde den Flöternbläsern nach, und Habinnas *accompagnirte* ihn, und drückte mit dem Finger die untere Lefze darnach. Endlich trat er gar mitten in den Saal, und machte, wie ein Pickelhäring bald die Cantoren und bald mit einer Peitsche die Mauleseltreiber nach, bis ihn endlich Habinnas zu sich rief, ihn küßte, ihm den Becher reichte und zu ihm sagte: »Trefflich und vortrefflich! *Massa* du sollst ein Paar Stiefeln haben.« –

Aus Verdruß würd' ich noch davon gelaufen seyn, wenn nicht noch das letztere Gericht dieses Gewäsche unterbrochen hätte. Es bestand aus einer Pastete von Grammetsvögeln, getrockneten Trauben und eingemachten Nüssen. Darauf folgten Quitten mit Zimmet gespickt, damit sie wie Igel aussehen sollten. Dieses wäre noch erträglich gewesen, wenn nicht noch ein ungeheureres Gericht darnach wäre gebracht worden, vor welchem der hungrigste Kerl Meilen weit davon gelaufen wäre. Denn da wir glaubten, eine gestopfte Gans stehe da und Fische und allerley Arten von Vögeln darum, so sagte Trimalcion: »Alles was ihr sehet, ist aus einem Leibe gemacht.«

Ich nämlich, als der erfahrendste Kerl in dergleichen Sachen, wußte gleich, was es wäre, und sagte dem Agamemnon: »Es ist sehr schön, wenn es nicht von Wachs gemacht ist! Zu Rom hab' ich in den Saturnalien eben solche Statuen von Gerichten gesehen.«

Ich hatte noch nicht aufgehört zu reden, als Trimalcion sagte: »Ich will was darauf wetten, wenn mein Koch das nicht alles von einem Schwein gemacht hat, ohne sonst etwas. Er ist der kostbarste Kerl von der Welt. Wenn ihr es verlangt, so macht er aus einem Säumagen einen Fisch, aus Speck einen Baum, aus dem Schinken eine Turteldaube, aus den Eingeweyden eine Henne; und nach meiner Erfindung hat er den schönsten Namen deswegen erhalten, denn er heist *Dädalus;* und weil er ein so guter Kerl ist, so hab' ich ihm aus Rom ein Paar Norische Messer mitgebracht.« – Gleich ließ er sie bringen, sah sie an, und bewunderte sie, und gab uns die Erlaubnis dazu, daß wir sie an unsern Bärten versuchen könnten. –

Plötzlich traten lärmend zween Sklaven in den Saal, als wenn unter ihnen ein Streit im Weinkeller entstanden wäre; noch hatten sie Flaschen an ihren Hälsen hängen, und wie Trimalcion ihren Streit entschieden, so wollte keiner von ihnen die Entscheidung befolgen, sondern sie schlugen einander die Flaschen in zwey. – Wir erschraken über die Frechheit dieser Besoffenen und sahen ihrem Streite zu. – Aus ihren Flaschen fielen allerley Arten von Muschelfischen, welche ein Knabe auflas und in einer Schüssel herumtrug. –

Das grosse Genie unter den Köchen, der Koch übertraf noch diese witzigen Einfälle. Er brachte in einem silbernen Schüsselchen Schnecken herbey, und sang mit einer jämmerlichen und erbärmlichen Stimme dazu.

Ich schäme mich beynahe, das folgende zu erzählen. Ungewöhnlicher Weise brachten schöne hübsche Jungen mit langen Haaren in silbernen Becken Salbe, und salbten die Füsse der Gäste damit, da sie vorhero Schenkel, Waden und Fersen mit Blumenkränzen umwunden hatten. Darauf goßen sie von eben dieser Salbe in die Weingefäße und Lampen.

Schon wollte Fortunata tanzen, schon klatschte Scintilla mehr, als sie sprach, als Trimalcion rief: »Ich erlaub' euch *Philargyrus* und dir *Carrio*, der du ein so tapfrer Anhänger der *Grünen* bist, euch an den Tisch zu setzen! Sage deiner *Concubine Minophila*, daß sie es eben so mache.«

Was soll ich alles weitläufig erzählen? Beynahe wurden wir aus unsern Lagern vertrieben, so viel hatte das Gesinde von dem Tische eingenommen. Das hab' ich nicht vergessen, daß der Koch, der aus einem Schweine eine Gans gemacht hatte, über mir saß, und die ganze Küche aus sich dünstete. Er war nicht damit allein zufrieden, daß er am Tische saß, sondern fieng gleich an, den *Thespis* den ersten Komödianten nachzumachen, und wollte dann immer mit seinem Herrn wetten, daß er in dem nächsten Wettrennen in einem grünen Rocke den ersten Preis davon tragen würde.

Trimalcion zerfloß in Vergnügen bey dieser Aufforderung, und sagte: »Meine Freunde! die Sklaven sind doch auch Menschen! und haben eben so wie wir Weibermilch getrunken! und wenn sie gleich ihr böses Schicksal verfolgt, so sollen sie doch, so wahr ich lebe! noch freye Lufft genießen! Kurz! ich mache sie in meinem Testamente alle frey!

Dem Philargyrus vermach ich ein Gut und seine Concubine. Dem Carrion eine Insel und den Zwanzigsten und ein gemachtes Bett. Fortunaten setz' ich zu meiner Haupterbin ein, und empfehle sie allen meinen Freunden. Dieses eröffne ich alles deswegen, damit mich meine Familie iezt schon so liebt, als wenn ich gestorben wäre.« –

Alle bedankten sich für die Wohlgewogenheit ihres Herrn, er setzte den Scherz bey Seite und befahl, daß man ihm sein Testament herbringen sollte; und las es dann vom Anfange bis zu Ende. Die ganze Familie seufzte unterdessen.

Nach diesem sah' er den Habinnas an und fragte: »Was sagst du liebster Freund dazu? Willst du mir noch mein Grabmahl aufrichten, so wie ich es dir befohlen habe? – Ich bitte dich aber sehr, daß du an den Fuß meiner Statue ein Hündchen machest und Kränze und Salben und alle meine gewonnene Schlachten, damit ich durch dich so glücklich sey, noch nach meinem Tode zu leben. Oben muß es hundert und unten zweyhundert Fuß haben. – Alle Arten von Obstbäumen sollen um meine Asche gepflanzt werden! denn es würde sehr ungereimt seyn, wenn ich bey Lebzeiten meine Wohnungen so schön ausgezieret hätte, und diejenigen öde liegen lassen wollte, wo ich so lange wohnen muß. Vor allen Dingen muß noch diese Aufschrifft dabey seyn:

Dieses Monument
soll keinen Erben haben.

Uebrigens werd' ich in meinem Testamente darauf bedacht seyn, daß man mich nach meinem Tode nicht beschimpfe. Deswegen will ich einen Freygelassenen über mein Grabmahl setzen, der verhüten soll, daß der Pöbel nicht irgend darauf seine Nothdurft verrichte. Noch bitt' ich dich, daß du Schiffe mit vollen Seegeln darauf gehend machest und mich auf einem Richterstuhle in einem Gewande mit Purpurstreifen und mit fünf goldenen Ringen, so, daß ich aus einem Säckchen Gold unter das Volk auswerfe; denn du weist, daß ich öffentliche Mahlzeiten gegeben habe und jedem Gaste zwey Goldstücke. Du kannst, wenn du willst, einen Speisesaal dazu machen und das ganze Volk daran, wie es sich gütlich thut.

Zu meiner rechten Seite aber mache mir die Statue meiner Fortunata, wie sie ein Däubchen in der Hand hält und ein Hündchen an einem Gürtel führt und meinen Cicaron und Flaschen in Menge, die alle vergypst seyn müssen, damit der Wein nicht heraus laufe. Eine davon kannst du wohl auch zerbrochen vorstellen und über sie einen weinenden Knaben. Eine Uhr aber in die Mitte, damit, wer die Stunde daran sehen will, er mag wollen oder nicht, meinen Namen daran lese. Was die Grabschrifft betrifft, so bitt' ich dich mir zu sagen, ob dir diese hinlänglich zu seyn scheinet:

>*Hier ruhet*
C. Pompeius Trimalcion
der Maecen
In seiner Abwesenheit wurd er
zum Sevir erwaehlt
und da er iedes Amt erhalten konnte
so wollt' er es doch nicht.
Er war
Fromm Tapfer Trev
Sein Anfang war klein
sein Ende gross
Drey Millionen hat er hinterlassen
und niemals einen Philosophen gehoert.
Auch du lebe wohl.<

Wie er dieses gesagt hatte, so vergoß er häufig Thränen; auch Fortunata weinte; und endlich weinte die ganze Familie und erfüllte mit ihrem Geheule den ganzen Saal, als wenn sie schon zu seiner Leiche wären gebeten worden.« Ich selbst mußte mit zu weinen anfangen; und hier rief denn Trimalcion auf einmahl aus: »Da wir so gut wissen, daß wir sterben werden, warum wollen wir denn nicht leben? Ihr sollt alle glücklich seyn! – kommt! Werfen wir uns in's Bad! Auf meine Gefahr! Es soll euch nicht gereuen! Es ist so warm drinnen, wie in einem Ofen.«

»Recht so! recht so! rief Habinnas, das ist mir was leichtes, aus einem Tage zweene zu machen!« darauf stand er baarfuß auf und folgte dem Trimalcion, der vor Freuden nicht wußte, wie er gehen sollte.

Darauf wandt' ich mich zu dem Ascylt, und fragt' ihn: »Was denkest du dabey? Wenn ich nur das Bad in's Gesicht bekomme, so werd' ich schon des Todes seyn.«

»Wir wollen thun, als wenn wir mit gehen wollten, sagte er, und indem sie in's Bad gehen, unter dem Getümmel hinausschleichen.«

Da wir darinnen einerley Meinung waren, so mußt' uns Giton durch die Gallerie führen, bis wir zur Thür kamen. Daselbst fiel uns der Kettenhund so wüthend an, daß Ascylt in einen Fischbehälter fiel; und ich, der nicht viel nüchterner war, und so gar vor dem gemahlten Hunde mich schon gefürchtet hatte, fiel hinter ihn drein, da ich ihm helfen wollte. Der Pförtner rettete uns noch, welcher durch seine Ankunft den Hund stillte, und uns, die wir wie Espenlaub zitterten, in's trockene zog.

Giton hatte sehr glücklich den Hund für sich eingenommen, denn er warf ihm alles vor, was er von uns bey der Mahlzeit empfangen hatte, und besänftigte ihn dadurch.

Da wir nun endlich halb erfroren uns von dem Pförtner ausbaten, daß er uns zur Thür hinaus bringen möchte, so sagte er: »Ihr irret euch, wenn ihr glaubt, ihr könntet da wieder hinaus gehen, wo ihr herein gekommen seyd. Noch kein einziger Gast ist zu eben der Thüre hinaus gegangen, durch welche er herein gekommen ist; da gehet man herein und dort hinaus.«

Was sollten wir anfangen? wir Unglückseeligsten? Wir waren in eine neue Art von Labyrinth eingeschlossen. Es war kein andres Hülfsmittel übrig – wir mußten uns baden. Wir baten ihn also von freyen Stücken, daß er uns in's Bad bringen möchte.

Wie wir da waren, so warfen wir unsere Kleider von uns, welche Giton am Eingange trocknen sollte, und giengen in's Bad. – Es war sehr schmaal und einer Cisterne gleich, wo man sich zu erfrischen pfleget. Trimalcion stand gerade darinnen; wir konnten auch hier nicht vermeiden seine Prahlereyen anzuhören. Er sagte: »Es ist nichts besser, als wenn ihrer wenige sich baden! Sonst hat hier ein Backhauß gestanden!« Dann setzt' er sich vor Müdigkeit nieder. Das ganze Bad gab dadurch einen Klang von sich. Darauf hob er begeistert sein trunkenes Haupt empor und fieng an, die Lieder des Mäcen zu verhunzen, wie mir diejenigen sagten, welche seine Sprache verstunden.

Die andern Gäste tanzten um seine Badzelle mit zusammen geschlungenen Händen in einem Kreise herum und schryen so entsetzlich, daß das ganze Hauß darüber einfallen wollte. Andere versuchten, ob sie mit zusammen gebundenen Händen Ringe von dem Boden aufheben, und noch andere, ob sie mit vorgebogenen Knieen den Kopf rückwärts bis auf die Fersen beugen könnten.

Indem diese ihre Spielereyen machten, giengen wir in eine Badstube, wo dem Trimalcion eingefeuert wurde. Hier fiengen unsere Köpfe an, ein wenig leichter zu werden, und man führte uns in ein anderes Zimmer, in welchem Fortunata ihre Kostbarkeiten ausgekramet hatte. Ich bemerkte bey dem Glanze von krystallenen Leuchtern Fischer aus Erzt gegossen, Tische von gediegenem Silber, mit Gold überzogene Becher und Schläuche, woraus Wein floß.

Dann kam Trimalcion und sagte: »Meine Freunde, heute läßt sich mein Sklave zum erstenmahl den Bart abscheeren. Es ist ein gutherziger braver Kerl und ich lieb' ihn sehr. Also laßt uns ihn einweyhen und bis an den hellen lichten Tag trinken!« –

Wie er das sagte, schrye der Hahn. Trimalcion wurde darüber bestürzt, und befahl, daß man Wein unter den Tisch gießen und die Lampen damit besprützen sollte. Ja! er steckte so gar einen Ring von seiner linken an seine rechte Hand, und sagte: »Vergeblich hat dieser Wächter kein Zeichen gegeben; denn entweder wird eine Feuersbrunst entstehen, oder Jemand wird in der Nachbarschafft seinen Geist aufgeben. Die Götter mögen uns gnädig seyn! Wer diesen Propheten bringt, soll eine Krone erhalten!«

Er hatte noch nicht ausgeredt, so wurde der Hahn schon gebracht. Trimalcion befahl, daß man ihn gleich in einem Kessel kochen solle. Der gelehrte Koch, der kurz vorher aus einem Schweine Vögel und Fische gemacht hatte, machte nicht viel Federlesens mit ihm, und schmiß ihn auf einen Rost, und indem Dädalus ihn mit siedenden Brühen begoß, mahlte Fortunata in einer Handmühle von Buchsbaum Pfeffer.

Wie der Rest von dem Nachtische gänzlich aufgezehrt war, so wandte sich Trimalcion zu seinem Haußgesinde, und sagte: »Und ihr habt noch nicht gegessen meine Kinder? Gehet und laßt andere in eure Stelle kommen!« –

Nun kam eine andere Bande. Jene schryen: »Lebe wohl Gaius!« und diese: »Sey gegrüsset Gaius!«

Hier wurde die Freude zuerst gestöret; denn da ein schöner Junge unter den neuen Bedienten herein getreten war, so ergriff ihn Trimalcion, und konnte sich gar nicht satt an ihm küssen. Hier fieng Fortunata an, welche hier augenscheinlich ihren Verdacht bekräfftigen konnte, auf den Trimalcion zu schimpfen, nannt' ihn einen schmuzigen garstigen Mann, der seine Geilheit nicht im Zaume halten könne, und zulezt sagte sie noch: »Du geiler Hund!« –

Trimalcion durch diese Schimpfworte beschämt und im höchsten Grade beleidiget, warf einen Becher gerad' ihr in's Gesicht. Diese schrye nun ganz erbärmlich, als wenn er ihr ein Auge aus dem Kopfe geworfen hätte, und hielt ihre zitternden Hände vor's Gesicht.

Scintilla selbst wurde sehr darüber bestürzt und drückte sie halb ohnmächtig an ihren Busen. Ein gutwilliger Knabe brachte einen Krug frisches Wasser herbey und hielt es ihr an den Backen; Fortunata hielt ihr Gesicht darüber und seufzte und weinte.

Trimalcion hingegen sagte: »Was bildet sich die Hure ein, daß sie mich so behandeln will? Aus dem Backhauße hab' ich sie heraus gezogen und unter die Menschen gebracht! Jezt bläst sie sich wie ein Frosch auf; aber sie speyt sich selbst auf ihren Busen. Ein Stück Holz ist sie, kein Weib. Aber es hat seine Richtigkeit, ein Mistfinke wird sich niemals in die grosse Welt schicken. Nicht eher will ich mich ruhig zu Bette legen, als bis ich diese großsprecherische Cassandra gedemüthiget habe.

Wie ich noch ein geringer Bursche war, konnt' ich schon ein Weib von hundert tausend Thalern heyrathen. Du wirst wohl wissen, daß ich keine Lüge sage. Gestern führte mich der Salbenhändler Agathon bey Seite und sagte mir: ich bitte dich! laß doch dein Geschlecht nicht untergehen. Aber indem ich dieser alles liebes und gutes thue und nicht flatterhafft scheinen will, so hab' ich mir selbst die Faust in's Gesicht geschlagen. Nach meinem Tode wirst du mich wieder mit den Fingernägeln auskratzen wollen! dann wirst du einsehen, wie unvernünftig du iezt gehandelt hast. Habinnas, nun sollst du ihre Statue nicht mehr auf mein Grabmahl bringen, sie dürfte sich nach meinem Tode noch mit mir zanken wollen! Und damit sie erfahren möge, daß ich ihr schaden kann, so befehl' und verordn' ich hiermit, daß sie, wenn ich gestorben bin, mich nicht küssen soll.«

Nach diesen Donnerschlägen fieng Habinnas an, für sie zu bitten und beschwor ihn, daß er doch wieder aufhören möchte zu zürnen, und sagte: »Es ist Niemand unter uns, der nicht fehle! Wir Menschen sind ia keine Götter!« Scintilla sagte das nämliche, und weinte dazu, und sagte zulezt: »Ich beschwöre dich bey ihrem Schutzgeiste, lieber Gaius, sey nicht unerbittlich!«

Darauf weinte Trimalcion, wie ein Kind und sagte: »Habinnas, es müsse dir wohl gehen! Wann ich zu viel gethan habe, so speye mir in's Gesicht! Ich habe dem allerbesten Knaben ein Paar Küsse gegeben, nicht weil er schön, sondern weil er so gutherzig, so ehrlich ist. Er kann zehn Reden halten! Er liest sein Buch ohne Anstoß weg! Er steckt seine täglichen Geschenke in eine Sparbüchse! Er hat sich ein Kästchen angeschafft, worinn er sich das aufhebt, was er nicht ißt! und einige Fläschchen dazu, was er nicht trinkt! Ist er nicht werth, daß ich ihn unter meinen Augen leide? Aber Fortunata will's nicht haben. Und weswegen du Krummbein? Nun so friß immer alles weg, du Habicht! Aber mache mich nicht toll, kleine Hure! sonst wirst du erfahren wer ich bin! du kennst mich und weist sehr wohl, daß das, was ich einmahl beschlossen habe, so fest ist, als wenn es mit den längsten Nägeln angenagelt wäre! – Aber bedenken wir, daß wir leben! –

Seyd vergnügt meine Freunde! ich bitt' euch darum! Ich war eben das, was ihr seyd! bloß durch meinen Verstand hab' ich's so weit gebracht. Unser Herzchen macht uns zu Menschen, das übrige ist alles nichts! Ich kaufe wohl und verkaufe wohl! Ein andrer mag euch das übrige sagen! Ich möchte vor Glückseeligkeit zerbersten! du aber, Schnarcherin, weinst du noch immer? Warte nur! ich will dir schon noch Ursache dazu geben! –

Aber um in meiner Erzählung fortzufahren! Zu diesem Glücke hat mich meine Sparsamkeit gebracht. Wie ich aus Asien kam, war ich nicht grösser, als dieser Leuchter. Kurz! ich pflegte mich täglich mit ihm zu messen, und damit ich bald einen Bart bekäme, so salbt' ich mich aus dieser Lampe. Unterdessen war ich vierzehn Jahre die Geliebte, die Wollust meines Herrn; denn warum sollt ich es nicht gestehen? Was der Herr befiehlt, ist nicht schändlich. Aber doch that ich auch der Gemahlin dabey Gnüge. Ihr versteht mich! Ich schweige davon, weil ich mich nicht gern selbst rühme. Darauf wurd' ich nach dem Willen der Götter selbst Herr im Hauße, und da fieng ich an, zu merken, daß ich Gehirn im Kopfe hatte. Was soll ich weitläufig seyn? Dadurch wurd' ich sein Erbe zugleich mit dem Kaiser, und nahm seine Güter und Würden im Besitz. Aber sagt mir, wenn hat jemals ein Mensch genug? – Ich hatte Lust Handlung zu treiben. Ich will euch nicht lange aufhalten. Ich rüstete fünf Schiffe aus, belastete sie mit Wein, das war so viel, als baares Geld; und ließ sie nach Rom abseegeln. Eben so, als wenn ich es befohlen hätte, litten alle fünfe Schiffbruch. An einem Tage verschlang Neptun über drey Millionen. Glaubt ihr, daß ich den Muth verlohren habe? Nein! beym Herkules! das alles war mir, wie nichts! Ich ließ grössere und bessere und glücklichere bauen, damit Jeder sagen müßte, ich sey ein muthiger Mann. Ihr wißt, je grösser die Schiffe sind, je mehr Stärke haben sie. Ich belastete sie wieder mit Wein, Speck, Bohnen, Salben und Sklaven. –

Hier that Fortunata eine großmüthige Handlung! denn sie verkaufte allen ihren Schmuck und alle ihre Kleider, und gab mir hundert grosse Goldstücke in die Hände, die gleichsam der Sauerteig zu meinem Vermögen waren. Was die Götter wollen, geschieht geschwind. Auf einer Fahrt gewann ich eine ganze Million. Ich löste alle Grundstücke meiner Erbschafft wieder ein, baute Häußer, kaufte Zugvieh zum Verkaufe. Was ich nur berührte, nahm zu, wie eine Honigscheibe. Endlich da ich mehr hatte, als mein ganzes Vaterland – Weg damit dann! ich entschlug mich der Handlung, und schoß den Freygelassenen Kapitalien auf Zinse vor. Endlich da ich alles mein Gewerbe wollte liegen lassen, so kam ein Mathematicus in unsere Colonie, ein Grieche, namentlich *Serapio*, ein von den Göttern begeisterter Mann, und beredte mich wieder dazu. Er sagte mir alles vom Anfange bis zum Ende, was ich gethan und schon wieder vergessen hatte. Er kannte alles an mir, sogar biß auf meine Eingeweide, und hätte mir sagen können, was ich gestern gegessen hätte. Man konnte glauben, er sey von Kindesbeinen an nicht von mir weggekommen.

Warest du nicht dabey, Habinnas, als er mir einst sagte: du hast deine Frau zu dem Herrn deines Vermögens gemacht! du bist nicht glücklich in der Wahl deiner Freunde! Niemand wird dir dankbar seyn! Du besitzest weitläufige Ländereyen! Du ernährest eine Schlange in deinem Busen! – Und warum soll ich es nicht sagen? Du hast noch zwey und dreyßig Jahre, vier Monathe und zween Tage zu leben! In kurzem wirst du eine Erbschafft erhalten! –

Dieses verkündigte mir mein Wahrsager.

Wenn ich meine Güter noch mit Apulien verbunden habe, so werd ich reich genug seyn. Unterdessen hab' ich unter dem Schutze des Merkur dieses Schloß gebauet. Wie ihr wißt, war es eine Hütte, iezt kann es eine Wohnung der Götter seyn. Es hat vier Speisesaale, zwanzig Zimmer mit Schlafgemachen, zwo Gallerieen von Marmor, in der Höhe viele Zimmer für Bediente und Haußgeräthe, ein Schlafzimmer für mich, ein Putzzimmer für diese Otter, ein sehr gutes Zimmer für den Pförtner und ein Gastzimmer für hundert Gäste. Kurz! wenn Scaurus hieher kam, so wollt' er sonst nirgends lieber Quartier nehmen, und er hatte selbst am Strande ein väterliches Landgut. Es sind noch andere Dinge darinnen, welche ich euch gleich zeigen will.

Glaubet mir auf mein Wort! So viel ihr Geld habt, für so viel Geld hält man euch werth! Hast du Geld, so wirst du auch geschützt. So wurde euer Freund aus einem Frosche ein König.

Stich bringe mir unterdessen meine Sterbekleider her, in welchen man mich hinaus tragen soll, und Salbe aus jener kostbaren Flasche, wovon meine Gebeine sollen gesalbet werden.« –

Stich brachte gleich eine weise und eine mit Purpur besetzte Toga. Wir mußten darauf alles befühlen, ob es von guter Wolle gemacht sey.

Dann sagte er lächelnd: »Stich laß mir ja keine Würmer und Motten hinein kommen, sonst laß ich dich lebendig verbrennen! Prächtig will ich hinaus getragen werden und das ganze Volk soll mich seegnen.«

Jezt eröffnete er die Flasche voll Nardenoel und salbte uns alle ein wenig damit. »Ich will hoffen, sagte er, daß mir dieses Oel eben so angenehme Empfindungen verursachen werde, wenn ich tod bin, als iezt, da ich noch lebe.«

Dann ließ er frischen Wein einschenken und sagte: »Stellt euch einmahl vor, ihr wäret auf meinem Leichenschmauße!« –

Die Sache wurde nun endlich so weit getrieben, daß wir alle den größten Ekel darüber empfanden. Trimalcion war durchaus besoffen und befahl – wieder ein neuer Ohrenschmauß! – daß die Waldhornisten herbey gebracht würden. – Er streckte sich die Länge lang auf seine vielen Kissen, als wenn hier sein Todenbett wäre. »Glaubet nun, sagte er, daß ich mausetod sey, und saget etwas rührendes!« –

Die Waldhornisten bliesen nun ihre klägliche Leichenstückchen. Insbesondere ließ ein Sklave des Leichenvoigts, welcher der ehrlichste noch unter diesen zu seyn schien, sein Horn so stark erschallen, daß die ganze Nachbarschafft davon aufgeweckt wurde.

Die Wächter in dem Theile der Stadt, wo das Hauß des Trimalcion war, glaubten es wäre Feuer darinnen, brachen schleunig die Thüren auf, und mit einem fürchterlichen Getümmel kamen sie, wie es ihre Pflicht erforderte, mit Aexten und Wassereymern herein gesprungen.

Wir bedienten uns dieser vortrefflichen Gelegenheit, ließen Agamemnon im Stiche und sprangen so schnell davon, als wenn das ganze Hauß würklich brennte und über uns einfallen wollte.

Ende des ersten Bandes.

Zweyter Band

Lesen Sie nur weiter! was Sie nun lesen werden, ist eigentlich das, was dieses Werk des Petron bey allen Nationen, welche die römischen Schrifftsteller gelesen haben, so beliebt gemacht hat.

Die Erzählung von der Matrone zu Ephesus, das Gedicht auf den bürgerlichen Krieg, die Beschreibung der Liebeshändel des Enkolp mit der Circe sind immer bewundert, öffentlich und heimlich nachgeahmt und übersetzt worden. Eben darinn glänzt der Genius des Petron, und erhebt sich nicht allein über die Genieen seines Zeitalters, sondern über die mehrsten, welche zu den Zeiten des Mäcen blühten, empor; und eben deswegen hab' ich dieses Werk übersetzt.

Beynah ist es unglaublich, daß die Beschreibung der Begebenheiten des Enkolp mit der Circe und das erhabene Gedicht von einem Geiste seyen gebohren worden. – Doch ich darf nicht zu sehr loben! mein Lob möchte mir nach dem Aristoteles nachtheilig seyn!

Einige Stellen am Ende werden einigen Lesern mißfallen, welche nicht einmahl der ernsthafften Moral huldigen, weil sie für unsere reingesitteten Zeiten zu schmuzig sind; diese aber bitt' ich das Zeitalter zu bedenken, in welchem Petron lebte. Ich nenn' Ihnen nur den *Nero* und seine bekannten vom *Tiberius* erfundenen Stühle, durch deren Gebrauch sie jede Lucretia nothzüchtigten – um Sie zur Verzeyhung zu bewegen.

Man würde Petrons Satyre nicht gelesen haben, wenn sie eine Bußpredigt gewesen wäre, und sie würde in ihrer Geburt erstickt seyn; alles Volk lebte damals, wie iezt die Geistlichen zu Venedig.

Petron sagt auch weiter nichts zu seiner Vertheidigung, als:

Wer weiß denn nicht, was man mit schönen Mädchen macht?

Wir hatten keine Fackel, welche uns den Weg hätte zeigen können; und die Stille der Mitternacht ließ uns nicht hoffen, daß uns Jemand mit Licht begegnen würde. Hierzu kam noch die Trunkenheit und die Unwegsamkeit der Oerter, in welchen es auch bey Tage immer sehr finster war. Da wir also schon beynahe eine ganze Stunde lang an Steinhaufen und zerbrochenen Nachtscherben unsere Füsse blutig gestolpert hatten, so wurden wir endlich durch Gitons Scharfsinnigkeit daraus erlöset; denn den Tag zuvor hatte er alle Pfeiler und Säulen bezeichnet, da er auch so gar bey hellem Tage sich nicht durch diese dunkeln Gänge zu finden hoffte, und die Striche der Kreide brachen aus der dichtesten Nacht hervor, und eröffneten uns herum irrenden mit ihrem deutlichen Scheine den Weg. Wir troffen von Schweise, wie wir an unsere Wohnung kamen. Wir machten Lärm. Aber unsere alte Wirthin, welche unter ihren Gästen länger, als gewöhnlich, mochte gezecht haben, wäre nicht erwacht, und wenn wir ihr glühende Kohlen untergelegt hätten.

Vielleicht hätten wir auch an der Thüre diese Nacht zubringen müssen, wenn nicht ein reicher Kutscher des Trimalcion dazu gekommen wäre. Dieser machte nicht viel Zauderns, und brach die Thür ein; worauf wir denn ganz ruhig durch diese Oeffnung giengen.

So bald wir in unserm Schlafzimmer waren, gieng ich mit meinem Lieblinge zu Bette. Ich hatte sehr reichlich geschmaußt, und alle Adern und Nerven waren mir aufgeschwollen – ich ließ der Wollust den Zügel schießen.

Welch eine Nacht! ihr Götter und Göttinnen!
Wie Rosen war das Bett! da hiengen wir
Zusammen im Feuer und wollten in Wonne zerrinnen!
Und aus den Lippen flossen dort und hier,
Verirrend sich, unsre Seelen in unsre Seelen! –
Lebt wohl ihr Sorgen! wollt ihr mich noch quälen?
Ich hab' in diesen entzückenden Secunden,
Wie man mit Wonne sterben kann, empfunden!

Unterdessen war ich noch nicht völlig so glückseelig, als ich glaubte; denn da ich im Taumel der Wollust und Trunkenheit die Hände hatte sinken lassen und eingeschlummert war, so schlich sich Ascylt, der Freudenstörer, herbey, entzog mir den Knaben, und trug ihn in sein Bett hinüber, und genoß ungehindert der Wonne der Liebe, wie ein Ehebrecher mit dem Knaben, der entweder das Unrecht nicht empfand oder nicht empfinden wollte. Er schlief in diesen gestohlnen Umarmungen ein, und vergaß dabey die heiligen Rechte der Menschheit.

Ich erwachte, und wie ich mich allein fand, sucht' ich das ganze Bett aus; aber alle Freuden meines Lebens waren daraus geraubet. Ich fand sie zusammen. In der Wuth trug ich beynahe kein Bedenken, sie alle beyde mit dem Schwerde durchzubohren und den Schlaf mit dem Tode zu vereinigen. Endlich folgt' ich doch aber dem sichreren Rathe, weckte den Giton mit Schlägen auf und sah den Ascylt mit wildem Gesichte an.

»O du Treuloser! sagt' ich zu ihm, da du unsere Freundschafft durch das abscheulichste Verbrechen aufgehoben hast, so packe geschwind deine Sachen zusammen und suche dir ein andres Oertchen auf, welches du besudeln kannst!«

Er weigerte sich auch nicht. Wir theilten unsere Habseligkeiten mit aller Aufrichtigkeit. Wie dieses geschehen war, so sagte er: »Nun! wohlan! so wollen wir denn auch den Knaben theilen!« –

Ich glaubte, daß er noch zum Abschiede einen Scherz machen wolle; aber er zog, wie ein Mörder, das Schwerd, und sagte: »Du sollst diese Beute nicht genießen, welche du bisher allein zu deinem Gebrauche gehabt hast. Wenn es nicht anders seyn kann, so muß ich meinen An-theil mit diesem Schwerde herab hauen, eher geh ich nicht zufrieden davon!« Ich rüstete mich also auch auf meiner Seite zum Streite und wickelte meinen Mantel um meinen Arm.

Da wir Elenden so unsinnig gegen einander wütheten, fiel der unsee-lige Knabe uns beyden zu Füssen, und weinte und bat demüthig, daß wir in diesem elenden Wirthshauße den Thebanischen Kampf nicht er-neuern und die heiligsten Bande der Freundschafft mit unserm Blute besudeln möchten. »Und soll ja Blut vergossen werden, rief er aus, hier ist Hals und hier ist nackende Brust! Hieran legt eure Hände! darauf stoßt eure Spitzen! Ich muß sterben! Ich bin die Ursache der gebroche-nen Freundschafft!« –

Nach diesen Bitten ließen wir die Schwerder sinken und Ascylt sagte zuerst: »Ich will dem Streit ein Ende machen! der Knabe soll folgen, wem er will! Wenigstens in der Wahl seines Freundes soll er frey seyn!« –

Ich glaubte, daß ihm die Liebe gegen mich aus unserm uralten Um-gange zur zwoten Natur sollte geworden seyn, und trug nicht das gering-ste Bedenken, den Vorschlag im Augenblick' anzunehmen, und den Giton zum Richter des Streites zu machen. – Wenn es nur geschienen hätte, daß ihm die Wahl ein wenig wehe thäte! so aber, ohne die gering-ste Ueberlegung erwählt' er sich, so bald ich den Vorschlag angenommen hatte, den Ascylt zu seinem Freunde.

Wie vom Blitze getroffen fiel ich darüber, zumahl da ich das Schwerd aus der Hand gelegt hatte, auf das Bett, und ich hätte selbst Hand an mich gelegt, wenn ich meinem Feinde den Sieg nicht zu sehr beneidet hätte.

Stolz gieng Ascylt mit seiner Beute von dannen und ließ den an einem unbekannten Ort' im Stiche, der kurz zuvor sein zärtlich geliebter Kamerad war, und Glück und Unglück mit ihm theilte.

Es bleibt der Name Freund, so lang' er nützlich ist.
So lange du was hast, so lange wird gespielet;
Man flieht, so bald du nur vom Glück verlassen bist;
Nach deinen Schätzen wird, und nicht nach dir, gezielet.
Die Freundschafft ist nichts mehr, als eine Komödie!
Sohn ist der, Vater der, und jener macht den Reichen;
Und ist die Hauptperson zum Spott – so gehen sie
Von ihrem Narren fort, wie Freunde von dir weichen.

Ich gestattete nicht lange den Thränen den freyen Lauf, sondern, da ich besorgte, man möchte, um das Unglück vollkommen zu machen, mich allein in diesem Wirtshauße finden, so packte ich meine Sächelchen zusammen, und miethete mir ganz niedergeschlagen ein abgelegnes Quartier am Ufer des Meeres. Daselbst schloß ich mich drey Tage ein, wurde endlich in dieser Einsamkeit ganz melancholisch, und konnte die Verachtung gar nicht verschmerzen. Ich schlug öffters meine kranke Brust, und schrye unter tiefgehohlten Seufzern: Ach! konnte sich die Erde unter mir noch nicht aufthun und mich verschlingen? Nicht das erzürnte Meer, welches sogar der Unschuldigen nicht verschonet? Ich brachte meinen Wirth um, und entfloh dem Gerichte; ich entwischte dem Amphitheater, und weswegen? damit ich als ein verruchter Böse-wicht, als ein Bettler, als ein Vertriebner in dem Wirtshauße einer griechischen Stadt von allen Freunden verlassen liegen könnte? Und wer ist Schuld daran, daß ich in dieser Einöde leben muß? Ein Junge, in welchem ieder Tropfen Blut unrein ist, der nach seinem eignen Geständnisse verdient, davon geiagt zu werden, der seine Freyheit seiner niederträchtigen Hurerey zu verdanken hat, der in seinen männlichen Jahren sich noch, als eine Dirne bey dem verdingte, der ihn für etwas männliches hielt!

Und o ihr Götter! Wer ist der andre? dieser nahm an eben dem Tage, wo er mit dem männlichen Kleide angethan wurde, einen Weiberrock um sich, und ließ sich dazu von seiner eigenen Mutter bereden! der den Sklaven als ein Weib diente: der nachdem er alles durchgebracht hat, sich wieder in einen Mann verwandelt, den Namen eines alten Freundes von sich wirft und – o Schande! – wie ein läufisches Weib alles für eine einzige Nacht giebt!

Ja! nun liegen sie zusammen, wie ein Paar Verliebten sich ganze Nächte lang mit den Armen der Liebe umwindend, und verspotten mich vielleicht in Wollust zerfliessend in meiner Einsamkeit! – Aber ungestraft sollen sie's nicht thun! Ich bin entweder kein Mann oder kein Freyer, oder ich wasche mein Unrecht in ihrem Blute ab.

Nachdem ich diesen Monolog gehalten hatte, so gürtete ich mein Schwerd an meine Seite, und damit die Schwachheit der Nerven mir den Muth nicht benehmen möchte, so stärkt' ich sie wieder mit den nahrhafftesten Speisen. Darauf sprang ich zur Thür hinaus, und durchlief, wie ein Wüthender, alle Gallerieen; und indem ich mit einem drohenden und verwegenen Gesichte nichts als Blut und Tod denke, und öffters in der Hitze nach dem Gefäße meines Degens greife, mit welchem die Rache sollte ausgeführt werden, so bemerkte mich ein Soldat, welcher gewiß entweder ein Landstreicher oder ein nächtlicher Strassenräuber war.

Er gieng auf mich zu und fragte: »Kamerad aus welcher Legion bist du? von welcher Centurie?« Ohne mich lange zu besinnen, gab ich ihm unerschrocken zur Antwort, aus der und der – »So? sagte er, in eurem Regimente trägt man sehr artige und sanfte Pantoffeln! Es muß sich gut darinnen tanzen lassen!« Und da ich durch mein Erröthen und meine Schüchternheit mich selbst verrathen hatte, so befahl er mir, die Waffen herzugeben, wenn ich noch gut davon kommen wollte. Ich gieng also entwaffnet wie der zurück nach Hauße, und das Mittel zur Rache war mir benommen; und da meine Wuth nachgelassen hatte, so dankt' ich sogar dem Spitzbuben für seine Frechheit.

Unterdessen wurd' es mir doch sehr schwer, das Verlangen, mich zu rächen, zu überwinden, und ich brachte voll Ungedult die halbe Nacht darüber zu. So bald aber der Morgen graute, gieng ich aus, um meine Traurigkeit zu vermindern und die Erinnerung an das, was geschehen war, auszulöschen; und wandelte in allen Gallerieen herum.

Endlich kam ich in eine Bildergallerie, in welcher allerley bewundernswürdige Gemählde hiengen. Hier erblick' ich die Hand des *Zeuxis*, welche die Zeit noch nicht überwinden konnte; und berührte die Zeichnungen des *Protogenes,* welche selbst mit der Natur um die

Wahrheit stritten, nicht ohne einen gewissen Schauer. Vor den Gemähl-den des *Apelles*, welchen die Griechen den Mahler der Grazie nennen, fiel ich nieder und betete an, mit einer solchen Feinheit war alles an seinen Gemählden bis zum Leben erhoben, daß man glauben konnte, die Götter hätten alle seine Gemählde, wie die Statue des Pygmalion, mit Geistern vom Himmel lebendig gemacht. – Im Fluge voll Majestät trug hier der Adler den Zevs gen Himmel; dort widerstrebte der blüthenweise Hylas einer brünstigen Najade; betrübt sah Apollo seine tödende Hand an, und bekränzte die liegende Leyer mit der neugebohr-nen Blume.

Unter diesen Gemählden der Liebe rief ich hier, als wenn ich allein wäre, aus: »Also beherrscht Amor auch die Götter? Zevs findet nicht in seinem Himmel, was er lieben könne und stillet auf unsrer Erde seine Begierden! Aber Niemanden hat er dadurch etwas zu Leide gethan. – Diese Nymphe, welche den Hylas mit innbrünstigen Armen an ihren kochenden Busen drückt, würde ihre Liebe gezähmt haben, wenn sie gewußt hätte, welchen Schmerz sie dadurch dem Herkules verursachen würde. Apollo verwandelte die Asche des Hyacinth in eine Blume. In allen diesen Gemählden raubet kein Falschherziger dem andern seinen Gatten aus den Armen; aber ich hatte einen Freund, der grausamer war, als Lykurg!« –

Indem ich mich so mit dem Lüfften zanke, trat ein grauhaariger Greiß in die Gallerie. Er hatte die Physionomie eines Gelehrten, welche, ich weiß nicht, was Grosses zu versprechen schien; er war nicht wohl geklei-det und man konnte leicht einsehen, daß er von der Classe der Gelehrten sey, welche die Reichen zu hassen pflegen. Wie er zu mir kam, so blieb er stehen und sagte: »Ich bin ein Poet, und, wie ich hoffe, keiner von den kleinen Geistern, wenn man insbesondre den Kränzen trauen darf, welche leider auch den Unwissenden um die Schläfe geflochten werden.«

»Warum, fragt' ich ihn, gehst du denn aber so zerlumpt einher?«

»Eben deswegen, gab er zur Antwort, weil das wahre Genie in den schönen Wissenschafften niemals einen reich gemacht hat –

Wer auch sogar dem falschen Meere traut,
Hat offt dadurch Palläste sich erbaut.
In Sturm und Schlacht kann sich ein Held viel Schätze sammlen:
Und Ehebruch wird theuer offt bezahlt
Von einer Frau, die mit der Keuschheit prahlt:

Der weise Mann allein geht im zerrissnen Kittel,
Man lobet ihn und giebt statt Geld ihm Ehrentittel.

Es ist völlig ausser Zweifel, daß der, welcher von allen Lastern ein Feind ist und den rechten Weg des Lebens geht, zuerst wegen seiner eignen Sitten gehaßt wird; denn wer kann etwas billigen, was nicht mit seinen eigenen Sitten überein kömmt? Und dann verlangen diejenigen, welche nur allein sich bestreben, Reichthümer aufzuthürmen, daß dasjenige, was sie besitzen, für das ganze menschliche Geschlecht das beste sey. Man mag also immer auf allerley Art und Weise, so sehr man will, die Liebhaber der schönen Künste und Wissenschafften rühmen und preisen, das Geld wird ihnen bey diesem allen immer doch vorgezogen werden.«

»Ich weiß nicht, wie es kömmt, antwortet' ich ihm darauf, daß die Armuth immer eine Schwester eines gesunden Verstandes ist?« – und seufzte dabei. »Mit Recht, sagte der Greiß, beseufzest du das Schicksal der Gelehrten!«

»Ach! sagt' ich, guter Greiß, das ist nicht die Quelle meiner Seufzer, ein andrer Schmerz tobt in meinem Busen!« und zugleich, wie der Mensch geneigt ist, seine schmerzlichen Empfindungen fremden Ohren vorzuklagen, erzählt' ich ihm mein Schicksal, und vergrösserte insbesondre die Treulosigkeit des Ascylt. Endlich rief ich unter vielen Seufzern: »Ach ich wollte, daß er mir nur meine Wollust geraubt hätte! dann wär' er noch beynahe unschuldig, und könnte verbessert werden; aber so ist er ein alter Strassenräuber, und übertrifft die Lehrer der Buhlereyen.«

Der Alte betrachtete mich, wie einen Jüngling voll Unschuld, wollte mich trösten, und, um meine Traurigkeit zu vermindern, erzählt' er mir seine alten Liebeshändel.

»Ich reiste ehemals, fieng er zu erzählen an, in dem Gefolg eines Quästors nach Asien, und bekam mein Quartier zu Pergamus. Mit Vergnügen wohnt' ich in diesem Orte, nicht allein wegen der Reinlichkeit der Häußer, sondern weil mein Wirth einen überaus schönen Sohn hatte.

Ich brannte vor Liebe nach ihm, und suchte nur ein Mittel, wie ich den Verdacht des Vaters deswegen auf mich vermeiden könnte, und glücklich gelang es mir. So offt bey Tische die Rede auf den Gebrauch der schönen Knaben kam, so offt fieng ich an, so hefftig von einem heiligen Zorne zu glühen und wußte mein Gesicht so verdrüßlich und ärgerlich darüber zu machen, daß mich insbesondre die Mutter für noch strenger und verehrungswürdiger als den alten Cato selbst hielt. Schon durft' ich ihn in die Schulen begleiten, sein Studieren einrichten und ihn selbst lehren. Die Sorge wurde mir noch dazu aufgetragen, zu verhüten, daß kein Freybeuter der Schönheit ihn verführen möchte, welches ich mir denn auch sehr angelegen seyn ließ.«

Einst lagen wir zu Tische, ein Fest hatte an diesem Tage die Schulen verschlossen, und blieben, weil wir ungewöhnlich vergnügt waren, lange beysammen; und aus Nachlässigkeit und Liebe zur Bequemlichkeit blieb ich und der Knabe liegen. Es war schon um Mitternacht, als ich bemerkte, daß der Knabe noch wache. Schüchtern murmelt' ich darauf das Gelübde zur Venus: »O allmächtige Göttin der Liebe, wenn ich diesen Knaben küssen kann, so daß er's nicht empfinde, so will ich ihm Morgen ein Paar Däubchen schenken!«

Kaum hatte der Knabe den Preiß der Wollust gehöret, so fieng er an zu schnarchen. Sanft naht' ich mich zu ihm, und stahl dem kleinen Heuchler einen Küßchen von den Lippen. Vergnügt über diesen Anfang stand ich sehr früh auf, kauft' ihm ein ausgesuchtes Paar Däubchen, und bracht' es ihm, da er schon darauf wartete, und bezahlte mein Gelübde.

Die Nacht darauf hatt' ich eben eine solche Gelegenheit wieder, ich veränderte den Wunsch, und sagte: »Wenn ich ihn mit einer leichtfertigen Hand betasten kann, und er es nicht empfindet, dann will ich ihm zweene von den allertapfersten Hähnern schenken!« – Bey diesem Gelübde schmiegte sich mein Knabe freywillig an mich, und ich glaube, er befürchtete, daß ich wieder einschlafen möchte. Ich erfüllte also seinen Willen und genoß aller Wollust des Gefühls, ausser der höchsten. So bald der Tag erschien, bracht' ich ihm, was ich versprochen hatte, und er war voller Freude darüber.

Die dritte Nacht wurde mir eben so wenig verwehrt, ich wandte mich zu dem Ohre des schönen Heuchlers und sagte: »O ihr unsterblichen Götter, wenn ich bey diesem schlummernden Knaben die größte Wollust dieses Lebens werde genossen haben, so will ich für diese Glückseligkeit dem Knaben den allerbesten Macedonischen Klepper schenken, doch mit dieser Bedingung, daß er es nicht merke.« Mein Zögling lag da, als wenn er gestorben wäre. In meinen Händen schwoll sein milchweicher Busen auf, ich hieng an seinen Lippen und genoß der höchsten Wonne des Lebens.

Den andern Morgen blieb er im Bette liegen und erwartete, daß ich wie gewöhnlich mein Versprechen erfüllen sollte. Du weist aber, daß es leichter ist, ein Paar Däubchen und Hähner zu kaufen, als einen Klepper, und über dieses befürchtete ich noch, daß ein so großes Geschenk meine Philosophie verdächtig machen würde. Ich gieng also einige Stunden spazieren, kam wieder nach Hauße zurück und brachte meinem Knaben weiter nichts, als ein Küßchen mit. Aber er betrachtete mich auf allen Seiten, schmiegte seinen Nacken an meinen, und sagte: »Nun mein lieber Herr, wo hast du denn das Klepperchen?«

»Mein liebes Kind, antwortet' ich ihm, ich wollte dir ein schönes Pferdchen kaufen, da ich aber heute keines finden konnte, so muß ich das Geschenk aufschieben, aber binnen wenig Tagen sollst du eines erhalten.« Mein Knabe wußte den Augenblick sehr wohl, was dieses zu bedeuten hätte, und seine Mienen verriethen die innern Betrachtungen seines Geistes darüber.

Unterdessen, da ich glaubte alles verdorben zu haben, was ich gut gemacht hatte, wollt' ich doch versuchen, ob er mir verzeyhen würde. Nach wenig Tagen, da wir uns wieder glücklicher Weise in einer der vorigen Lagen befanden, fieng ich an, da ich merkte, daß der Vater in einen festen Schlaf gefallen war, meinen Ganymed auf das zärtlichste zu bitten, er möchte sich wieder mit mir versöhnen, welches so viel sagen wollte, er möchte mir den Genuß der vorigen Wollust wieder verstatten! und trug ihm, da alles aufrührisch in mir war, die Sache auf's beweglichste vor. Er aber voll von Zorne gab mir keine andre Antwort, als: »Schlafe! oder ich wecke den Vater auf und sag's ihm!«

Es ist nichts so schwer, daß es eine hartnäckige Leidenschafft nicht erhalten sollte. Indem er sagte, ich wecke den Vater auf, umarmt' ich ihn von der Allmacht der Liebe hingerissen, und genoß, ohngeachtet seines verstellten Widerstrebens, unaussprechliche Wollust. Aber nicht mißvergnügt über meine Unenthaltsamkeit beklagt' er sich nur darüber, daß er von seinen Kameraden wäre verspottet worden, weil er zum Voraus ienen Morgen mit meinem Geschenke geprahlt hätte. »Doch du sollst sehen, fügt' er hinzu, daß ich dir nicht gleich bin. Hier bin ich zu deinen Diensten! ich will dein Vergnügen nicht stören!«

Alles vorige wurde vergessen und der Liebe zur Befestigung unserer Versöhnung ein Opfer gebracht. Nach Vollendung desselben fiel ich in einen sanften Schlummer. Damit aber war mein Liebling nicht zufrieden, er war in dem Alter, wo der Knabe zum Jünglinge reift, und die Begierden in dem Busen anfangen lebendig zu werden; er weckte mich also auf und sagte: »Ist dir was gefällig?« Noch von Wonne taumelnd war ich im Stande sein Verlangen zu erfüllen, aber der Schweiß lief mir die Stirne darüber herab, und von zu vieler Wonne ganz abgemattet schlief ich wieder ein. Es mochte ohngefehr eine Stunde verflossen seyn, als er mich mit seinem sanften Händchen streichelte, und liebkosend zu mir sagte: »Wollen wir die ganze Nacht fortschlafen? wär' es nicht besser, wenn wir –«

Ich wurde so vielmahl aufgeweckt zornig, und sagt' ihm, was er mir erst sagte: »Schlafe! oder ich wecke den Vater auf und sag's ihm!« –

Da diese Erzählung meinen Schmerz ein wenig gelindert hatte, so befragt' ich ihn um das Alter dieser Gemählde, weil er mir ein Kenner zu seyn schien. Er mußte mir auch ferner die Vorstellungen verschiedener Gemählde erklären; dann bat ich ihn, mir die Ursachen der iezigen Unwissenheit zu entdecken, und warum die schönsten Künste in Verfall gekommen wären, unter welchem die Mahlerey nicht einen Funken von ihrem vorigen Glanze übrig behalten hätte.

»Der Geiz nach Gelde, gab er mir darauf zur Antwort, hat diese Veränderung hervor gebracht. In den alten Zeiten wurde ein nackendes Genie empor gehoben, die schönen Künste blühten und die Künstler stritten mit dem größten Feuer um die Wette, Erfindungen für die künftigen Jahrhunderte zu machen. *Demokrit* untersuchte die Säffte aller Kräuter durch die Destillirung, und erforschte das Wesen der Pflanzen und Steine, und brachte mit diesen Erfahrungen sein ganzes Leben zu. *Eudox* wurde zum Greiße auf dem Gipfel des höchsten Berges, damit er die Bewegung der Gestirn' am Himmel genau berechnen könne; und *Chrysipp* reinigte seinen Geist dreymahl mit Nieswurz, damit er in seinen Erfindungen nicht von dem Irrdischen, das ihm anklebte, verhindert würde.

Und damit ich auf die Bildhauerey komme, *Lysipp*, indem er eine von seinen bewundernswürdigen Statuen bis zum Leben erheben wollte, starb vor Armuth über dieser göttlichen Arbeit; und *Myron*, welcher seinen Menschen und Thieren von Erzt Seelen gegeben hatte, fand keinen Erben. Aber wir in Wein und Hurerey versunken, wagen es nicht einmahl, die ererbten Künste zu untersuchen! Nur allein spotten wir über das Alterthum und lehren und lernen Fehler.«

Wo findet man eine gesunde Dialectik? und wo richtige Astronomie? Der wahre Weg zur Weisheit ist verlohren. Wo kömmt Jemand in den

Tempel, und thut ein Gelübde, um die Beredtsamkeit zu erlangen? Wer, um die reine Quelle der Weisheit zu finden? Man bittet nicht einmahl um guten Verstand und gute Gesundheit, sondern, so bald man die Schwelle des Kapitols berührt, verspricht dieser ein Geschenk, wenn er einen reichen Anverwanden hinaustragen lassen würde, und jener, wenn er einen Schatz fände, und noch ein andrer, wenn er glücklich drey Millionen zusammen gebracht hätte.

Selbst der Senat, der Lehrer des Rechten und Guten, pflegt tausend Pfund Goldes auf dem Kapitole zu versprechen, und will den Jupiter damit erbitten, damit ja Niemand Bedenken trage, Geld von ihm zu begehren. – Verwundere dich also nicht darüber, daß die Mahlerey vernachlässiget worden ist, da allen Göttern und Menschen ein Klumpen Gold eine weit grössere Schönheit zu seyn scheinet, als alles, was *Apelles* und *Phidias, phantasierende Griechlein,* gemacht haben.

Aber ich sehe dich deine ganze Aufmerksamkeit auf jenes Gemählde hefften, welches die Verheerung von Troja vorstellet. Ich will einmahl versuchen, ob ich dir es in Versen erklären kann.

»Schon kam zum zehntenmal der Sommer wieder,
Und eingekerkert noch in ihre Mauren
Erzitterten die Phrygier vor den Griechen,
Und diese fiengen an voll Furcht zu zweifeln,
An dem, was *Kalchas* hatte wahrgesaget:
Als auf des Delius Apoll' Orakel
Die Eichen sich von Idas Gipfel stürzten,
Wovon die Griechen nun ein Pferd sich bauten,
In dessen langen ungeheuren Seiten
Ein ganzes Lager sich verbergen konnte.
Drauf schrieben sie: Gewidmet der Minerva!
Erzürnet über die zehnjähr'gen Schlachten
Verbargen sich hinein der Griechen Helden. –
Jezt glaubten wir, die tausend Schiffe flögen
Schon über's hohe Meer: nun sey befreyet
Vom Krieg das Vaterland! – uns log die Aufschrifft
Des Pferd's und der zu unserm Untergange
Bestochne Sinon, unser Wahn sey Wahrheit.
Ganz Troja lief nun frey aus seinen Thoren,
Um das Geschenk der Griechen zu betrachten.

Da rollten Freudenzähren von den Wangen –
Die Freude der betrübten Seelen weinet –
Dem ganzen Volk, und im erhob'nen Busen
Schlug wieder frey das Herz seit vielen Jahren.
Auf einmahl kam mit aufgelösten Haaren
Laokoon, der Priester des Neptunus,
Und drang sich schreyend durch die Menge.
Jezt warf er einen Spieß in'n Bauch des Pferdes,
Allein das Schicksal schwächte seine Hände,
Absprang der Spieß und stärkt' uns in dem Wahne.
Doch muthig stärkt' er seine Nerven wieder,
Und hieb mit einem Beil' in dessen Seiten –
Ein Schauer überfiel die Helden drinnen
Und aus dem Pferde fuhr ein dunkles Murmeln,
Allein man hielt es für ein heilig Schnauben. –
Das Pferd und die darinn gefangnen Helden
Fieng man nun an, nach Troja hinzuziehen,
Auf daß mit unerhöretem Betruge
Dem Kriege sie ein Ende machen könnten. –

Doch sieh, indem's geschieht, ein neues Wunder!
Dort wo das hohe Tenedos die Wogen
Mit seinem Felsenrücken von sich schüttelt,
Daß von der Tiefe sie zurücke prallen,
Die Fluth aufschwillt und sich in Schaum verwandelt,
Und wie bey stiller Nacht der Schlag der Ruder
Vom weiten einer ganzen Flotte rauschet –
Hier sehen wir zwo Schlangen Fluthen werfen
Hoch mit verschlungnen Kreisen an die Felsen –
Sie gleichen aufgeschwollen hohen Schiffen!
Aufstrudelt hier der Schaum an ihren Leibern!
Die Schwänze klatschen! ihre Mähnen ragen
Mit rothen Feuerstrahlen aus dem Meere!
Von ihren Blitzen brennen alle Wogen,
Von ihrem Zischen zittern alle Wogen
Und aller Augen stehen starr und staunen.
In ihre heil'gen phrygischen Gewänder
Gekleidet standen da Laokoons Söhne,

Zwey Pfänder von der allerreinsten Liebe,
Und plötzlich haben sie die glühnden Schlangen
Umwunden! – o wie strecken sie die Händchen
Nach Hülf' empor! ach keiner kann sich helfen!
Ach ieder jammert über seinen Bruder!
Und ieder stirbt aus Furcht für seinen Bruder!
Der schwache Vater eilet sie zu retten –
Sie dehnen hoch sich über seine Kinder,
Ergreifen ihn und ziehen ihn darnieder,
Und winden ihren Gifft in jede Nerve!
Da liegt der Priester am Altar ein Opfer
Mit seinen Söhnen durch und durch umwunden
Und sträubet sich, und wälzt sich auf der Erde.
O Ilion hier hast du deine Götter
Geschändet, und mit ihm zugleich verlohren!

Schon zeigt im vollen Silberglanze Luna
Ihr Angesicht, und führt herauf an Himmel
In stiller Majestät die kleinren Sterne –
Und Troja war von Schlaf und Wein begraben.

Jezt machten los des Pferdes innre Riegel
Die Helden, sprangen 'raus zum Kampf gerüstet,
Und fochten sich zu üben mit den Lüfften.
So schüttelt ein Thessal'scher Hengst die Mähne
Befreyet von dem Dunkel seines Stalles,
Und stampft, noch eh er flieget, mit den Hufen.
Und Schwerd und Schild in seinen tapfern Händen
Anfället der die schlafenden Trojaner,
Und schicket sie bezecht zu Proserpinen –
Die Fackel zündet der an am Altare
Und ruft die Götter Trojens wider Troja.« –

Diejenigen, welche in der Gallerie herum spazierten, fiengen iezt an,
mit Steinen nach dem declamirenden Eumolp zu werfen. Er aber, weil
er offt mit dieser Art von Beyfall war beehret worden, verhüllte sein
Haupt und floh zum Tempel hinaus. Ich voll Furcht, daß man mich
auch für einen Poeten halten möchte, floß ihm nach und hohlt' ihn

endlich am Ufer wieder ein; und wie wir nun ausser Gefahr waren, sagt' ich zu ihm: »Ich bitte dich! was hast du für eine abscheuliche Krankheit an dir? du bist noch nicht zwo Stunden bey mir gewesen, und hast mehr poetisch, als menschlich mit mir gesprochen. Ich verwundere mich also gar nicht darüber, daß dich der Pöbel mit Steinen verfolgt. Ich selbst will meinen Busen mit Steinen beschweren, und, so offt du aus dem Häußchen kommst, dir an deinem Kopf ein wenig zur Ader lassen!«

Sein Gesicht veränderte sich darüber, und: »O mein lieber Jüngling, antwortet' er mir, nicht heute zum erstenmahl hab' ich diese Lobeserhebungen erhalten, sondern so offt ich auf das Theater getreten bin, um etwas herzusagen, so offt pflegt mich ein Haufe auf diese Art zu bewillkommen. Uebrigens, damit ich mich nicht auch mit dir den ganzen Tag zanken müsse, will ich mich dieser Speise enthalten.« – »Wohl! sagt' ich, wenn du die heutige poetische Wuth verschwörst, so wollen wir zusammen speisen!« Zugleich befahl ich dem Kellner von meinem Quartiere, die Mahlzeit zurichten zu lassen; und darauf giengen wir in's Bad.

Hier erblickt' ich den Giton niedergeschlagen und verwirrt mit Reibetüchern und Schabezeugen an die Wand gelehnt. Es schien, als wenn ihm sein neuer Dienst gar nicht anstünde. Wie ich ihn genauer betrachtete, so wandt' er sein Gesicht zu mir, welches sonst immer der Sitz der Freude war, und sagte: »O lieber Bruder habe Mitleiden mit mir! Hier sind keine Schwerder, hier darf ich frey reden! Entreisse mich dem blutigen Strassenräuber! und bestrafe den Giton voll Reue, daß er wider dich ein Urtheil fällte, mit aller Strenge! Für mich Elenden wird dieses Trost genug seyn, wenn ich auf deinen Befehl gezüchtiget werde.« –

Ich befahl ihm, hier seine Klagen zu unterdrücken, damit uns nicht Jemand bemerke; verließ den Eumolp - denn dieser declamirte den Badgästen ein Gedicht her - zog den Giton durch eine dunkle und schmuzige Schleusse, und floge mit ihm in mein Quartier. Darauf verschloß ich die Thüren, drückte seinen Busen inbrünstig an meinen, und wir küßten einander tausend Zähren der Wollust von den Lippen. Lange konnte keiner ein Wort hervorbringen; dem liebenswürdigsten Knaben hatte das häufige Schluchzen beynahe die schöne Brust zersprengt. – »O welch eine unwürdige Handlung! rief ich hier aus, wie sehr lieb' ich dich, ob du mich gleich verlassen hast! In dieser Brust war eine ungeheure Wunde! Jezt ist sogar die Narbe davon verschwunden.

Was sagest du dazu kleiner Flüchtling? War ich dieser Verachtung werth?« –

Nachdem er seine Obermacht über mich wieder empfand, so hob er die Stirn etwas höher empor. »Aber, sagt' ich, ich habe keinen andern zum Schiedsrichter erwählt, wie sehr ich dich liebe. Ich beklage mich über nichts! Ich denk' an nichts! wenn du es nur wieder gut zu machen suchst!«

Da ich dieses unter Seufzern und Thränen gesagt hatte, so trocknet' er mir mit dem Mantel das Gesicht ab, und sagte dabey: »Ich bitte dich lieber Enkolp! bedenke nur noch einmahl, wie es zugegangen ist! Hab' ich dich verlassen? oder hast du mich dazu gezwungen? Ich will dir es aufrichtig gestehen, und offenherzig bekennen, da ihr zweene gut bewaffnet um mich strittet, so floh ich zu dem Stärkern.«

Ich küßte die klugheitvolle Brust, und warf die Hände um seinen Nacken, und damit er desto leichter einsehen möchte, daß ich nicht den geringsten Groll mehr wider ihn habe, so umarmt' ich ihn mit der hefftigsten Zärtlichkeit zum besten Beweise unsrer wieder auflebenden Freundschafft.

Schon war die völlige Nacht hereingebrochen, und die Köchin hatte das Essen zubereitet, als Eumolp an die Thüre klopfte. Ich fragte: »Wie viel sind ihrer?« und guckte auf's behutsamste durch einen Spalt der Thüre, ob irgend Ascylt mit zugegen wäre. So bald ich sah, daß es mein Gast allein sey, macht' ich den Augenblick auf. Wie er sich in ein Ruhebettchen geworfen hatte, und den schönen Giton aufwarten sah, so nickte er freundlich mit dem Kopfe, und sagte: »Dieser Ganymed verdient, daß man ihn lobe! Heute müssen wir wohl leben!«

Dieser neugierige Anfang war mir eben nicht sonderlich angenehm, und ich befürchtete, mit eben einem solchen Gesellen, wie Ascylt sey, Bekanntschafft gemacht zu haben. Der Poet gieng weiter; und da ihm der Knabe einen Becher gereicht hatte, so sagte er: »Du bist mir lieber, als das ganze Bad!« Hitzig leert' er ihn aus, und sagte, daß er niemals einen so brennenden Durst gehabt hätte. »Denn indem ich noch bade, fuhr er fort, hab' ich beynahe Prügel erhalten, weil ich mich unterstand, denen, die um das Bad herumsassen, ein Gedicht herzusagen; und nachdem ich aus dem Bade, wie von einem Theater hinaus gejagt wurde, so fieng ich an, in allen Winkeln herum zu kriechen, und mit heller Stimme zu rufen: Enkolpion!

Auf der andern Seite schrye ein nackender Jüngling, welcher seine Kleider verlohren hatte, wo nicht noch stärker, als ich, nach einem gewissen Giton. Die Knaben verspotteten mich, als einen Erznarren, und äfften mir auf die muthwilligste Art alles nach. Jenen aber umgab ein entsetzlicher Haufe mit Händeklatschen und einer schüchternen Bewundrung; denn die Natur hatte ihn so verschwendrisch und Hengstmäßig mit einem gewißen Gliede begabt, daß sein ganzer übriger Leib nur ein Anhang davon zu seyn schien. O welch ein allmächtiger Jüngling war das! Ich glaube, daß, wenn er heute anfängt, er morgen erst aufhöret. Man kam ihm auch gleich zu Hülfe. Ich weiß nicht, was für ein ehrloser römischer Ritter, wie man ihn nannte, bedeckte den herumirrenden mit seinem Kleide, und führt' ihn mit sich nach Hauße. Ich glaube, daß er diesen großen Schatz allein benutzen wollte. Ich aber hätte nicht einmahl meine Kleider von dem jungen Aufwärter wieder erhalten, wenn ich nicht einen Zeugen hervor geführt hätte. – Hier kann man sehen, wie viel eher man sein Glück machen kann, wenn man mit den Talenten eines Esels, als mit dem Genie seinem Nächsten beyzustehen im Stande ist.« –

Während der Zeit, da Eumolp dieses sagte, veränder' ich sehr offt mein Gesicht; nämlich bey den Beschimpfungen meines Feindes war ich heiter, und bey seinem Glücke traurig. Bey diesem allen aber schwieg ich stille, als wenn mich die Sache gar nicht beträfe, und erzählte dem Eumolp, was wir speisen würden.

Kaum hatt' ich aufgehört zu reden, so wurde die kleine Mahlzeit aufgetragen. Es waren gemeine, aber gesunde und nahrhaffte Speisen, welche Eumolp hungrig hinunter schluckte. Wie er satt war, so fieng er an, sich über die Philosophen herzumachen, und spottete bitter und beissend auf diejenigen, welche alles, was gemein ist, verachten, und nur allein das Seltene schätzen. Er sagte: »Das ist ein sicher Beweis von einer verdorbenen Seele, wenn man das, was erlaubt ist, gering schätzt und nach dem Schwerern immer eifriger strebet.

Was ich verlange, darf nicht fliegen mir entgegen!
Das ist kein Sieg, wo sich der Feind zu leicht ergiebt!
Die Vögel, die am Phasis Eyer legen,
Und tief in Afrika, ist's was die Zunge liebt.
Die weise Gans kann nur den Pöbel laben –
Er mag sie mit der Barb' und bunten Ente haben.

Für fein're Gäume wird der Skar
Gefangen an entfernten Küsten!
Und was dem Schiffbruch kaum entronnen war,
Kann edle Zungen nur gelüsten!
Die Rose schämet sich bey'm schönen Cinnamus,
Ein Weib giebt keinen süssen Kuß,
Entzücken fliest allein von einer Phryne Lippen!
Das was man liebt und sucht steckt hinter spitzen Klippen.«

»So? sagt' ich, ist das dein Versprechen, daß du heute keinen Vers machen wolltest? Ich bitte dich um aller Götter Willen! Schone wenigstens
unsrer, die wir dich niemals gesteiniget haben! Wenn einer von den
hiesigen Gästen nur den Namen Poet wird gerochen haben, so hetzt er
die ganze Nachbarschafft auf, und wir sind alle zusammen verlohren!
Erbarm dich unsrer! Erinnere dich nur einmahl der Bildergallerie und
des Bades!«

Giton, der sanfteste Knabe, fieng an, mit mir zu zanken, daß ich das
sagte, und behauptete, es sey nicht recht, daß ich einem Aeltern so begegnete. Ich sollte doch bedenken, daß ich die Mahlzeit, welche ich ihm
so freundlich vorgesetzt hätte, mit dergleichen Beschimpfungen wieder
wegnähme; und fügte noch mehreres hinzu, welches ihm Unschuld und
Schaamhafftigkeit eingab. Sein reizendes Gesicht glühte von einem edlen
Unwillen auf, und er stand leibhafftig wie ein junger Apollo da. –

»Glückseelig, rief hier Eumolp begeistert aus, glückseelig ist die Mutter,
die dich gebohren hat! Sey mir gesegnet mein Sohn! Weisheit und
Schönheit ist ausserordentlicher Weise in dir vereiniget! Nein! um sonst
sollst du diese Worte nicht gesagt haben! du hast meine ganze Liebe
dadurch gewonnen. Meine Gedichte will ich mit deinen Lobeserhebungen
anfüllen! Ich will dein Lehrer und dein Begleiter seyn, und will dir auch
dahin nachfolgen, wohin du mir es nicht wirst befohlen haben! Und
Enkolp soll dadurch nicht in seiner Glückseeligkeit gestört werden, denn
er liebt einen andern.«

Eumolp hatte von Glück zu sagen, daß mir jener Soldat das Schwerd
abgenommen hatte; denn sonst würd' ich ihn eben der Wuth, mit welcher ich den Ascylt aufsuchte, ermordet haben. Giton irrte sich auch
nicht hierinnen; er gieng die Stube hinaus, als wenn er nach Wasser
gienge und löschte meinen Zorn durch seine klügliche Abwesenheit aus.
Nachdem meine Wuth wieder ein wenig besänftiget war, so sagt' ich:

»Eumolp, lieber will ich, daß du in Gedichten mit mir sprichst, als daß du dir dergleichen Dinge vorsetzest! Ich bin von Natur sehr zornig und du sehr verliebt; du wirst selbst sehen, daß wir uns in dieser Verfassung nicht zusammen schicken. Bilde dir also ein, ich wäre rasend: Weiche meiner Raserey! das ist: Gehe so geschwind, als du kannst, zur Thür hinaus!« –

Eumolp wurde ganz bestürzt über diesen Antrag, verlangte nicht, die Ursache meines Zorns zu wissen, gieng den Augenblick zur Thür hinaus, verriegelte sie plötzlich, sperrte mich, der ich nichts weniger erwartete, ein, nahm den Schlüssel zu sich und lief, den Giton aufzusuchen.

Wie ich eingesperrt war, so faßt' ich den kurzen Endschluß, mich aufzuhängen, befestigte meinen Gürtel an einen Pfeiler der Mauer, wo das Bett stand, schon band ich damit einen Knoten mir um den Hals, als die Thür aufgieng und Eumolp mit dem Giton hereintrat, und mich von der Grenze meines Lebens wieder zurücke führte. Giton wurde für Schmerz wüthend, riß mich mit beyden Händen herab, und stürzte mich auf's Bett. »Du irrest dich sehr Enkolp, sagt' er, wenn du glaubest, so glücklich zu seyn, vor mir zu sterben! Ich war es eher Willens! schon sucht' ich ein Schwerd in der Wohnung des Ascylt! Und wenn ich dich nicht wieder gefunden hätte, so würd' ich mich schon iezt von einem Felsen herab gestürzt haben. Und damit du wissen mögest, daß man den Tod finden könne, wenn man wolle, so erblicke hier, was ich nach deinem Vorsatz erblicken sollte!«

Kaum hatt' er dieses gesagt, so riß er *dem Lohnbedienten des Eumolp*, welcher mit ihnen zugleich herein getreten war, ein Scheermesser aus der Hand, hieb sich einmahl und noch einmahl damit in die Gurgel, und stürzte vor unsre Füße. – Ich erhob ein Zetergeschrey, stürzte auf ihn, und suchte mit eben diesem Messer den Tod. Allein beym Giton war keine Spur von einer Wunde zu bemerken, und ich selbst empfand auch keinen Schmerz; denn das Messer hatte keine Schneide, und war deswegen in der Tasche des Bedienten abgestümpft, damit die Lehrlinge dadurch ohne Furcht das Bartabscheeren lernen sollten. Also erschrack der Bediente nicht darüber, wie es ihm Giton aus der Hand riß, und Eumolp widersetzte sich auch diesem theatralischen Tode nicht.

Indem wir Verliebten diese Tragödie spielen, kam der Wirth mit noch einem Gerichte dazu, und wie er uns in diesen Stellungen und alles in einem abscheulichen Wirrwarr umher liegen sah, so sagt' er zu uns: »Seyd ihr besoffen? oder Spitzbuben? oder alles beydes? – Wer hat das

Ruhebett dort in die Höhe gerichtet? Wer hat so diebisch alles unter einander geworfen? Ihr habt gewiß mit der Bezahlung bey Nacht durchgehen wollen? Aber es soll euch übel bekommen! Ich will euch lehren, mit wem ihr zu thun habt! Ich will euch zeigen, daß ich keine Wittwe, sondern *Marx Manitius* bin!« –

»Was? rief Eumolp, du willst uns drohen?« und hohlte weit aus und gab ihm aus Leibeskrässten eine Ohrfeige. Der Wirth aber nicht faul warf ihm einen großen leeren Krug an den Kopf und damit ein Loch in die Stirne, und sprang über Hals und über Kopf zur Thür hinaus. Eumolpen verdroß diese Beschimpfung, er ergriff voller Ungeduld einen hölzernen Leuchter, lief hinter ihn drein, und rächte mit unzähligen Prügeln seine verwundete Stirne. Das ganze Hauß und alles, was darinnen besoffen war, lief zusammen. Ich aber ließ die Gelegenheit, mich an dem Eumolp zu rächen, nicht entwischen; so bald er draussen war, schloß ich die Thür zu, vergalt dem Unbesonnenen gleiches mit gleichem, und bediente mich meines Zimmers und der Nacht ohne Nebenbuhler.

Unterdessen prügelten alle Köche und alles Haußgesinde auf den ausgesperrten Poeten los; der eine schlug ihm mit einem Bratspieße, an welchem noch siedender Braten hieng, nach den Augen, und ein anderer fiel ihn mit einer Gabel aus der Fleischkammer an. Insbesondre kam ein altes triefäugiges Weib, in einem durchlöcherten und zerlumpten Rocke und zweyerley hölzernen Pantoffeln, mit einem entsetzlich ungeheuren Kettenhunde, und hetzte ihn, wie eine alte Hexe auf den Eumolp; er aber fochte wie ein Herkules, und schlug sich glücklich mit seinem hölzernen Leuchter durch.

Wir sahen diesem allen durch ein Loch in der Thür zu, welches kurz vorher entstanden war, da man die Thür aus ihren Angeln gerissen hatte, und ich gönnte dem Poeten die Prügel. Giton aber konnte unmöglich sein Mitleiden unterdrücken, er bat mich, ich möchte die Thür aufmachen, wir müßten ihm in dieser Gefahr zu Hülfe kommen. Mein Zorn hatte sich noch nicht gänzlich gelegt, und ich konnte mich darauf nicht enthalten, ihm mit zusammen gebogenem Zeigefinger einen Schneller auf den Kopf zu geben. Die Thränen fielen ihm darüber aus den Augen und weinend setzt' er sich nieder auf's Bett. Ich aber guckte bald mit dem oder bald mit dem andern Auge durch die Thür, und wünschte denen Beystand, welche den Eumolp prügelten; es war mir eine rechte Augenweide.

Indem kam *Bargates,* der Richter in dieser Gegend, welchen man von seiner Mahlzeit in einer Sänfte hatte herbey tragen lassen; denn er hatte das Podagra. Dieser, nachdem er lange mit rauher und barbarischer Stimme eine Strafrede auf die Besoffenen und die Durchgeher gehalten hatte, erblickte auf einmahl den Eumolp und rief: »O du vortrefflichster unter allen Poeten, du warst es? und diese Hunde von Sklaven gehen nicht den Augenblick fort, und enthalten sich nicht des Streites wider dich?« – Darauf gieng er zum Eumolp, und sagt' ihm leis' in's Ohr: »Meine Beyschläferin verachtet mich; wenn du mich liebest, so mach' ein Pasquill in Versen auf sie, daß sie sich schäme!«

Da noch Eumolp und Bargat sich insgeheim unterhalten, so kam ein Ausrufer mit einem Stadtknechte und keiner kleinen Menge Volkes in das Wirthshauß, und schrye, indem er eine Fackel schüttelte, die mehr Rauch als Licht von sich gab –

Ein Knabe, von ohngefehr achtzehen Jahren, hat sich kurz zuvor im
Bade verlohren. Er ist krauß, zart und schön, mit Namen Giton!
Wer ihn wiedergeben oder anzeigen wird, soll hundert Thaler
empfangen!

Nicht weit vom Ausrufer stand Ascylt in einem vielfarbigen Gewande, und trug in einer silbernen Schüssel zur Sicherheit zugleich die Belohnung.

Ich befahl dem Giton, daß er geschwind unter das Bett kriechen und Füsse und Hände in die Gurte stecken solle, welche das Bett trugen, um sich daran, wie ehemals Ulysses an einem Widder, vor den Händen seiner Sucher zu verstecken.

Giton verzögerte nicht einen Augenblick, dem Befehle zu gehorchen, steckte Hände und Füsse in die Bänder und übertraf den Ulysses an List und Geschicklichkeit dabey. Endlich legt' ich noch Kleider auf's Bett, um allen Verdacht zu vermeiden, und legte mich hinein, um ein Lager darinn nach meiner Grösse zu machen.

Unterdessen da Ascylt mit dem Stadtknechte alle Zimmer untersucht hatte, so kam er auch zu dem meinigen, auf welches er seine meiste Hoffnung setzte, weil er die Thüren sehr fest verschlossen fand. Der Knecht zwängte sie gleich mit seinen Beilen von einander.

Darauf fiel ich dem Ascylt zu Füssen, und bat ihn bey unsrer alten Freundschafft und Verbindung in allen Gefährlichkeiten, daß er mir wenigstens nur noch einmahl meinen Liebling möchte sehen lassen; und damit er diese Bitten für wahrhafftig halten möchte, so fuhr ich ferner fort: »Aber ich weiß, daß du gekommen bist, mich umzubringen, denn wozu hättest du sonst die Beile mitgebracht? Sättige deine Wuth! Hier ist der Nacken, welchen du unter dem Vorwand einer Untersuchung hast abschlagen wollen! Hier ist er! Stille deinen Blutdurst!«

Ascylt lehnte dieses sehr von sich ab, und sagte, daß er nichts anders als seinen Flüchtling aufsuche, und den Tod keines Menschen begehre, insbesondre den meinigen in dieser Stellung, da er mich nach jenem unseeligen Streite auf das zärtlichste wieder liebte.

Unterdessen aber legte der Stadtknecht die Hände nicht in den Schoos, sondern fuhr mit einem Rohre, welches er dem Wirthe genommen hatte, unter das Bett, und untersuchte alle Löcher an der Wand. Giton vermied auf das schlaueste alle Stösse, hielt furchtsamlich den Athem an sich, und eckelte sich so gar nicht, die Wanzen über sein Gesichtchen laufen zu lassen.

Kaum waren sie hinaus, so brach Eumolp voll Zorn herein, weil die Thür ausser Stande war, zugeschlossen zu werden und rief: »Ich kann hundert Thaler erhalten, gleich werd' ich dem Ausrufer nachlaufen und ihm sagen, daß du den Giton hast; du bist nicht werth, daß ich es verschweige!«

Schon wollt' er fort. Ich umpfieng seine Kniee und beschwor ihn, daß er uns halbtode nicht vollends um's Leben bringen möchte; ich sagt' ihm, daß er mit Recht mich verrathen könne, wenn es ihm was nützen würde; der Knabe sey im Lärm davon gelaufen, und die Götter wüßten allein, wo er iezt wäre. »Ich bitte dich Eumolp, so sehr ich kann, fuhr ich fort, schaffe mir entweder den Knaben wieder, oder übergieb ihn wenigstens dem Ascylt, wenn du ihn findest!« –

Schon hatt' ich ihn so weit gebracht, daß er es glaubte, als Giton, bey welchem sich zu viele Lebensgeister versammlet hatten, dreymahl nach einander so hefftig nieste, daß das Bett davon erschüttert wurde. Eumolp kehrte sich nach dem Bette zu, und sagte: »Gott helfe dir Giton!« darauf hob er die Bettdecke auf, und erblickte denn den Ulysses, welchen auch so gar ein hungriger Cyklope hätte schonen können.

Darauf wandt' er sich zu mir, und sagte: »Räuber! was ist das? Ertappt hast du mir nicht einmahl die Wahrheit gestehen wollen? Ja! wenn Gott, der Schiedsrichter der menschlichen Dinge, dem hängenden Knaben nicht ein Anzeichen ausgepreßt hätte, so würd' ich iezt zum Spott in den Schenken herum laufen!« – Aber Giton, ein weit größrer Schmeichler, als ich, kam hervor und verband die Wunde an seiner Stirne mit Spinnewebe in Oel getaucht, drückte sie zusammen, vertauschte sein Mäntelchen mit seinem zerrissenen Rocke, umarmt' ihn, da er schon besänftigt war, und gab ihm Küßchen, welche ihm, wie Balsam seinen Wunden, waren; und sagte dabey: »O Väterchen in deinem Schutze sind wir iezt! Ach! wenn du deinen Giton liebst, so wolle ihn doch erretten! – O wenn doch rächerisches Feuer vom Himmel fiel und mich verzehrte! O wenn doch das ungestüme Meer mit seinen Wogen mich zu sich riß! Ich allein bin der Stoff zu allen diesen Verbrechen! ich allein bin die Ursache! Ach! mein Tod würde den Frieden unter den Feinden wieder herstellen!« –

Unsere unseelige Beschwerlichkeiten rührten den Eumolp; insbesondre hatten Gitons Schmeicheleyen den stärksten Eindruck auf ihn gemacht. »Gewiß! sagt' er, ihr seyd Erznarren! Ihr habt alle Vollkommenheiten, um glückseelig zu seyn und doch führt ihr ein höchst mühseeliges Leben, und kreuziget mit jedem Tag' euch freywillig auf's neue. O nehmt doch ein Beyspiel an mir! Ich lebe iederzeit so, und habe aller Orten so gelebt, daß ich ieden gegenwärtigen Tag als unwiederkommlich genoß, das ist, in aller Seelenruhe. Wenn ihr mir nachleben wollet, so verbannt die Sorge aus euren Geistern. Ascylt verfolgt euch; fliehet ihn! – Ich will iezt in auswärtige Gegenden reisen, reiset mit mir. Vielleicht reis' ich schon künftigen Morgen mit einem Schiffe ab, ich bin darauf sehr wohl bekannt, man wird uns alle mit dem größten Vergnügen aufnehmen.« –

Der Rath schien mir sehr weise und ersprießlich zu seyn, weil er mich von den Beunruhigungen des Ascylt befreyte und ein glückseeligeres Leben versprach. Die edle Denkungsart Eumolps zwang mich, das Unrecht zu bereuen, welches ich ihm diesen Abend erwiesen hatte, und ich verdammte meine Eyfersucht, welche Schuld an allem war.

Nachdem ich einen ganzen Strom von Thränen vergossen, bat ich ihn auf das beweglichste, daß er sich wieder mit mir versöhnen möchte. Ich sagt' ihm, daß es nicht in der Verliebten Gewalt stehe, die Wuth der Eyfersucht zu zäumen, und daß ich mir alle Mühe geben wolle, nichts mehr zu sagen oder zu thun, was ihn beleidigen könne, und er möchte, als ein weiser Mann diese Schwachheiten einem Sterblichen verzeyhen, und alle Feindseeligkeiten in seiner Seele auslöschen. »Der Schnee, fuhr ich ferner fort, bleibt länger auf unbaubaren felsigten Gegenden liegen; aber auf einem fruchtbaren gepflügten Lande zerschmilzt ihn der Hauch von einem lauen Windchen. So ist es mit dem Zorn im Herzen; in einem rohen Busen hängt er mit Wiederhacken fest, in einem sanften Herzen aber gleitet er immer aus.« –

»Damit du dich völlig von der Wahrheit dessen überzeugen mögest, was du sagest, antwort' Eumolp, so will ich mit einem Kuße unsre Versöhnung versiegeln. – Wohl bekomm' es uns! – Bringt eure Sachen in Ordnung und folgt mir! oder wenn ihr lieber wollet, führt mich!« –

Er hatte noch nicht ausgeredet, so klopfte Jemand hefftig an die Thür, und wir erblickten auf der Schwelle einen Schiffer mit einem ungeheuren Barte. »Und du thust Eumolp, als wenn du noch viele Zeit übrig hättest? sagt' er, weißt du nicht, daß der Tag bald anbrechen wird?« –

Ohne Verzug stehen wir alle auf, Eumolp weckte seinen Bedienten auf, welcher schon ausgeschlafen haben konnte, und befahl ihm, seine Sachen fortzutragen. Ich aber und Giton packten, was da war, in einen Schnappsack, flehten die Gestirne um ihren Schutz an, und stiegen in das Schiff. –

Wir lagerten uns vorn im Schiffe an einen abgesonderten Ort, und Eumolp schlief schon, da der Tag noch nicht angebrochen war. Ich und Giton aber konnten auch nicht ein Schlummerkörnchen vom Schlafe genüßen. Aengstlich überdacht' ich, daß ich mit einem noch fürchterlichern Nebenbuhler, als Ascylten in Gesellschaft sey; und dieses quälte mich sehr. Endlich aber trug die Vernunft den Sieg über die Leidenschafft davon.

»Wahr ist es, sagt' ich zu mir selbst, es ist verdrüßlich, daß mein Liebling Eumolpen gefällt; aber ist das Vollkommenste, was die Natur hervorgebracht hat, nicht immer allgemein? Allen leuchtet die Sonne. Dieser Mond da oben von unzählbaren Sternen begleitet leuchtet sogar den Bestien zu ihrem Futter. Was ist schöner, als ein klarer Bach, der seine Wellen durch Blumen dahin rollt? Alle Durstigen können sich daraus erquicken. Und wie? soll man die Wonne nur aus dem Zauberbecher der Liebe stehlen? soll sie keine Belohnung für Verdienste seyn? Ja! ich will ein Kleinod besitzen, welches alle Welt entzücken kann. Dieser abgelebte ehrliche Greiß wird mir nicht zur Last fallen. Wenn auch sein Blut zu Begierden aufschwillt, so wird ihn seine Engbrüstigkeit mitten auf dem Wege ohnmächtig machen.« –

Damit hintergieng ich mein mißtrauisches Herz und wurde ruhiger. Ich wickelte meinen Kopf in meinen Mantel, und that, als ob ich schlief.

Aber plötzlich, als wenn das Schicksal auf einmahl alle meine Standhaftigkeit wieder vernichten wollte, erschallte seufzerlich eine Stimme über mir: »Also hat er mich verspottet?« Sie schien von einem Manne herzukommen, und meinen Ohren bekannt zu seyn – das Herz in meinem Leibe fuhr mir darüber zusammen. Darauf hört' ich ein Weib ärgerlich sagen: »Wenn ein Gott mir den Giton in die Hände führte, wie liebreich wollt' ich den Flüchtling empfangen!« –

Das Blut von uns beyden stand darüber im Laufe stille. Ich insbesondere, wie von einem fürchterlichen Traum' umwunden, konnte die Zunge nicht zum Reden bringen. Endlich zog ich mit zitternden Händen den Mantel vom Haupte und fragte den Eumolp: »Vater ich bitte dich bey allem! kannst du mir nicht sagen, wem das Schiff gehöre? oder was für Leute darauf sind?« Er, in seinem Schlafe gestört, nahm es übel, und gab mir zur Antwort: »So! deswegen gefiel es dir, daß wir diesen abgesonderten Ort einnähmen, damit du uns nicht ruhen lassen könntest! Und was wird's denn seyn, wenn ich dir gesagt haben werde, das *Lykas* von Tarent der Schiffsherr sey, und daß er die Tryphäna auf eine Lustreise nach Tarent mit sich genommen habe?« –

Wie von einem Donnerschlage getroffen entblößt' ich meine Gurgel und sagte: »Nun Schicksal, endlich hast du mich einmahl ganz überwunden!« Giton hatte sich an meine Brust geschmieget, und wollte den Geist aufgeben. Endlich brach uns beyden der Angstschweis aus, und gab uns das Leben wieder. Ich umfaßte die Kniee des Eumolp, und sagte zu ihm: »Erbarme dich unsrer! wir sind im Begriffe zu sterben! Reiche mir nach unsrer Sympathie der Seelen die Hände! Unser Tod ist gewiß, wenn du uns nicht rettest, und dann kann er eine Wohlthat der Götter seyn!« –

Eumolp ärgerte sich darüber und schwur bey allen Göttern und Göttinnen, daß er gar nicht begreifen könne, was wir haben wollten! Er habe nicht die geringste böse Absicht gehabt, sondern mit der aufrichtigsten Seele von der Welt hab' er uns auf dieses Schiff mit sich genommen, auf welches er schon allein zu gehen sich vorgesetzt habe. »Und was habt ihr denn vor Nachstellungen zu befürchten? sagt' er; es schifft ja kein Hannibal mit uns! Lykas von Tarent, die aufrichtigste Seele, welchem nicht allein dieses Schiff gehört, sondern der ausserdem noch viele liegende Güter besitzt und iezt Handlung treibt, hat Waaren nach Tarent zur Fracht bekommen. Nun! das ist der Cyklope und Erzseeräuber, welcher uns führt! und ausser ihm ist noch Tryphäna da, die schönste unter allen Weibern, welche zu ihrem Vergnügen bald da bald dorthin schiffet.«

»Und diese sind es eben, rief Giton, vor welchen wir fliehen!« und erzählte kürzlich die Ursachen ihrer Verfolgung, und die bevorstehende Gefahr dem zitternden Eumolp. – Dieser wurde ganz bestürzt dar über, und wußte nicht, was er rathen sollte. Er befahl, daß jeder seine Meinung vortrüge, und sagte: »Stellet euch vor, in die Höhle eines Cyklopen gekommen zu seyn! Wir müssen eine Ausflucht suchen wenn wir nicht einen Schiffbruch bewerkstelligen, und uns von aller Gefahr befreyen können.«

»Ueberrede viel lieber, sagte Giton, den Steuermann, daß er das Schiff in irgend einen Haven führe! du must ihm freylich dabey eine Belohnung versprechen; und schwör' ihm zu, daß dein Bruder, welcher die See nicht vertragen könne, in den letzten Zügen liege. Du kannst dabey weinen, und ein jämmerliches Gesicht machen, und ihn desto eher zur Barmherzigkeit bewegen daß er dir Gehör gebe.« –

Eumolp leugnete, daß dieses geschehen könne, weil grosse Schiffe nicht leicht in einen Hafen einlaufen könnten; und weil es nicht wahrscheinlich wäre, daß ein Bruder so bald auf einmahl in den letzten Zügen seyn sollte. »Dazu kömmt noch, daß Lykas vielleicht aus Menschenliebe den Kranken wird sehen wollen. Siehe nur! was das für ein ersprießliches Mittel ist, wenn wir von freyen Stücken zu dem Herrn kommen müssen! Und dann setz' auch einmahl zum voraus, daß das Schiff von seinem ungeheuren Laufe könne abgeleitet werden, und daß Lykas kein Freund sey, Krankenbette zu besuchen! wie können wir denn aus dem Schiffe gehen, ohne von allen betrachtet zu werden? Mit bedeckten oder blossen Köpfen? Mit bedeckten: wer wird uns Schwachen die Hand nicht reichen wollen? Mit blossen: ist das was anders als sich selbst verrathen?« –

»Vielmehr, sagt' ich, wollen wir etwas wagen, uns von dem Schiffsseil' in den Nachen hinab lassen und wenn wir darinnen sind, das Seil abhauen, und das übrige dem Schicksal' überlassen. Ich verlange gar nicht, daß sich Eumolp dieser Gefahr aussetzen solle; nein! warum einen Unschuldigen in Gefahren zu stürzen, die ihn nichts angehen? Zufrieden will ich seyn, wenn nur wir glücklich hinaus kommen.«

»Das wäre der beste Rath, sagte Eumolp, wenn er könnte ausgeführt werden. Wer wird uns im Weggehen nicht bemerken? Wenigstens der Steuermann, der so gar bey Nacht den Lauf der Gestirne bewachet. Und gesetzt auch, im Wachen könnte man ihn hintergehen, ist dann das Seil, woran der Kahn hängt, nicht am Hintertheile des Schiffs, wo er das Steuerruder führt? Wie wollen wir da hinab kommen? Und dann wundert es mich, daß es dir Enkolp nicht eingefallen sey, daß immer ein Matrose bey Tag und bey Nacht im Kahne liege und ihn bewache, und daß wir diesen entweder tod schlagen, oder in's Wasser werfen müßten; und fragt euren Muth, ob ihr das thun könnet! denn was mich betrifft, so will ich bey ieder Gefahr seyn, wo sich Hoffnung zur Rettung zeigt; aber ohne Ursache sein Leben, als etwas Ueberflüssiges, auf's Spiel setzen, werdet ihr mir selbst nicht zumuthen. Ich will noch einen Vorschlag thun, sehet, ob er euch gefällt!

Ich will euch unter unsere Habseeligkeiten mit Riemen einwickeln und als meine Reisesachen neben mich legen, so daß ihr mit den Lippen Athem schöpfen und Speise zu euch nehmen könnet. Wenn es Tag wird, will ich schreyen, daß ihr als meine Sklaven aus Furcht vor der Strafe euch in's Meer gestürzt hättet; und wenn wir in einem Haven anlanden, so will ich euch schon ohne den geringsten Verdacht, als meine Reisesachen hinausbringen.«

»So? sagt' ich, du willst uns wie ein Stück Holz einpacken, als wenn wir keine Hintern hätten, und nicht niesten und schnarchten! Vielleicht weil mir diese List einmahl gelungen ist? Und voraus gesetzt, daß wir dieses einen Tag in dieser Lage aushalten könnten, was denn wenn es länger währet? Wenn wir entweder eine Windstille oder einen Sturm erhalten, was ist denn zu machen? Ein Kleid, wenn es zu lange zusammen gefesselt liegt, erhält Runzeln; ein zu lang angeklebtes Papier verändert seine Gestalt; und wir Jünglinge voll blühendem Leben, die noch keiner Strapatzen gewohnt sind, sollen wie Statuen in Tücher und Bänder eingewickelt da liegen? Wir müssen einen andern Weg uns zu retten ausfindig machen! –

Höret, was mir eben eingefallen ist. Eumolp, als ein Gelehrter, hat Dinte bey sich. Mit diesem Mittel wollen wir unsere Farbe vom Wirbel bis zu den Spitzen der Fußzehen verändern. Wie Mohren wollen wir dem Eumolp desto freudiger, als Sklaven dienen, weil wir keine Strafen zu befürchten haben, und wollen mit veränderter Farbe unsere Feinde hintergehen.«

»Beschneid' uns, sagte Giton, daß man uns für Juden hält! Schneid' uns die Ohren ab, daß wir den Arabern gleichen! Uebertünche unser Gesicht, daß wir den Galliern ähnlich werden! Als wenn die Farbe allein die Gestalt verändern könne! als wenn nicht mehr dazu gehöre, um von einer fremden Nation seyn zu wollen! Laß uns einmahl voraussetzen, daß ein überschmiertes Gesicht lange Bestand habe, daß ein Tröpfchen Wassers auf uns geprützt kein Fleckchen auslöschen könne, daß die Kleider nicht an der Dinte kleben, welches auch öffters ohne Gummi geschieht – alles dieses vorausgesetzt, können wir dann unsere Lippen mit jenem abscheulichen Schwulst aufschwellen? Können wir mit einem Eisen unsere Haare in so kleine Löckchen kräusseln? Können wir in unsere Stirnen allerley Gestalten von Narben einschneiden? Können wir unsere Schienbeine in einen gehörnten Mond verwandeln? Können wir auf den Fersen gehen? Können wir uns ungekämmte Bärte machen? Eine künstliche Farbe besudelt den Leib, aber verändert ihn nicht.

Höret! was mir in der Verzweifelung einfällt! – Wickeln wir unsere Häupter in unsere Kleider! und stürzen wir uns in's tiefe Meer hinein!« –

»Dafür uns Götter und Menschen behüten wollen! rief Eumolp, wer wird auf eine so entsetzliche Art sterben? Thut viel lieber das, was ich euch befehle. Mein Bedienter ist, wie ihr aus dem Scheermesser erfahren habt, ein Barbierer. Dieser soll euch beyden den Augenblick nicht nur die Köpfe, sondern auch die Augenbrauen abscheeren. Das übrige laßt mich machen! Ich will die schönste Aufschrifft auf eure Stirnen schreiben; ihr sollet aussehen, als wenn ihr wirklich gebrandmahlet wäret. Diese Buchstaben werden euren Feinden allen Verdacht benehmen, und der Schatten von der Strafe wird eure Gesichter verbergen.« –

Dabey blieb' es. Wir giengen heimlich in einen Winkel des Schiffs, und überliessen unsere Haare und Augenbraunen dem Barbierer. Eumolp machte beyden ungeheure Buchstaben auf die Stirnen und zog mit einer verschwendrischen Hand die Aufschrifft flüchtiger Sklaven über unser ganzes Gesicht. – Von Ohngefehr kam einer von den Reisegefährten an die Seite des Schiffs, und leerte seinen Magen aus, weil er der See nicht gewohnt war, und bemerkte beym Mondschein den Barbierer, welcher zur unrechten Zeit sein Handwerk trieb, verfluchte die böse Vorbedeutung, weil dieses nur bey bevorstehendem Schiffbruch zu geschehen pflegt, und warf sich wieder in sein Bett. Wir thaten, als wenn wir die Verwünschung des sich übergebenden Reisegefährten nicht gehört hätten, und giengen traurig wieder an unsern alten Platz zurücke, machten uns ganz stille, und brachten die noch übrigen Stunden der Nacht mit einem übeln Schlafe zu.

Den andern Morgen gieng Eumolp, so bald er merkte, daß Tryphäna aus ihrem Bette sey, in die Kammer des Lykas, und nachdem er von der glücklichen Schiffarth, welche der heitre Himmel verspräche, gesprochen hatte, sagte Lykas zur Tryphäna: »Es war mir diese Nacht, als wenn Priap zu mir sagte, den Enkolpion, welchen du suchst, hab' ich auf dein Schiff gebracht.«

Tryphäna erschrack darüber, und sagte: »Man möchte glauben, daß wir zusammen geschlafen hätten, denn die Statue des Neptun, auf welche ich zu Bajen dreyerley Aufschrifften geschrieben habe, schien mir zu sagen: in dem Schiffe des Lykas wirst du den Giton finden.«

»Ihr müßt wissen, sagte darauf Eumolp, daß *Epikur,* ein göttlicher Mann, dergleichen Spiele der Phantasie auf die scherzhaffteste Weise verdammt!

Wie offt kann nicht ein Traum, wann mit den tausend Sphären
Die Nacht am Himmel glänzt, und Schatten flattern umher,
Leichtgläubiger Menschen Herz bethören!
Kein Gott, kein Tempel, ihn schafft ein Ohngefehr!
Wenn unsre Augenlieder
Ein sanfter Schlummer ziehet nieder,
So scherzt die Seele von der Sinnen Fesseln frey.
Was wandelte bey Tage vor der Stirne,
Das wandelt uns die Nacht auch im Gehirne.
Ein Krieger wohnt im Traume Schlachten bey,
Bringt Schaaren von Menschen um, verheeret Länder und Städte,
Sticht Könige tod, und wälzt sich im Blute herum,
Zum Glücke für's Menschengeschlecht – allein in seinem Bette:
Der hohlet im Traum sich vor Gerichten Ruhm,
Er sieht den Richter auf seinem Stuhle sitzen
Und donnert mit den Gesetzen, wie Zevs mit seinen Blitzen:
Und aus der Erde scharrt der Geizige sich Gold,
Und scharrt es wieder hinein voll Furcht in die Erde sein Gold:
Von seinen Hunden läßt ein Jäger die Wälder erschallen:
Ein Schiffer rettet sein Schiff, wenn es in den Abgrund sinkt
Und schon die Fluth mit tausend Lippen trinkt,
Und Felsen und Himmel und Meer vom Orkan wiederhallen:
Von Liebesgöttern eingewiegt
Schreibt eine Buhlerin entzückt Endymionen,

Und ältliche Matronen
Versprechen Faunen Gold und Kronen:
So gar ein Hund, wenn er im Schlafe liegt,
Erhebt ein Bellen und fängt auf seiner Flucht den Haasen:
Gefangne werden von Häschern erschreckt:
Und ist die Wunde schon von alter Narbe bedeckt,
So muß ein Krieger im Traum von frischen Wunden rasen.«

Nachdem Tryphäna wegen ihres Traums dem Neptun geopfert hatte, sagte Lykas: »Nun! wer verwehrt uns denn, das Schiff zu untersuchen? Wir wollen wenigstens keine Verächter der göttlichen Eingebungen seyn!«

Auf einmal schrye der, welcher uns beym Mondschein überrascht hatte, mit Namen *Arsius:* »Ganz gewiß sind das diejenigen, welche sich diese Nacht haben abscheeren lassen! und das bey allen Göttern! auf die ärgerlichste Weise; denn ich habe schon offt gehört, daß es keinem Sterblichen erlaubt sey, weder Nägel noch Haare im Schiffe abzulegen, ausser wenn ein Sturm sich auf dem Meer' erhebt.«

Bey dieser Rede glühte der erschrockene Lykas vor Zorne. »Wie? sagte er, es hat sich Jemand in meinem Schiffe die Haare abgeschnitten? und bey dieser ruhigen Nacht? Geschwind ziehet die Verbrecher hervor, auf daß ich wisse, durch welche Häupter das Schiff müsse ausgesöhnet werden!«

»Ich hab' es befohlen, sagte Eumolp, damit die Götter nicht wegen dieser unreinen Verbrecher auf uns zürnen möchten, und nicht um eine böse Vorbedeutung zu machen, denn ich bin ja selbst auf dem Schiffe; denn da diese Spitzbuben ganz abscheulich lange Haare hatten, so hab' ich befohlen, daß man diesen Verdammten den Schmuz ein wenig abnehmen solle; und damit zugleich ihre Ueberschrifft, welche von den Haaren überschattet war, deutlich in Jedermanns Augen fallen möchte. Unter andern haben sie mir mein Geld gestohlen, und es bey ihrer gemeinschafftlichen Freundin verzehret, von welcher ich sie die gestrige Nacht von Wein und Salbe triefend heraus gezogen habe. Kurz! ich glaube, daß sie noch iezt von den Ueberbleibseln meines Vermögens riechen.«

Damit man also den Schutzgott des Schiffes aussöhnete, wurde befohlen, daß ieder von uns beyden vierzig Streiche erhalten sollte. Man säumte sich nicht lange. Wüthend fielen uns die Matrosen mit ihren

Stricken an, und suchten, durch unser nichtswürdiges Blut ihre Gottheit zu versöhnen. Ich verdaute, ohne mich zu verändern, drey Streiche mit dem Adel eines Spartaners; Giton aber schrye bey dem ersten Schlage so hefftig, daß Tryphänen die Ohren von der ihr sehr wohl bekannten Stimme gellten. Sie wurde nicht allein darüber bestürzt, sondern alle ihre Mägde erkannten die Stimme und liefen zu dem armen Sünderchen.

Schon hatte Giton durch seine bezaubernde Gestalt die Matrosen entwaffnet, und auch ohne ein Wort zu reden bewegte er die Grausamen zum Mitleiden, als alle Mägde zugleich ausrufen: »Es ist Giton! Giton ist's! Haltet ein ihr Grausamen! Giton ist's o gnädige Frau! Komme zu Hülfe!« –

Tryphäna neigte die Ohren gefällig zu der Stimme, welche hier sehr leichtglaubig waren, und eilte auf den Fittichen der Liebe zu dem Knaben.

Lykas, der mich auf das beste kannte, lief hinzu, als wenn er selbst auch meine Stimme gehöret hätte, betrachtete weder Hände noch Gesicht, sondern lenkte seine Blicke auf meinen Unterleib herab, griff mit buhlerischer Hand an meine Schaam, und sagte: »Ey! willkommen lieber Enkolp!« Nun mag sich ein Ulyß verwundern, wenn ihn seine Amme nach zwanzig Jahren an einer Narbe erkennt, da dieser kluge Mann, indem alle Linien und Kennzeichen des Leibes verändert waren, so scharfsinnig das einzige ächte Merkmahl des Flüchtlings erwischte.

Tryphäna vergoß Thränen von den Brandmahlen an unsern Stirnen getäuscht, denn sie hielt sie für ächte, wie sie gefangne Sklaven erhalten, und fragte ganz leise: »Wo hat man euch Flüchtlinge erwischt und in's Gefängniß geworfen? Aber wessen Hände waren so grausam und brannten euch diese schändliche Strafe auf das Gesicht?« Wir verdienten, sagte sie weiter, daß wir ein wenig gezüchtiget würden, weil wir uns selbst im Lichte gestanden und sie verlassen hätten, da sie unser Glück hätte machen wollen. –

Zornig sprang Lykas herbey und sagte: »O du einfältige Närrin! als wenn Wunden von Dinte gefärbt mit Eisen gemacht worden wären! Wollten die Götter, sie wären gebrannt! dann würden wir keine Rache mehr verlangen. Mit mimischen Blendwerken haben sie uns hintergehen und mit dem Schatten von einem Brandmahle verspotten wollen.«

Tryphäna wollte sich über uns erbarmen, weil die Erinnerung an die Wollust, welche sie in unsrer Gesellschaft genossen hatte, auf einmal wieder in ihr erwachte. Aber Lykas hatte noch nicht vergessen, wie seine

Gemahlin war verführt worden, und was er für Beschimpfungen in der Halle des Tempels des Herkules hatte verschlucken müssen; er schrye also hefftig mit erboßtem Gesichte: »Ich glaube gewiß, daß die unsterblichen Götter für die Dinge da unten Sorge tragen! auch du hast es erfahren Tryphäna, denn ohn' ihr Wissen haben sie die Strafbaren auf unser Schiff gebracht, und daß sie es gethan haben, beweisen unsere beyderseitigen von ihnen eingegebene Träume. Also bedenke, ob es erspießlich sey, denen zu verzeyhen, welche Gott uns selbst zur Bestrafung herbey führt! Ich bin wahrhafftig nicht grausam, aber ich besorge, die Strafe möchte mir selbst über mein Haupt kommen.«

Von dieser abergläubischen Rede bewegt, wollte sich Tryphäna der Strafe nicht entgegen setzen, sondern vielmehr die gerechteste Rache mit befördern helfen, indem sie nicht weniger, als Lykas beleidiget worden sey, da wir vor der ganzen Welt ihrer Ehre einen Schandflecken angehängt hätten.

So bald Lykas gewahr wurde, daß Tryphäna einmüthiglich mit ihm zur Rache geneigt sey, so befahl er, die Strafe zu vollziehen. Wie Eumolp dieses gehört hatte, so sucht' er ihn mit folgendem zu besänftigen.

»Diese Unglückseeligen, sagt' er, deren Leben in deiner Hand ist, flehen deine Barmherzigkeit o Lykas an, und haben mich dazu, als einen deiner alten Bekannten, erlesen, und mich gebeten, daß ich sie mit euch wieder vereinigen möchte, die ihr vor kurzen noch ihre besten Freunde waret. Ihr glaubet gewiß, daß sie euch das Ohngefehr in eure Hände gespielet habe? aber ieder Reisende bekümmert sich ia vor allen Dingen darum, wem er sich anvertraue. Seyd zufrieden mit der Strafe, die sie schon empfangen haben, und laßt eure Seelen erweichen! und dann laßt doch freye Menschen ohne Beleidigung hingehen, wohin sie wollen! Auch die Grausamkeit der wildesten und unversöhnlichsten Herren wird zurück gehalten, wenn Flüchtlinge von eigener Reue angetrieben zurück kehren; man schont der Feinde, die sich selbst ergeben. Was verlangt ihr mehr? oder was wollt ihr? da liegen sie demüthig vor euren Augen! Freye edle Jünglinge! und was mehr, als beydes ist, eure alten Freunde! Und beym Herkules! wenn sie euer Geld entwendet, wenn sie euch als Freunde verrathen hätten, so könntet ihr doch mit dieser Strafe gesättiget seyn. Ihr seht die Sklaverey auf ihren Stirnen! Freywillig haben sie ihre freyen Gesichter gebrandmahlet.«

Hier unterbrach Lykas die Vorbitte und sagte: »Vermische nicht alles unter einander, sondern sage alles einzeln nach einander her!«

Erstlich, wenn sie von freyen Stücken gekommen sind, warum haben sie sich die Köpfe abscheeren lassen? wer sein Gesicht verändert, hat Betrug im Sinne und keine Genugthuung.

»Und dann, wenn sie dich als einen Abgesandten abschickten, um wieder unsere Freundschafft zu erhalten, warum hast du denn alles so veranstaltet, daß sie verborgen bleiben sollten, indeß du ihre Vertheidigung über dich nähmest? Daraus ist ia leicht zu sehen, daß sie allerdings von Ohngefehr uns in die Hände gefallen sind, und daß du alle Kunst angewendet hast, sie dem Anfall unserer Rache zu entziehen. Und nimm dich ia in Acht, daß du, indem du uns vorwirfest, sie wären freye und rechtschaffene Leute, nicht den ganzen Handel verderbest! denn was sollen die Beleidigten thun, wenn sich die Schuldigen selbst der Strafe für werth erklären? und wenn sie unsere Freunde gewesen sind, so haben sie eine desto härtere Strafe verdient; denn wer Unbekannte beleidiget, wird ein Strassenräuber genennt, wer aber Freunde, den kann man für nicht weniger, als einen Vatermörder halten.«

Eumolp fieng an, diese schwierigen Einwürfe zu widerlegen. »Ich sehe, sagte er, daß den armen Jünglingen als Hauptverbrechen aufgebürdet wird, daß sie sich diese Nacht haben abscheeren lassen; dieses nimmt man als einen Beweis an, daß sie von Ohngefehr in das Schiff gefallen und nicht mit Willen hereingekommen sind. Ich wünsche, euch aufrichtig alles so erklären zu können, als es geschehen ist! Sie wollten, ehe sie auf das Schiff stiegen, ihre Häupter von einer beschwerlichen und überflüssigen Last befreyen, aber ein zu günstiger Wind verhinderte sie, diesen Vorsatz auszuführen. Sie glaubten, es wäre einerley, es möchte geschehen, wo es ihnen gefiel, weil sie weder was von der bösen Vorbedeutung, noch von den Gesetzen der Schiffarth wußten.«

»Aber warum mußte man sie, antwortete Lykas, als verbrecherische Sklaven abscheeren? Vielleicht weil man mit den Kahlköpfen eher Mitleiden zu haben pflegt. Aber warum soll man die Wahrheit bey ihrem Vertheidiger suchen? Was sagest du, du spitzbübischer Enkolp dazu? welcher Salamander hat deine Augenbrauen abgebrannt? welchem Gotte hast du dein Haar geweyhet? Rede Gifftmischer!«

Ich staunte und wußte nicht, was ich in der Todesangst wider die augenscheinliche Wahrheit einwenden könnte. Auch über meine Häßlichkeit war ich bestürzt, denn ausser dem geschornen Kopfe waren Stirne und Augenbraunen überein kahl, so daß ich nichts mit dem geringsten Anstande weder thun noch sagen konnte. Nachdem man aber unser Gesicht mit einem feuchten Schwamm' abgewaschen hatte, und die aufgethaute Dinte zerflossen war, und alle Gesichtszüge, wie mit einer Wolke von Kühnruß, bedeckte, so verwandelte sich der Zorn in Haß; Eumolp schwur, daß er nicht geschehen lassen würde, daß man freye Menschen wider alles Völkerrecht der Menschheit quäle, und widersetzte sich den Drohungen der Wüthenden nicht allein mit dem Munde, sondern auch mit den Händen. Sein Bedienter stand ihm treulich bey. Aber beyde waren leider! zu schwächliche Gesellen, und dienten uns mehr zum Troste, als daß sie uns wirklich mit ihren Kräfften zu Hülfe hätten kommen können.

Ich sprach kein Wort zum Besten für mich, sondern machte der Tryphäna eine Faust, und schrye mit freyer und heller Stimme, daß ich Gewalt brauchen würde, wenn sie nicht wie ein erzunreines Weib von dem Giton abstünde, sie sey im ganzen Schiffe allein werth, vierzig Streiche weniger einen zu empfangen.

Lykas wurde durch meine Kühnheit wüthender, und es verdroß ihn, daß ich mich nicht selbst, sondern einen andern vertheidigen wolle.

Tryphäna raste über diese Beschimpfung, und das ganze Schiff theilte sich darüber in verschiedene Partheyen.

Der Barbierer des Eumolp theilte sein Werkzeug unter uns, und bewaffnete sich selbst damit; auf der andern Seite rüstete sich die Familie der Tryphäna mit ihren Nägeln zum Streite. Die Mägde erhoben einstimmig ein Kriegsgeschrey, und der Steuermann allein rief aus: daß er das Ruder verlassen würde, wenn diese Dirnen und Ehebrecher nicht aufhörten, in dem Schiffe herum zu wüthen.

Aber nichts desto weniger daurete die Wuth der streitenden Partheyen fort. Die eine stritt, sich zu rächen; und wir für unser Leben. Viele stürzten auf beyden Seiten halbtod nieder, und viele entwichen voll gefährlicher Wunden dem Treffen, aber dennoch ließ auf keiner Parthey die Wuth nach.

Endlich fuhr Giton, der tapferste unter uns allen, mit seinem Scheermesser nach seinem Gemächte, und drohte, sich die Ursache aller dieser Feindseeligkeiten abzuschneiden; aber Tryphäna verhütete ein so grosses Unglück, und versprach ihm auf das feyerlichste Vergebung. Ich selbst setzte offt das Scheermesser an meine Gurgel, und hatte nicht mehr Lust, mich umzubringen, als Giton, sich zu combabisiren. Er spielte aber seine tragische Rolle viel vortrefflicher, denn er konnte verwegener seyn, weil er wußte, daß er eben das Messer hatte, mit welchem er sich schon einmahl die Kehle hatte abschneiden wollen.

Beyde Schlachtordnungen standen da, und der Krieg schien immer hitziger zu werden. Endlich brachte der Steuermann es mit genauer Noth dahin, daß Tryphäna, wie ein Herold, Waffenstillstand ankündigen mußte. Nachdem man nun wechselseitig, nach unsrer Väter Weise, Treue angelobt hatte, so gieng sie hin nach dem Schutzgotte des Schiffes, brach einen Olivenzweig ab, hob ihn empor und trat unter uns:

»Welch eine Wuth, rief sie, verwandelt in Waffen den Frieden?
Was hilft es, daß wir mit den Händen und Zungen wüthen?
Herr *Menelas* sucht wohl doch hier *Helenen* nicht,
Sein theures Eheweib und seiner Augen Licht?
Da sie mit dem *Paris* flieht, ihm ewige Liebe verspricht? –
Es schleudern ja nicht hier rasende *Medeen*
Die brüderlichen Glieder in die Seen?
Allein verachtete Liebe hat Muth!
O wer vergießt mein Blut
Mit seinem Schwerd' in dieser Wuth?
Wie? euch ist's nicht genug, allein mich sterben zu sehen?
O übertreffet nicht den wilden Ocean!
Und seyd nicht wüthender im Schiff' als ein Orkan.«

Wie eine begeisterte Bacchantin goß sie dieses aus; die Schlacht stund stille; wir reichten einander die Hände, und der Friede wurde geschlossen. Unser General Eumolp bediente sich der günstigen Gelegenheit, sagte die Wahrheit dem Lykas bitter, brachte sein Schreibezeug hervor, und setzte folgende Friedensartickel auf.

»Nach deiner festen Willensmeinung versprichst und gelobest du hiermit an Tryphäna, daß du die dir angethane Beleidigungen nie dem Giton weder vorwerfen, noch über das, was vor diesem Tage geschehen ist, dich bey ihm beschweren und dich deswegen rächen und ihn auf keine Art und Weise verfolgen – und ferner, daß du den Knaben nie mit Gewalt zu etwas zwingen wollest, was ihm nicht gefällig seyn werde, weder zu einer Umarmung, noch zu einem Küßchen, noch zu einem Beyschlafe; widrigen Falls verpflichtest du dich an Eydesstatt, ihm für iedes von benannten Stücken hundert baare Thaler zu erlegen.

Und eben so versprichst auch du Lykas, ebenfalls nach deiner festen Willensmeinung, dem Enkolpion weder mit einem beleidigenden Worte, noch Blicke mißfällig zu seyn; ferner nicht nachzuforschen, wo und an welchem Orte er die Nacht schlafe. Und widrigenfalls du dieses nicht wirst unterlassen haben, gelobst du feyerlich an, ihm für jede Beleidigung zwey hundert baare Thaler zu zahlen.

Alles getreulich und ohne Gefehrde.«

Nachdem diese Friedensartickel aufgezeichnet und unterschrieben waren, so legten wir die Waffen nieder, und schwuren, daß kein Funken von Zorn in unsern Gemüthern bleiben solle. Darauf umarmten und küßten wir uns, und vergaßen alles Geschehene.

Alles ermunterte uns zur Versöhnung, und der Haß sank in unsern Busen nieder. Man fieng an, auf dem Kampfplatze zu schmaussen, und das Gastmahl heiterte aller Seelen auf. Das ganze Schiff erscholl von Gesängen; und da eine plötzliche Windstille den Lauf unterbrach, so fieng der eine mit einem Dreyzack emporhüpfende Fische, und der andere mit beköderten Hamen. So gar waren die Vögel so kirre, auf die Vögelstangen sich zu setzen, welche ein geschickter Vogler unter den Matrosen mit Leimruthen wegfieng. Sie wollten, wann sie gefangen waren, davon flattern; die Federchen flogen davon in den Lüfften umher und wurden dann ein Spiel der Wellen, die an unserm Schiffe lachten.

Lykas hatte sich wieder mit mir völlig ausgesöhnet und Tryphäna sprützte schalkhafft die letzten Tröpfchen im Becher auf den Giton. Indem fieng Eumolp vom Bacchus besiegt über unsere Kahlköpfe und Aufschrifften an, zu spotten; und endlich, da er seinen eißkalten Witz erschöpft hatte, ergriff er seine alte Leyer wieder und machte ein Elegielein auf die geraubten Locken.

Herabgefallen sind
Die allerschönsten Locken!
So schüttelt ein rauher Wind
Im Frühling herab der Blüthen Flocken!
Sie, die des Frühlings größte Zierde sind! –
Herabgefallen sind
Sie, die der Schönheit größte Zierde sind,
Die allerschönsten Locken!

Ach die Schläfchen stehen kahl!
Traurig ohne Schatten!
Die mit Reizen ohne Zahl
Uns entzücket hatten!

Warum ihr Götter muß das Schöne so geschwind
Vergehn? Kaum ist die Knospe zur Rose gebohren
Des Frühlings schönstes Kind,
So hat von einer Sonne
Sie ihre Schönheit verlohren,
Sie welkt und sieht nicht mehr in ihrer Pracht Auroren.

Unglückseeliger! ach in deiner Haare
Glanze warest du schöner, als Apollo!
Als in fliegenden Locken seine Schwester,
Wenn durch Hayne sie flüchtig irrt, Diane!

Aber glatter, als Erzt und als ein Schwämmchen,
Das vom Regen aufwächset, ist dein Scheitel.
Ach dich werden die Mädchen nun verspotten!
Schüchtern, weinerlich wirst du nun sie meiden!
Lieber Knabe gedenk' an's Sterbebette!
Schon das schönste vom Köpfchen ist gestorben.

Er wollte noch mehr hervorbringen, und wie ich glaube, noch ärgerli-
chere Dinge, als die Magd der Tryphäna den Giton in das untere Theil
des Schiffs zog, und mit einem Haarschmuck ihrer Frau den Kopf des
Knaben wieder auszierte. So gar brachte sie auch Augenbrauen aus
einem Schächtelchen hervor, und ersetzte jedes Härchen über seinen
schönen Augen, und gab ihm seine ganze vorige Schönheit wieder.
Tryphäna erblickte iezt in dem Giton ihren alten Liebling. Freudenzähren tröpfelten ihre Wangen herab, und in Wonne trunken gab sie
dem Knaben ein Küßchen voll Liebe.
Ich aber, ob ich gleich über die wiederhergestellte Schönheit des
Knaben mich freute, verbarg öffters mein Gesicht, voll von der traurig-
sten Ueberzeugung, daß ich ausserordentlich häßlich seyn müsse, da
mich Lykas nicht einmahl für würdig hielt, mit mir zu reden. Aber eben
iene Magd befreyte mich von dieser Quaal, denn sie rief mich bey Seite,

und überzog mein Haupt mit nicht weniger zierlichen Locken, so gar war mein Gesicht von einem grössern Reize überstrahlt, weil die Locken von blonden Haaren waren.

Uebrigens fieng Eumolp an, unser Beystand in Gefährlichkeiten und der Stiffter des gegenwärtigen Friedens, damit unsre Freude immer mehr Nahrung bekäme, vieles über den weiblichen Leichtsinn zu scherzen, wie leicht sich die Weiber verliebten, und wie bald sie ihre Lieblinge wieder vergäßen. Er behauptete, es seye keine unter allen Damen so schamhafftig, daß sie nicht bißweilen gegen einen unrechtmäßigen Liebhaber bis zur Wuth entzündet würde; und daß er dieses nicht mit alten Tragödien oder verjährten Geschichten bekräfftigen wolle, sondern mit einer Begebenheit, welche sich wirklich zu seiner Zeit zugetragen habe. Wenn wir ihm ein aufmerksames Ohr gönnen würden, so woll' er sie uns erzählen. – Aller Ohren und Augen waren auf ihn gerichtet, und er erzählte.

Zu Ephesus war eine gewisse *Dame* wegen ihre Keuschheit so berühmt, daß alles Frauenzimmer aus den benachbarten Gegenden, der Seltenheit wegen, hinreisete, um sie zu sehen. Da nun der theure Ehegemahl dieser zärtlichen Dame starb, und aus der Welt getragen wurde, so war es ihr viel zu wenig, nach der gewöhnlichen Art die Leiche mit fliegenden Haaren zu begleiten, und die entblößte Brust vor allem Volke zu schlagen, sondern sie folgt' ihm so gar bis in sein Grabmahl nach.

Der Verstorbene wurde in eine Grufft nach griechischer Weise gebracht, und hier fieng sie nun an, seinen Leichnam zu bewachen, und Tag und Nacht zu weinen. Ihre Betrübniß war so gewaltig, daß sie sich zu Tode hungern wollte, weder Anverwandte noch Freunde konnten sie davon abwendig machen.

Zuletzt wurde noch der ganze Magistrat an sie abgeschickt, aber er mußte mit einer abschlägigen Antwort wieder abziehen. Schon hatte sie den fünften Tag ohne Nahrung zugebracht, und alle Welt wurde über die Tugend dieser ausserordentlichen Frau gerührt und weinte mit ihr, und war ihrentwegen höchlich bekümmert.

Diese trostlose Dame begleitete noch ein ihr ungewöhnlich zugethanes Mädchen, und traurete und weinte die bittersten Zähren mit ihr, als wenn der letzte Mann auf dem Erdboden gestorben wäre; und wenn die Lampe im Begräbniß' ausgehen wollte, so goß es wieder frisches Oel hinein. In der ganzen Stadt wurde von weiter nichts gesprochen. Groß und Klein und Jung und Alt bekannten mit einem Munde, daß bey ihnen das einzige wahrhafftige Beyspiel von der reinesten Keuschheit und Liebe erschienen sey. –

Unterdessen hatte der Befehlshaber von der Provinz nicht weit von eben dem Gewölbe, wo die Dame ihren erstgestorbenen Mann beweinte, einige Spitzbuben an's Kreuz hängen lassen. Die folgende Nacht bemerkte ein Soldat, welcher bey den Kreuzen die Wache hatte, damit man keinen Spitzbuben davon stehlen und begraben möchte, ein hellleuchtendes Licht unter den Monumenten, und hörte von eben daher ein klägliches Wimmern. Nach einem Fehler des ganzen menschlichen Geschlechts hüpft' ihm das Herz im Leibe, zu wissen, was das wäre, und was dort geschehe.

Er schlich sich also dahin, und stieg in das Gewölbe, und wie er ein reizendes Weib erblickte, so stutzte er, und glaubte, es sey ein Gespenst und ein Blendwerk böser Geister. Bald darauf aber, wie er die darneben liegende Leiche gewahr wurde, und die Thränen betrachtete, und das göttliche Gesicht von Nägeln zerkratzt, so traf er eben mit seinen Gedanken die Wahrheit, und hielt sie für eine Dame, welche über den Verlust ihres Mannes trostlos sey.

Er hohlte eine kleine Mahlzeit aus seinem Schnappsacke, reichte sie freundlich der Dame dar, und trug alle Trostgründe, die er wußte, der Betrübten auf das beweglichste vor, damit sie nicht in ihrem vergeblichen Schmerz beharre, und ihre schöne Brust mit unnützen Seufzern abzehre. »Wir müssen alle sterben! das ist nun nicht zu ändern! sagte er, wir alle müssen einmahl in dergleichen Häußlein ziehen!« und fügte noch alles übrige hinzu, wovon sonst sich diese Schwären in dem Herzen heilen lassen. Aber ihr Schmerz wuchs noch mehr bey diesen Trostgründen, sie erzürnte sich darüber, schlug sich wüthend den Busen, riß ihre Locken aus dem Haupte, und streute sie auf ihren geliebten Gemahl.

Der Soldat aber war kein Mann, der sich so leicht abschrecken ließ; er fuhr fort mit seinen Trostgründen, und gab sich alle Mühe, sie zu bereden, daß sie etwas Speise zu sich nähme. Ihre Begleiterin wurde zuerst überwunden, der nectarische Geruch vom Weine hatte ihre Begierden erregt; schüchtern reichte sie ihre Hand dem freundlichen Mann entgegen, erquickte sich mit Speis' und Trank, und fieng selbst an, die Hartnäckigkeit ihrer Frau zu bestürmen.

»Was wird dir's helfen, sagte sie, wenn dich nun der Hunger wird aufgezehrt haben? wenn du dich lebendig begräbst? wenn du deinen reinen Geist von dir stössest, eh' ihn noch das Schicksal abruft?

O liebe Frau dein abgeschiedener Gemahl
Weiß nichts von deinem Harm, ihn rührt nicht deine Quaal!

Willst du wider den unveränderlichen Willen des Schicksals ihn wieder lebendig machen? Oder willst du nicht lieber die weiblichen Vorurtheile ablegen, und noch so lange die Freuden des Lebens genießen, als es erlaubt ist? Siehe selbst diese Leiche sollte dich belehren, wie flüchtig das Leben sey!«

Kein Sterblicher wird dadurch beleidiget, wenn man ihn zwingt, Speise zu sich zu nehmen, und zu leben. Also ließ sich denn auch endlich diese Dame, von dem Fasten einiger Tage ausgehungert, von ihrem hartnäckigen Endschlusse zurücke bringen, und füllte sich nicht weniger begierig mit der Speise, durch deren Anblick sich das Mädchen vorher hatte überwinden lassen.

Uebrigens wißt ihr, was der Mensch verlange, wenn er sich satt gegessen und getrunken hat. Mit eben den Schmeicheleyen, wodurch der Soldat die Dame bewegt hatte, nicht mehr sterben zu wollen, griff er nun auch ihre Keuschheit an. Dieser Jüngling schien ihr nicht häßlich und unartig zu seyn, und das Mädchen stand dem Soldaten treulich bey, weil ihm das auferweckte Leben durch ihn sehr wohl behagte, und rief offt ihrer tugendhafften Frau zu:

»Selbst wider dich willst du hartnäckig immer streiten?
Du liebst, und deine Liebe schmeichelt dir?
O häufe nicht auf Leiden größres Leiden!
Wer dich getröstet hat Madame lieget hier!«

Was soll ich euch länger aufhalten? ihr wißt vielleicht, wie schnell der Uebergang von Traurigkeit zu Liebe ist! Die Dame fastete auch hier nicht länger, und der unüberwindliche Soldat überredte sie, auch diese Fasten aufzuheben.

Sie lagen nicht nur diese Nacht zusammen, in welcher sie Hochzeit machten, sondern auch den folgenden und dritten Tag. Freylich schlossen sie die Thüren der Grufft zu, damit Jedermann, wer von Bekannten oder Unbekannten an das Monument kommen würde, glauben möchte, die keuscheste Frau unter dem Monde habe über dem Leibe ihres Mannes den Geist aufgegeben. Uebrigens ergötzte den Soldaten so wohl die Schönheit der Dame, als auch das Geheimniß, und er kaufte, so viel ihm sein Vermögen erlaubte, das beste, was er erhalten konnte, und trug es, so bald die Nacht herein brach, in das Gewölbe.

Wie die Verwanden eines von denen an's Kreutz gehängten bemerkten, daß keine Wache zugegen sey, so zogen sie ihn bey Nacht herab, und erwiesen ihm noch die letzten Pflichten, und der Soldat wurde, während daß er am Busen seiner Geliebten lag, hintergangen. Bey anbrechender Morgendämmerung bemerkte er, daß ein Dieb an dem einen Kreuze mangelte. Er furchte sich vor der Lebensstrafe, und lief zu seiner Getrösteten, und erzählt' ihr, was sich zugetragen habe, und daß er das Urtheil nicht erwarten wolle, sondern seine Nachläßigkeit gleich selbst mit seinem Schwerde zu bestrafen beschlossen habe. Er bitte sie nur noch um diese einzige Gefälligkeit, daß sie ihn zur Ruhe bestatten, und mit dem unseeligen Grabe ihres Mannes auch zugleich ihren Freund bedecken möge.

Die Dame war nicht weniger barmherzig, als sie keusch war, und rief: »Ach! das wollen die Götter nicht zulassen, daß ich zu gleicher Zeit die zween Sterblichen, welche ich am zärtlichsten liebe, in einem Grabe sehen solle! Nein! besser ist es, daß ich den Toden aufhänge, als den Lebendigen umbringe.« – Nach dieser Rede befahl sie, daß man den Leichnam ihres Mannes aus dem Sarge zöge, und an das Kreuz hienge, von welchem der Dieb war gestohlen worden. Der Soldat bediente sich der List der klugen Dame; und den Tag darauf verwunderte sich alles Volk, und konnte nicht begreifen, wie es der Verstorbene müsse gemacht haben, daß er sich an's Kreuz geschlagen hätte.

Die Matrosen nahmen die Erzählung des Eumolp mit Lachen auf; Tryphäna aber wurde darüber bis an die Ohren roth, und schmiegte ihr Gesicht auf das zärtlichste an den Nacken des Giton. Aber Lykas lachte nicht, sondern schüttelte sein zorniges Haupt und sagte: »Wenn der Befehlshaber ein gerechter Mann gewesen wäre, so hätt' er den Leichnam des Mannes wieder zurück in sein Grab bringen und das Weib dafür an's Kreuz schlagen lassen sollen.« Vermuthlich kam ihm wieder der Ehebruch seiner Frau, und das auf der Liebesreise geplünderte Schiff in den Sinn. Aber der Friedenscontract erlaubte nicht, empfindlich darüber zu seyn, und die allgemeine Freude, welche alle Gemüther zuvor wider ihn würde eingenommen haben, ließ dem Zorne keinen Raum.

Unterdessen hatte sich Tryphäna dem Giton auf den Schoos gesetzt; bald gab sie ihm unzählige Küsse auf den Busen, und bald brachte sie jedes Härchen an seinem Köpfchen in Ordnung, welches seine Lage verändert hatte.

Ich aber betrübte mich darüber; der neue Vertrag stand mir gar nicht an, und nahm weder Speise noch Trank zu mir, sondern sah beyde mit gefährlichen und wilden Blicken an. Jedes Küßchen war mir ein Dolch in's Herz! Jede Schmeicheley, welche das geile Weib dem Knaben machte! Noch wußt' ich nicht, ob ich mehr auf den Knaben zürnen sollte, daß er mir meine Freundin raubte, oder auf die Freundin, daß sie mir den Knaben verdürbe. Beyde waren meinen Augen unausstehlich, und lieber wollt' ich in der vorigen Gefangenschafft seyn.

Dazu kam noch, daß Tryphäna mit mir, wie mit einem Fremden sprach, und nicht, wie mit ihrem vorigen Lieblinge; und Giton achtete mich nicht für würdig, nur einmahl im Vorbeygehen mir vorzutrinken; oder, was das geringste ist, mich nur einmahl bey meinem alten Namen zu nennen. Ich glaube, er befürchtete, bey der wieder auf's neue angefangenen Freundschafft die alte Wunde wieder aufzureissen. Die zurück gehaltenen Thränen schwollen in meinem Busen an, und wollten mit schweren Seufzern mein Herz zersprengen, und die Seel' im Leibe mir ersticken.

Indem ich in dieser Verfassung da saß, wurde Lykas auf's neue wieder gegen mich entzündet, weil ich vielleicht in meinen blonden Locken ihn noch mehr reizte. Er liebäugelte mir, und versuchte, ob er wieder die alte Wollust bey mir genießen könnte. Er machte gar nicht mit seiner Stirne den Herrn gegen mich, sondern bezeugte sich so gefällig, wie der beste Freund. Allein alles war vergeblich. Endlich verwandelte sich seine verachtete Liebe in Wuth, und mit Gewalt wollt' er seine Wünsche befriedigen. Indem kam unerwartet Tryphäna zu uns, und bemerkte seine Unmäßigkeit. Beschämt bracht' er sich, so geschwind er konnte, wieder in Ordnung und flohe von dannen.

Dieser Anblick hatte alle Begierden der Tryphäna erregt, sie fragte mich: »Was wollte Lykas mit dir machen?« und mit Gewalt brachte sie mich zum Geständnisse. Nach dieser Erzählung brach alles in Flammen bey ihr aus, sie erinnerte mich an unsere alte Vertraulichkeit und den Genuß des vorigen Vergnügens. Aber ich, von so vielen Strapatzen abgemattet, wollte mich zu nichts verstehen. Wüthend überfiel sie mich nun mit ihren Umarmungen, und drückte mich so hefftig an sich, daß ich schreyen mußte. Eine von ihren Mägden lief darauf herbey, und glaubte nicht anders, als daß ich verlangte, was ihre Frau haben wollte, und trennte uns beyde von einander. Tryphäna vor Begierden lechzend schimpfte und schmähte, daß ich sie so verachtet hatte, drohte und gieng zum Lykas, um ihn desto mehr gegen mich aufzuhetzen, daß sie beyde gemeinschafftlich sich an mir rächen könnten.

Sagen muß ich euch aber, daß mich dieses Mädchen vor diesem, da ich der Liebling von ihrer Frau war, sehr liebte; also war es ihm sehr empfindlich, mich mit der Tryphäna überrascht zu haben; es seufzte und war sehr begierig, alles von mir zu wissen. Endlich nach einiger Ueberwindung brach es in folgendes aus: »Wenn du noch einen Tropfen ehrlichen Geblüts hast, so wirst du sie für nichts mehr, als eine Hure achten; und wenn auch die Natur in dir aufrührisch werden sollte, so hast du nicht nöthig, sie bey einem solchen läufischen Weibe zu besänftigen.«

Alles dieses quälte mich sehr. Aber deswegen war ich am mehrsten besorgt, daß Eumolp alles, was geschehen wäre, erfahren möchte; denn dieser Erzpoet würde mich mit seinen Versen gerächet haben, und dadurch würd' ich ohne Zweifel lächerlich geworden seyn.

Da ich aber darauf dachte, dieses zu verhindern, so kam er selbst zu mir und wußte alles, was sich zugetragen hatte; denn Tryphäna hatt' es dem Giton erzählt, indem sie dadurch sich bey ihm schadlos zu halten suchte. Eumolp erzürnte sich sehr darüber, insbesondre deswegen, weil dadurch die Friedensartickel gebrochen waren.

So bald mich der Alte erblickte, bedaurete er mich, und bat, daß ich ihm alle Umstände erzählen sollte. Ich erzählte ihm also aufrichtig, wie mir Lykas und Tryphäna begegnet wären. Nachdem er dieses gehört hatte, so schwur er, mit den bittersten Versen mich zu rächen, indem selbst die Götter diese Verbrechen nicht unbestraft vorbey lassen könnten.

Während dieser Streitigkeiten schwoll das Meer auf, Wolken wälzten sich überall zusammen, und bedeckten den Tag mit erschrecklichen Finsternissen. Die Matrosen liefen zitternd zu ihren Arbeiten, und zogen die Seegel vor dem Sturm hernieder. Der Wind trieb bald dahin und bald dorthin die Fluthen, und der Steuermann wußte nicht, wohin er sich wenden sollte. Bald wehte der Wind nach Sicilien, und bald trieb ein Nordwind das Schiff in einem Wirbel an die Küsten von Italien; es war ein Spiel der Winde. Und was gefährlicher, als alle Sturmwinde war, es fiel auf einmahl eine so dichte Nacht herab, daß der Steuermann nicht einmahl den Schiffsschnabel mehr erblicken konnte. Wie alle

Hoffnung zur Rettung verschwunden war, so hob Lykas gefalten seine Hände empor und sagte: »O du Enkolp steh uns in diesen Gefährlichkeiten bey! Ach gieb dem Schiffe das göttliche Gewand und das Sistrum wieder! Ich bitte dich bey allen Göttern! Erbarme dich unsrer! du hast ia sonst ein mitleidiges Herz!« Wie er noch so schrye, so warf ihn ein Wirbelwind in's Meer. Er kam ein wenig wieder empor, aber der Sturm bedeckte ihn mit seinen Wogen und ein Schlund verschlang ihn. – Plötzlich ergriffen die getreuesten Sklaven die Tryphäna, setzten sie auf den Nachen, und entführten sie mit dem größten Theil' ihrer Kostbarkeiten, dem augenscheinlichen Tode.

Ich aber umarmte den Giton, und weint' und schrye: »Also haben wir das allein von den Göttern verdient, daß sie uns nur im Tode vereinigten! Aber auch das wird das grausame Schicksal nicht zugeben. Siehe! iezt wird die Fluth das Schiff umkehren! Ach das Meer wird unsere verliebten Umarmungen zertrennen! Gieb, wenn du deinen Enkolpion wahrhafftig geliebt hast, ach so gieb ihm noch Küsse der Liebe, da es noch erlaubt ist, und raube noch diese letzte Wollust dem eilenden Schicksale.«

Wie ich dieses gesagt hatte, so warf Giton sein Gewand von sich ab, hüllte sich in das meinige, hob sein Köpfchen an meine Lippen empor, und gab mir die brünstigsten Küsse. Und damit keine mißgünstige Welle uns so zusammenhängend von einander reisen könne, zog er den Gürtel um uns beyde herum, und sagte: »Wenn es auch nicht anders seyn kann, so wird uns doch das Meer zusammenvereiniget tragen müssen. Oder will es uns barmherzig an ein Ufer treiben, so wird ein vorübergehender Wandrer so menschenfreundlich seyn, uns in unserer Vereinigung zu begraben, oder welches das äusserste ist, auch die erzürnten Wogen müssen uns so verbunden in den Sand legen.« Ich erdultete dieses letzte Band der Liebe, und erwartete, wie auf dem Todenbette zubereitet, ohne Furcht und Angst den Untergang.

Unterdessen richtete der Sturm die Befehle des Schicksals aus, und zerbrach alles, was noch ganz am Schiffe war. Mastbaum, Steuerruder, Seile und alle Ruder waren verlohren. Wie ein roher und unbearbeiteter Haufen Holz gieng das Schiff mit den Wellen.

Auf einmal kamen Fischer mit kleinen Schiffchen eilfertig herbey gerudert, um Beute zu machen, wie sie aber noch Leute auf dem Schiffe sahen, welche im Vertheidigungsstande waren, so verwandelten sie die Grausamkeit in Hülfe.

Und wie man sich so besprach, hörten wir ein ungewöhnliches Murmeln in der Kammer des Steuermanns, es glich dem Gebrüll' einer gefangnen Bestie, die sich los machen will. Wir giengen dem Gebrülle nach und fanden dann den Eumolp da sitzen und ein ungeheueres Pergament mit Versen anfüllen. Wir verwunderten uns darüber, daß er noch bey dem bevorstehenden Tode ein Gedicht machen könne, zogen ihn mit allem seinen Geschrey heraus, und befahlen ihm, doch nicht so närrisch zu seyn. Aber er glühte von Zorn auf, daß wir ihn unterbrochen hatten, und sagte: »Laßt mich doch nur noch diesen Gedanken endigen! ich bin am Ende meines Gedichts.« Ich ergriff den Rasenden, ließ den Giton herbey kommen, und wir zogen ihn auf die Erde, da er noch vor Wuth brüllte.

Nachdem wir damit fertig waren, so giengen wir traurig in eine Fischerhütte, sättigten uns mit Speisen, die vom Schiffbruche verdorben waren, und brachten hier die traurigste Nacht zu.

Den andern Tag, wie wir Rath hielten, welcher Gegend wir uns anvertrauen wollten, sah ich auf einmahl einen Leichnam auf einer leichten Welle an das Ufer gespület werden. Der Anblick rührte mich, und ich betrachtete mit lebhafften Augen die Treulosigkeit des Meeres.

»Ach! rief ich aus, vielleicht erwartet diesen in irgend einem Welttheile seine sichere Gemahlin! Vielleicht ein Sohn, der das Meer nicht kennt! Oder vielleicht hat dieser seinen Vater verlassen, und ihm zum Lebewohl einen Kuß gegeben! Das sind die Rathschlüsse der Sterblichen! das ist das Ziel ihrer großen Gedanken! Siehe! wie der Mensch schwimmt!«

Noch beweint' ich ihn, als einen Unbekannten. Wie aber die Wellen sein unbeschädigtes Gesicht an's Land gebracht hatten, so erkannt' ich in ihm den vor kurzen erschrecklichen und unversöhnlichen Lykas. Zu meinen Füssen lag er iezt.

Ich konnte mich der Thränen nicht länger enthalten, schlug die Brust mit verdoppelten Schlägen, und rief: »Wo ist nun dein Zorn? wo deine Macht? da liegst du nun, eine Beute der Fische und Seethiere! du, der du vor kurzen mit deinen Herrschafften prahltest, konntest dir nicht einmahl im Schiffbruche ein Bret von deinem grossen Schiffe zueignen!

Gehet nun hin ihr Sterblichen, und schwellet eure Busen mit grossen Gedanken auf! Gehet hin und macht auf's kläglichste Plane für eure durch Betrug erworbenen Güter auf tausend Jahre hinaus! Dieser da sah gestern die Berechnungen seines Vermögens durch! dieser da bestimmte sogar den Tag, wenn er in sein Vaterland kommen würde! Ihr Götter und Göttinnen! wie weit ist er vom Ziele seiner Hoffnungen!

Aber das Meer nicht allein ist den Sterblichen so treulos. Jenen Krieger betrügen seine Waffen: jenen begräbt der Ruin seines Haußes, indem er seinen Haußgöttern opfert: und dieser stürzt vom Wagen und giebt den Geist auf: den einen erstickt zu viel Speise und der andere stirbt vom Fasten. Wenn man es ganz richtig berechnen will, so ist überall Schiffbruch. – Aber die Schiffbrüchigen sind nicht so glücklich, begraben zu werden. Als wenn es dem Körper was hälfe, daß er auf diese und keine andere Art aufgelöst würde! Feuer, Wellen und Zeit ist hier einerley. Es mag seyn, was es will, so kömmt es alles auf eins hin aus. Aber dort zerfleischen wilde Thiere den Leib. Als wenn das Feuer barmherziger mit ihm umgienge! Ja wir halten dieses ja für die härteste Strafe, wenn wir auf unsere Sklaven zürnen!

Was ist es denn also für eine Raserey, alle Sorgfalt anzuwenden, damit ja nicht etwas von uns unbegraben bleibe, da auch das Schicksal wider unseren Willen es so verordnet hat?«

Nach dieser Betrachtung erwiesen wir dem Leichnam die letzten Pflichten. Mit unwilligen Händen richteten wir dem Lykas einen Scheiterhaufen auf, und verbrannten ihn. Eumolp sah unterdessen weit in die Ferne, um dem Toden eine Grabschrifft zu machen.

Nachdem wir ihm die letzten Pflichten erwiesen hatten, so traten wir die beschlossene Reise an, und erstiegen binnen kurzer Zeit voll Schweis einen Berg, von dessen Gipfel wir nicht weit davon eine Stadt auf einer Anhöhe erblickten. Wir wußten in der Irre nicht, was es für eine wäre, bis wir endlich von einem Pachter erfuhren, daß es *Crotona* sey, eine von den ältesten Städten Italiens und ehedem dessen Hauptstadt. Wir erkundigten uns sehr genau, was für eine Art von Menschen diesen edeln Ort bewohnte, und was für Gewerbe sie hauptsächlich trieben, nachdem die öfftern Kriege alle ihre Reichthümer aufgezehrt hätten.

»O meine Freunde, sagte der Mann, wenn ihr Handelsleute seyd, so verändert euren Vorsatz und sucht auf eine andre Art euch was zu verdienen. Wenn ihr aber zu der feinern Art von Menschen gehört, und euch für verschlagen genug haltet, so ist was daselbst zu gewinnen. In dieser Stadt macht man sich nichts mehr aus den Wissenschafften, die Beredtsamkeit wird nicht mehr geachtet, Mässigkeit und unsträfliche Sitten werden weder gerühmt noch belohnt, sondern alle Menschen, die ihr darinnen sehen werdet, theilen sich in zween Theile, denn sie werden entweder erschlichen oder erschleichen. In dieser Stadt zieht man seine eigenen Kinder nicht mehr auf, weil ieder, welcher schon seine Erben hat, weder zu Gastmahlen, noch festlichen Spielen zugelassen wird, sondern aller Bequemlichkeiten des Lebens beraubt unter den Hefen des Volks im verborgenen leben muß. Wer aber keine nahen Anverwanden hat, kömmt zu den höchsten Ehrenstellen. Diese allein sind Soldaten, sind allein tapfer, sind allein rechtschaffen. Ihr werdet diese Stadt, fuhr er fort, für nichts anders, als ein Lager halten, in welchem die Pest gewüthet hat, wo man nur Leichname sieht, welche Raben zerfleischen.« –

Eumolp, welcher die mehrste Weltkenntniß unter uns hatte, stellte Betrachtungen über die Neuheit dieser Sache an, und gestand, daß ihm diese Art sich zu bereichern nicht übel gefiel. Ich glaubte, der Alte scherze nach seinem poetischen Leichtsinn, aber er ließ mich nicht lange bey diesen Gedanken, und sagte: »O könnt' ich doch in einem bessern Aufzug erscheinen! das ist, wenn ich nur ein prächtigers Kleid hätte, welches die Lügen bekräfftigte; dann würd' ich beym Herkules nicht diese Tasche mit mir herumtragen, sondern den Augenblick wollten wir Gold in Menge haben.«

Ich antwortete ihm, daß diesem leicht könne abgeholfen werden, wenn ihm gefällig sey, den geraubten Mantel, und was wir auf dem Landgute des Lykurg erbeutet hätten, anzuziehen. Die Mutter der Götter würde uns in der gegenwärtigen Noth mit ihrem Beystande nicht verlassen, und uns für das Zutrauen, das wir zu ihr hätten, Geld dazu bescheeren.

»Machen wir Komödianten! sagte Eumolp, ich bin euer Herr, wenn euch dieser Plan gefällt!«

Niemand wollte diese List verdammen, welche uns nichts schaden konnte. Damit also die Sache unter uns bliebe, schwuren wir dem Eumolp einen feyerlichen Eyd, und gaben ihm dadurch Gewalt, uns zu brandmahlen, zu binden, mit dem Schwerde zu ermorden, oder was ihm sonst belieben würde. Wie ächte Klopfechter ergaben wir uns ihm mit Seel und Leib auf das heiligste.

Nachdem wir unsern Eyd abgelegt hatten, grüßten wir ihn, als verstellte Sklaven unsern Herrn, und lernten unsere zu spielenden Rollen. Der einzige Sohn des Eumolp wäre gestorben, ein Jüngling von einer erstaunlichen Beredtsamkeit, der ausserordentliche Hoffnung von sich gegeben. Dieser untröstliche Greiß sey deswegen aus seinem Vaterlande gegangen, damit er nicht täglich die Clienten und guten Freunde seines Sohns, oder sein Grabmahl, die ewige Ursache seiner Zähren, sehen müßte. Dazu sey noch erst kürzlich ein Schiffbruch gekommen, durch welchen er über eine Million Verlust gehabt; daß er zwar daraus sich nichts mache, aber daß es doch deswegen ihm unangenehm sey, weil er seine Bedienten dadurch verlohren, und es seine alte Würde beleidigte, daran Mangel zu leiden. In Afrika besitz' er noch dessen ohngeachtet über drey Millionen an Gütern und Kapitalien; denn er habe auf den Fluren zu Numidien so viel Sklaven, daß er ein Karthago damit erobern könne.

Wie wir damit fertig waren, so befahlen wir dem Eumolp, so offt zu husten, daß man ihn für schwindsüchtig hielt: sich zu stellen, als wenn er immer den Durchfall habe: alle Speisen, sie möchten so köstlich seyn, als sie wollten, öffentlich zu verachten: von nichts, als Gold und Silber zu sprechen: von uneinträglichen Gütern und unfruchtbaren Ländereyen: ausserdem sollt' er täglich über Rechnungen sitzen und alle Tage was an seinem Testamente ändern: und damit die Komödie vollkommen gespielt werde, so sollte er, so offt er einen von uns rufen wollte, ihm einen andern Namen geben, daß es desto eher das Ansehen hätte, er sey der Herr von vielen, die nicht zugegen wären. –

Da dieses alles in Ordnung gebracht war, so baten wir die Götter, daß sie unser Vorhaben beglücken möchten, und wandelten unsere Strasse weiter. Aber Giton war nicht mehr im Stande, die ihm ungewöhnliche Last weiter zu tragen, und der Lohnbediente des Eumolp war seines Dienstes satt; öffters legte er seinen Sack nieder, und fluchte, daß wir so schnell liefen, und schwur, daß er entweder die Sachen von sich werfen, oder damit durchgehen würde.

»Glaubt ihr, sagte er, daß ich ein Esel sey oder ein Lastschiff? ich habe mich als einen Menschen verdingt, und nicht als ein Pferd! Ich bin ein eben so freyes Geschöpf als ihr, ob mich gleich ein armer Vater gemacht hat!« Und nicht einmahl mit diesen Scheltworten war er zufrieden, sondern hob offt ein Bein in die Höhe und beleidigte auf das schändlichste unsere Ohren und Nasen. Giton spottete über die Faulheit dieses Kerls und macht' es ihm mit dem Munde nach, damit er den schlimmen Geruch von seiner Nase abhielt.

Auf einmahl aber setzte sich Eumolp wieder auf sein altes Steckenpferd, und sagte:

»O ihr Jünglinge, viele haben sich mit der Poesie betrogen! denn so bald einer einen Vers gedrechselt, oder einen zärtlichen Gedanken in einen Schwall von Worten gewickelt hat, so bald denkt er auch: Nun bist du eben auf dem Helikon!«

So haben offt einige den gerichtlichen Geschäfften entsagt, ihre Glückseeligkeit bey der Poesie gesucht und sind nach ihr wie nach einem zugänglichern Hafen geflüchtet, indem sie glaubten, es sey leichter, ein Gedicht hervorzubringen, als eine Streitschrifft mit spitzigen Sentenzlein durchflochten.

Uebrigens ist ein edelartiges Genie nicht zu eitel, und verläßt sich bloß auf sich selbst. Der Geist kann nicht empfangen, oder eine Geburt hervorbringen, als bis er viel von den ächten Quellen der Gelehrsamkeit getrunken hat. Man muß alle wiedrige Worte vermeiden, und nichts aus dem Pöbel hervorhohlen, damit man mit Recht sagen könne:

Ich hasse dich unheiliger Pöbel und
Verscheuche dich von meiner Musen Haynen!

Dann muß man auch dafür sorgen, daß keine Gedanken in das Ganze hineingeflickt zu seyn scheinen, sondern es muß alles wie ein Gewand von einer schönen Farbe glänzen. *Homer* ist Zeuge davon, die neun lyrischen Poeten, der römische Virgil und die glückliche Kühnheit des Horaz. Denn die übrigen haben den Weg nicht gesehen, auf welchem man zu den Musen gelangt, oder wenn sie ihn sahen, furchten sie sich, ihn zu betreten.

Zum Beyspiel! wer ein Gedicht über den bürgerlichen Krieg, ein schweres Werk, verfertigen will, und den Geist nicht voll Wissenschafften hat, der wird unter der Last ersinken. Man darf die Reyhe der Begebenheiten nicht nach einander in Versen erzählen, das kann ein Geschichtschreiber weit besser; sondern durch kühne Wendungen, Rathschläge der Götter, wunderbare Gedanken muß das grosse Genie, wie auf der Blitze Flügeln, zum Erhabnen sich empor schwingen. Es muß mehr die Rede eines von Begeistrung Wüthenden seyn, ein hinreissender Strom von grossen Gedanken, als eine aufrichtige Erzählung mit Zeugen versehen.

Zum Beyspiel, wenn euch dieser Anfall von Begeistrung gefällt, ob gleich die Feile noch nicht darüber gewesen ist.

Schon hatte Rom den Erdenkreis bezwungen,
Wo Meer und Erde war, wohin nur Sonne
Und Luna schien – und suchte neue Länder!
Schon giengen zu entfernten Nationen
Durch tausend Klippen schweere Kriegesschiffe!
Und wo noch eine Küste lag verborgen
Und noch ein Land, wo Gold gebohren wurde –
Das war auch Feind! zum Kriege! rief das Schicksal.
Der Krieger suchte Gold, nicht mehr Triumphe:
Der Ahnen Lust gehörte für den Pöbel:
Soldaten suchten unbekannte Wonne,
Und Purpur unsrer *Scipionen* Kronen,
War dunkel gegen indian'sche Farbe.
Für Wolle mußten Serer Seide bringen,
Numidien seinen Marmor zu Pallästen,
Arabien süssen Dufft von seinen Fluren!
Allein noch nicht genug! auch neue Wunden
Muß man dem längst gewünschten Frieden schlagen! –
Aus Mauritaniens ungeheuren Wäldern
Hohlt man mit schweerem Golde wilde Thiere –
Aus Lybien Sande bis zum letzten Ammon –
Damit ein theurer Zahn gefangne Römer
Zerfleische! Schiffe müssen weit herfahren
Den zähnefletschenden ergrimmten Tyger
In einem goldnen Tempel eingeschlossen,
Damit in Rom er Menschen morden könne,
Um satt an ihrem Blute sich zu trinken,
Indeß die Römer freudig dazu klatschen!
Ach! daß ich's sagen muß! dein günstig Schicksal
O Rom, wird bald aus deinen Mauren weichen!
Nach persischem Gebrauch stielt man den Knaben,
Wann sie zur Jugend reifen, ihre Mannheit,
Und quetscht der Bräute süsse Frucht mit Eisen,
Verheerend die Natur zur glatten Wollust!
Man hält den Wuchs der Blüthen zu den Früchten
Zurück – der Zeiten edle Flucht zum Jüngling!
Natur sucht sich, doch ohne sich zu finden!
Zur Hure wird der Knabe iezt geschaffen,

Und weichlich ohne Nerven muß er wandeln!
Die Haare flattern düfftend um den Nacken!
Unzählig sind der neuen Kleider Namen,
Um seine Schande männiglich zu zeigen. –

Wie ungeheuer üppig wird geschwelget
An prächt'gen Tafeln von Citronenholze!
Für schlechte Adern werden Tonnen Goldes,
Mehr Gold, als Holz, nach Afrika getragen!
Und um sie müssen Heere Sklaven stehen
An Purpurbetten, die ein Schwarm von Schmeichlern
Besoffen drückt – und hier wird nun die Beute
Von vielen tod geschlagnen Nationen –
Der ganzen Welt in einem Schmauß verschlucket! –

Erfindrich ist dein Gaum! aus tiefem Meere
Muß dir Sicilien lebendig bringen
An deinen Tisch den Skar, und zehr'nde Austern
Der See Lucrin, damit du wieder hungerst,
Und Phasis muß dir seine Vögel schicken
Und die Musik von seinen Ufern rauben,
In seinen traurigen, verwaisten Zweigen
Sucht sie umsonst der sie gewohnte Zephyr!

Die tolle Wuth erwählt auf deinem Wahlplatz,
Und jede Stimm' ist Folge größrer Beute.
Das Volk ist feil zusammen mit den Vätern!
Verkäuflich alles! Geld ist Bürgermeister!
Auch Greiße denken nicht an röm'sche Freyheit!
Das Geld stürzt alle Römermacht zu Boden!
Da liegt der Alten Majestät im Staube!
Und überwunden, von dem Volk vertrieben
Muß *Cato* wandern! selbst sein Nebenbuhler
Schämt sich des Siegs und der erhaltnen Beile.
O Schande Rom! welch ein Ruin der Sitten!
In diesem war dein Stolz nun überwunden
Und deine Macht! nicht er! und deine Zierde!

Von deiner eignen Hand wirst du besieget,
Und ohne Rächer bist du nun verlohren. –

Drauf raubt der Wucher alle deine Beute
Von beyden Meeren! Folge von dem Schwelgen!
Kein Hauß ist sicher! ieder Leib verpfändet!
Wie eine Seuche leis' erst in die Nerven
Sich schleichet, wie ein Dämon dann allmächtig
Im Menschen wüthet, und mit Martern peinigt,
Und dann ihn grausam sich zu töden reizet –
So müssen in Verzweiflung zu den Waffen
Die Römer greifen, um sich wieder Schätze
Zu rauben, oder töden sich zu lassen.
Gefahren haben sie nicht zu befürchten,
Wer kann verliehren, scheuet nur Gefahren.
Und welche Künste konnten aus dem Schlummer
Auf Purpurbetten Rom dich besser wecken,
Von Wollust eingewieget, als die Waffen?
Als Wuth und Bürgerkrieg und Tod und Wunden?
Drey Helden schenkte dir dazu das Schicksal,
Die in verschiednen Schlachten bald Bellona
Begrub. Des *Crassus* Kopf liegt bey den Parthern:
Pompeius im ägypt'schen Meer, der Grosse:
Und *Julius,* den größten aller Römer,
Hat undankbar sein Vaterland ermordet,
Als wenn die Mutter Erd' an einem Orte
Die mächt'gen Leichen nicht ertragen könne,
Vertheilte sie der grossen Männer Aschen.
Die ihr nach Ehre dürstet, denkt ihr Schicksal! –

Es lieget zwischen *Pozzol* und *Neapel*
Ein Ort verborgen unter faulem Nebel,
Von Sümpfen, die herquellen vom Cocytus,
Aushaucht er lauter heise gifft'ge Dämpfe.
Es kann Autumnus keine goldne Früchte
Hintragen, und der Frühling keine Blumen,
Und keine blühnde Zweige voll von Sängern
Der süssen Liebe, keine Nachtigallen.

Hier wohnt das alte Chaos, schwarze Felsen
Und schmuzge Kiesel sind kaum werth zu tragen
Noch traurige Cypressen voll Gespenster.
In diesen hob sein schwarzes Haupt voll Asche
Empor der schreckliche Monarch der Toden
Und schrye zu der eilenden Fortuna:

»O Königin der Menschen und der Götter
Fortuna, Hasserin des sichern Stolzes,
Die du den Bettlern Scepter und Monarchen
Offt Ketten schenkest, weist du wohl, daß Rom dich
Nun endlich einmahl überwunden habe?
Und daß du keine Grösse finden könnest,
Die fähig sey, es in'n Ruin zu stürzen?
Die Jugend Roms selbst hasset seine Kräffte,
Und läßt mit sich, als wie mit Mädchen buhlen,
Und mag der Siege Glück nicht mehr ertragen.
O siehe! wie die Römer nach dem Luxus
Hier wüthen, um die Beuten zu vernichten!
Palläste bis hinauf zu den Gestirnen
Erbauen sie von Gold' und Felsenhäußer
Verjagen Seen von den alten Ufern!
Auf ihren Fluren wird das Meer gebohren
Und mitten in dem Meere Zaubergärten!
Sieh die Natur der Dinge sie verändern!
Schon stürmen sie mein Reich, die Erde wanket,
Denn ihrer Feste Säulen sind durchgraben!
Die Berge sind erschöpft! das Eingeweyde
Der Erde wird von ihnen nun zerrissen,
Weil Rom zu iedem Dinge Felsen brauchet!
Die Schatten fürchten schon der Sonne Strahlen!
O blick' einmahl mit zornigem Gesichte
Die Römer an! demüth'ge sie Fortuna!
Entzünde Bürgerkrieg in ihren Geistern!
Und schicke wieder unserm Reich Erschlagne!
Schon lange haben wir kein Blut getrunken,
Und meine liebe Tisiphone lechzet,

Seit dem der kühne Sylla hat geschlachtet
Und von der Römer Blute Saaten wuchsen. –«

Er sprach's: und spaltete mit seiner Rechten
Den Boden, um der Göttin sie zu reichen.
Drauf sprach Fortun' aus ihrem leichten Busen –

»O Vater, dem das Todenreich gehorchet,
Dein Wille soll geschehn! wenn ich entdecken
Den Schluß des Schicksals darf – In diesem Busen
Empört sich kein geringrer Zorn! im Herzen
Auflodert keine leichtre Flamm'! ich hasse
Die Macht, die ich dem stolzen Rom gegeben!
Die ungeheure Grösse soll zerstürzen!
Die Göttin, die sie schuf, kann sie vernichten!
Verbrennen will ich seine tapfren Heere,
Mit ihrem Blut den Gott der Trauerweiden! –
Schon rasselt Waffenschall in meinen Ohren –
Auf beyden weiten Ebnen der Philippen
Erblick' ich Nationen sich ermorden!
Thessalien ist Feu'r von Scheiterhaufen!
Iberien bedecket von Erschlagnen,
Und Lybien! Ich seh die Ufer seufzen
An dir o Nil! und Actium voll Schiffbruch
Und leichenvoll und wüthen den Apollo!
Mach' auf die Thore deiner Reiche Pluto!
Nicht länger sollen sie nach Blute dürsten!
Nimm auf die Millionen neuer Seelen!
Dein alter Charon wird in seinen Nachen
Die blut'gen Schatten wohl nicht alle bringen!
Nein! eine Flotte muß er haben. Sätt'ge
Du Tisiphone dich mit Strömen Blutes!
Zerfleischt kömmt eine ganze Welt voll Schatten
Zu deinem Styx, nun friß zerrißne Glieder!«

Kaum hatte sie geendigt das Orakel,
So fuhr ein lichter Blitz aus einer Wolke
Und Donner rollten schrecklich durch die Himmel.

Der Schatten König kroch in seine Hölle
Und zitterte vor seines Bruders Keilen.

Darauf verkündigten die Niederlagen,
Die kommen würden, Zeichen an dem Himmel.
Den Titan sahe man mit einer Wolke
Sein blutig Angesicht bedecken: Fackeln
Vom Bürgerkriege flammten in den Lüfften:
Und Cynthia verlöscht ihr volles Antlitz,
Den Blick entzog sie dem Verbrechen: Donner
Zerrissen wiederhallende Gebürge:
Im Laufe sterbend standen Ströme stille:
Der Himmel wüthet vom Geräusch der Waffen:
Mars stößt in die Trompete, die Gestirne
Erschüttert Kriegeston: und Aetna speyet
Aus seinen Eingeweyden Feuerwogen
Und schicket sie wie Blitze nach dem Himmel.
Die Gräber öffnen sich, und aus den Urnen
Erheben Geister sich und zischen gräulich:
Und durch die Athmosphäre ziehn Kometen
Mit langen Feuerschweifen schrecklich brennend:
Und plötzlich fällt herab ein blut'ger Regen. –

Und kurz darauf geschah, was dies uns drohte.
Der Sieger *Caesar* zögerte nicht länger
Und zog aus seinem Gallien, sich zu rächen,
Mit seinen Helden hin zum Bürgerkriege.

Auf jenen lüft'gen Alpen, wo sich Pfade
Alkmenens Sohn durch tausend Felsen bahnte,
Dort ist ein Ort dem Herkules geheiligt,
Die ew'ge Residenz des strengen Winters.
Dort ragt sein grauer Scheitel an die Sterne!
Hier sitzt der Himmel auf den Riesengipfeln!
Der wüthend'sten der Sommersonnen Strahlen
Gehn nicht dahin! und nicht ein laues Lüfftchen!
Gebürge können dort von Eiß' und Reifen
Mit ihren droh'nden Schultern Welten tragen!

Held Caesar hatte diesen Ort erstiegen
Mit seinen muthgen Kriegern, ihn betrachtet,
Und übersah von dessen höchstem Gipfel
Sein Vaterland, Hesperiens goldne Fluren.
Hier hob er in den Himmel seine Hände.

»Dich Richter Zevs und dich o Land der Venus,
Das mit Triumphen einst ich hab entzücket,
Ruf ich zu Zeugen an, daß ich gezwungen
Der Rache Schwerd in diese Fluren trage!
Aus meinem Vaterlande will man mich verbannen,
Indeß der Rhein vom Blut der Feind' erröthet! –
Indeß ich Gallier in Alpen iage,
Die wieder unser Kapitol zu stürmen
Im Sinne hatten, will man für die Siege
Zu der Belohnung mich aus Rom verweisen!
Ich habe sechzigmahl den Sieg davon getragen,
Dadurch der wilden Teutschen Wuth gebändigt,
Das ist der Dorn in meiner Römer Augen!
Und doch wem sind denn die Triumphe schrecklich?
Wer sind die, welche meine Rache heischen?
Ein feiles Sklavenvolk mit Geld erkaufet!
Stiefmutter ist mein Rom von diesen Sklaven!
O diese Rechte wird kein Träger fesseln!
Ihr meine Sieger und Begleiter gehet
Und schaffet wüthend euch das Recht mit Schwerde!
Wir haben mit einander triumphiret,
Und dies Verbrechen wollen sie bestrafen.
Ihr meine Freunde müßt euch selbst belohnen,
Ich habe nicht allein gesieget. Also
Mag nun Fortun' entscheiden, ob wir Strafe
Und Schande für Trophäen haben sollen.
Erhitzt den Muth in euren Nerven! Krieget!
Entschieden ist die Sach'. Unüberwindlich
Ist Caesar unter so viel tapfern Helden!«

So sprach er unter seinem Heer erhaben.
Schnell flog ein kühner Adler auf zur Sonne

Und aus dem dunkeln fürchterlichen Hayne
Erscholl zur linken Seit' ein lautes Murmeln,
Und lichte Flammen blitzten durch die Zweige,
Der Himmel that sich auf und Phöbus glänzte
Mit strahlendem Gesichte durch die Welten.

Doch Er allein war mehr, als dieses alles.
Voran gieng er, schön wie der Gott des Krieges
Mit kühnen Schritten durch die wilden Felsen,
Das Eiß war Rosen unter ihren Füssen,
Doch wie die Helden durchgedrungen waren,
Zerschmolz das Eiß, und mit den Hufen schlugen
Die Pferde durch gefrorner Flüsse Decken,
Und von den hohen Bergen schossen Ströme
Herab, schnell vom geschmolznen Schnee gebohren.
Doch plötzlich standen sie im Laufe stille,
Man konnte glauben auf Befehl des Schicksals,
Zusammen froren Wellen wie gebunden.
Allein nun glitschten aus der Männer Füsse,
Da lag zerstreuet Roß und Mann und Waffen.
Vom Himmel stürzten Wolken auf sie Hagel,
Es wütheten um sie die Wirbelwinde,
Aus ihren Sitzen rissen sich die Felsen
Und fielen wie gefrorner Meere Schollen
Auf ihre Waffen! Ungeheure Tiefen
Von Schnee und Hagel lagen auf der Erde!
Und mit Orkanen hatte nun der Winter
Die Fluren überwunden, die Gestirne
Des Himmels überwunden, und die Ströme
Mit Fesseln an den Ufern überwunden –
Doch nicht den Caesar! mit dem grossen Spiesse
Schlug er in's Eiß und gieng mit sichern Schritten.
So gieng einst Herkules durch die Gebürge
Des Caucasus – auf des Olympus Gipfeln
Verachtung blickend Zeus und warf die Berge
Zurück auf die rebellischen Giganten. –
Schon übergiebt man furchtsam dem Erzürnten
Die festen Plätze von Italiens Gränzen.

Nun flieget Fama mit geschwindem Fittich
Nach Romes stolzem Berge Palatinus,
Ein Donnerschlag verkündigt sie den Römern.
Sie hören Caesars Flotten auf dem Meere,
Durch alle Alpen seine Legionen,
Und daß sie noch von teutschem Blute rauchen.
Und Waffen, Blut und Brand und Niederlagen
Und aller Krieg schwebt ihnen vor den Augen.
Aufruhr und Furcht und Sturm und Schrecken wüthen
Und zweifelhafft theilt Rom sich in Partheyen.

Der will zu Land entfliehn, der auf dem Meere,
Schon sind die ungetreuen Fluthen sichrer,
Als Vaterland! der greifet zu den Waffen
Und spricht: das Schicksal rufet uns zum Kriege!
Nach seiner Furcht flieht Jedermann geschwinder.
Und im Tumulte führt man aus den Thoren
Das röm'sche Volk – erbärmlich ist's zu sehen! –
Wohin die Flucht den Führer treibet. Wehrlos
Verlässet es sein Vaterland entvölkert.
Rom suchet auf der Flucht sein Heil. Geschlagen
Sind schon die Römer und verwaiset stehen
Noch da die Häußer. Dieser fasset zitternd
Die Kinder auf den Arm, und iener träget
Auf seinem Schoose seines Haußes Götter,
Verläßt die Schwelle weinend und verwünschet
Der Römer Feind und bringt ihn um mit Worten.
Der drückt sein zärtlich Weibchen an den Busen:
Und iener graue Väter: und die Jugend
Trägt auf dem schwachen Nacken, was sie liebet:
Der Geiz'ge nimmt sein Gold und trägt's zur Beute.
So, wenn der Südwind auf dem Meere stürmet
Und Fluth auf Fluthen wälzet, stehen Schiffer
Auf ihrem Schiff bestürzet, weder Ruder
Noch Seegel helfen, dieser will den Hafen,
Und iener läßt zur Flucht die Seegel schwellen
Und überläßt auf Klippen sich dem Glücke.

Pompeius flohe mit den Bürgermeistern,
Der Riese Roms, vor welchem Pontus zittert!
Der Schrecken des Hydasp! der Räuber Klippe!
Bey dessen ungeheueren Triumphen
Selbst Zevs in seinem Kapitol erstaunte!
Auch dieser flieht sein Vaterland! o Schande!
Nun sah des Grossen Rücken auch Fortuna!

Den Rücken? welche Strafe! wie Er zeigten
Die Götter ihrem Rom nun auch den Rücken,
Sie fliehen von der Erde voll Verbrechern.
Vor allen andern hüllt sein lächelnd Antlitz
Der Fried' in einen Helm und flieht die Erde
Mit einem Schild' an den schneeweisen Armen
Und wandelt flüchtig nach dem Schattenreiche.
Er wird begleitet von der reinen *Treue*
Und der *Gerechtigkeit* mit fliehnden Haaren
Und von *Concordien* im Trauerkleide.

Die Hölle speyt dafür aus ihren Schlünden
Ein ganzes Chor von rächrischen Göttinnen.
Die drohende *Bellona* und *Erinnys*,
Mit Fackeln in den Händen die *Megäre*,
Die *Traurigkeit* und die *Treulosigkeit* und
Des Todes Ebenbild mit gelben Augen.
Die *Wuth* hebt unter ihnen ohne Zäume
Ihr blutig Haupt empor, ihr scheußlich Antlitz,
Wovon ein Helm die tausend Wunden decket.
In ihrer Linken ist ein Schild zerfleischet
Von unzählbaren Pfeilen; in der Rechten
Trägt sie des Krieges Fackel auf die Erde.

Von den Gestirnen steigen zum Olympe
Und theilen in Partheyen sich die Götter.
Dione führet ihres Caesars Sache
Und *Pallas* tritt ihr bey und *Mars* ihr Liebling,
Indem er seinen mächt'gen Speer erschüttert.
Pompeius findet Hülfe beym *Apollo*

Und bey *Dianen* und *Alkmenens Sohne:*
Der Grosse war nach ihm der zweyte Herkul.

Trompeten schmettern. Ihren schwarzen Scheitel
Reckt zu den Obern mit zerrißnen Haaren
Discordia, von deren Augen flossen
Und deren Lippen Blut und scheußlich Eyter:
Des Rachens Zähne waren rostig Eisen,
Und Drachen spyen aus den Haaren Flammen:
Zerrißne Kleider hiengen an den Busen:
Sie schüttelte mit ihrer hagern Rechten
Von ihrer Fackel blutge Feuerfunken.
Nun gieng sie aus den dicken Finsternissen
Des gräulichen Cocytus auf's Gebürge
Des edeln Apennins mit wilden Schritten,
Wovon sie alle Welt und iedes Ufer
Erblicken konnt' und alle Kriegesschaaren,
Und brüllt' voll Wuth aus ihrem schwarzen Busen:

»Ergreifet wüthend Völker eure Waffen!
Ergreifet sie! werft Fackeln in die Städte!
Nicht Weib und Knab' und Greiß soll müssig liegen!
Die Erde zittre selbst! und alle Häußer
Zerfallen. Du *Marcell* sey strenger Richter!
Du *Curion* feur' an den röm'schen Pöbel!
Du *Lentulus* gestatte keinen Frieden!
Zerbrich du Halbgott Caesar diese Thore!
Zerbrich! Was du zauderst du! Stürz' ein die Mauren!
Nimm das gesparte Gold! und du Pompeius
Du weist nicht mehr dein festes Rom zu schützen?
Die Zuflucht zu den Griechen kann nichts helfen!
Thessalien muß von deinem Blute trinken!«

Und es geschah, was sie der Welt befohlen.

Da dieses Eumolp mit einer erstaunlichen Geläufigkeit der Zunge aus
sich geströmet hatte, so kamen wir nach *Crotona.* Wir herbergten diesen
Tag in einem kleinen Wirthshauße, den andern Morgen aber suchten

wir ein reicheres auf, und fielen gleich unter einen Haufen von Erbschaff-
terschleichern, welche sich sehr genau erkundigten, wer wir seyen, und
woher wir kämen. Nach der Vorschrifft unsers gemeinschafftlichen
Rathschlages vergrösserten wir alles mit einer gewaltigen Beredtsamkeit,
und entdeckten ihnen, wer und woher wir wären. Sie hatten nicht den
geringsten Zweifel darüber; und gleich um die Wette legten sie dem
Eumolp ihre Schätze zu Füssen, und suchten alle seine Gunst durch
Geschenke zu gewinnen.

Lange lebten wir auf diesem Fuß zu Crotona. Eumolp schwamm in
Glückseeligkeit, und dachte so wenig mehr an seinen vorigen Zustand,
daß er so gar sich bey seiner Familie rühmte: Niemand könne seinem
Ansehen daselbst widerstehen, und daß wir alle ungestraft, wenn wir
etwas verbrochen hätten, unter dem Schutze seiner Freunde sicher seyn
würden.

Ich aber, ob ich gleich in den täglich immer mehr und mehr zuneh-
menden Bequemlichkeiten des guten Lebens meinen Leib vollgestopft
hatte, und glaubte, daß mein gutes Glück nunmehr sich nicht um mich
bekümmere, dachte doch öffters nicht so wohl an meine gegenwärtige
Lebensart, als an die Ursache davon, und sagte zu mir selbst: Was dann,
wenn ein verschmitzter Erschleicher einen Spion nach Afrika wird geschickt und unsern Betrug entdeckt haben? Was dann, wenn der
Lohnbediente seiner gegenwärtigen Glückseeligkeit überdrüssig das
ganze Geheimniß bey seinen Bekannten wird ausgeschwatzt und unsere
Streiche neidisch verrathen haben? Nun! dann müssen wir uns wieder
auf die Flucht begeben und zu unserer lieben Armuth zurück kehren,
die wir so schlau von uns scheuchten. Ihr Götter und Göttinnen in
welcher Unruhe leben die Herumschwärmer! Täglich befürchten sie,
was sie verdient haben. –

Nach diesem erbaulichen Monologe gieng ich traurig aus unserm
Hauße, um in der freyen Lufft meinen Geist wieder aufzuheitern. Kaum
aber war ich in die öffentlichen Spatziergänge getreten, so gieng ein
niedliches Mädchen auf mich zu, nannte mich bey meinem falschen
Namen *Poliän* und sagte mir, wie vertraulich, ihre Frau bäte mich, daß
sie ein Paar Worte mit mir reden dürfe.

»Schönes Kind, antwortet’ ich bestürzt, du kömmst an den unrechten
Mann! Ich bin ein fremder Sklave und einer solchen Einladung im
mindesten nicht würdig.«

»O ich kenne dich sehr gut! sagte das Mädchen, zu dir! zu dir mein Freund bin ich abgeschickt worden! Aber du weist, daß du ein Adon bist, und bist stolz darauf! Es ist unbillig, daß du deine Umarmungen verkaufst und nicht aus Liebe giebst! Warum denn hiengen sonst diese zierlich gelockten Haare um das polierte Gesicht? weswegen diese schalkhaffte Bewegung der Augen? dieses süsse langsame Liebäugeln? Und diese Nymphenschrittchen, deren Fußtapfen man zu einem Meß-stabe brauchen könnte, als daß du deine Schönheit herumträgst, um sie zu verkaufen?

Du siehst mich an? Ich bin dir wahrhafftig keine Wahrsagerin und bekümmere mich um nichts weniger, als den Himmel der Sterngucker! aber ich verstehe die Kunst, aus den Gesichtszügen die Sitten der Men-schen zu erfahren, und wenn ich dich gehen sehe, so weiß ich, was du denkst. Willst du uns also verkaufen, warum ich dich bitte, so hast du einen Käufer gefunden; willst du es aber aus Liebe geben, welches etwas menschlicher ist, so mache denn, daß man dir eine Wohlthat zu verdan-ken hat; denn dadurch, daß du dich zu einem Sklaven erniedrigest, wird die Begierde meiner Frau, dich zu umarmen, desto hefftiger. Es giebt gewisse Damen, deren Leidenschafft nur die rohe Natur verlangt, und die Begierden wallen nicht eher in ihren Busen auf, als bis sie schöne Sklaven oder hoch aufgeschürzte Thürhüter gesehen haben. Einige ent-zündet ein Klopfechter, ein bestaubter Mauleseltreiber oder ein ausge-klatschter Possenreiser auf dem Theater. Aus dieser Zunft ist meine Dame. Sie überspringt vierzehn Bänke vom Orchester, und sucht sich im Winkel unter dem Pöbel, was sie lieben will.« –

Ich war voll Entzücken über diese schmeichelhaffte Rede. »Bist du wohl selbst die Dame, welche mich liebt?« fragt' ich sie; das Mädchen lachte laut über diese frostige Schmeicheley. »O, sagt' es, du hast ein wenig zu viel Eigenliebe! Noch kein Sklave kann sich rühmen, mich überwunden zu haben. Behüten mich alle Götter davor, daß ich meine Liebe am Kreuze sollte hängen sehen! diesen rührenden Anblick will ich den vornehmen Damen überlassen, die so sehr gelüstig sind, die Narben von Peitschen zu küssen! Nur Ritter, mein schöner Sklave, können das Herzchen dieses Kammermädchens mit Liebe anschwellen!«

Ich mußte mich über diese unordentliche Begierden verwundern und unter die Ungeheuer der Liebe rechnen, daß die Magd den Stolz der Dame und die Dame die Demuth der Magd hätte.

Da wir endlich mit unsern Scherzen zu weit ausschweiften, so bat ich das Mädchen, ihre Dame unter diese Ahornbäume zu führen. Dem Mädchen gefiel diese Bitte. Es hob sein Röckchen etwas höher hinauf, und wandt' sich in einen Seitengang von Lorbeerbäumen. Kurz darauf kam es wieder zum Vorschein, und führte eine Dame aus dem Schatten hervor und zu mir – und eine Göttin schlug ihre Arme um meinen Nacken, welche schöner war, als alle Statuen. Jede Sprache ist ohnmächtig, ihre Gestalt zu beschreiben, und was ich sagen werde, wird zu wenig seyn.

Ihre Haare wallten in natürlichen Locken die Schultern herab: auf ihr niedriges Stirnchen beugten sich die Spitzen derselben vorwärts: ihre Augenbrauen liefen daran bis an die Gränze der Backen herum und verlohren sich sänftlich zwischen Augen, die heller, als alle Sterne glänzten, wenn kein Mond am Himmel ist: von ihrer Stirne stieg ein klein wenig gebogen die Nase herab, und ein Mündlein hatte sie, dergleichen *Praxiteles* im Taumel der süssesten Begeistrung an der Göttin der Dryaden gesehen hat: und Kinn und Nacken und Hand und Fuß ausser den feinen goldenen Bänderchen übertraf die Weisse des Marmors von Paros. – Meine alte Liebe, die Doris des Lykas verschwand aus meinem Kopfe dagegen, wie Dämmerung vor Auroren.

Und du vergissest Zevs zu seyn
Und schläfest bey den Göttern
O Vater Jupiter in deinem Himmel ein
Bey deinen Spöttern?
Hier sollten aus der kühnen Stirne
Die schönsten Hörner steigen dir!
Europa war nur eine feile Dirne –
Hier würd' ich, wär' ich Zevs, zum Stier!
Zu dieser sollte Pflaum, so weiß, wie Schnee,
Auf reiner Fluth dich wie zu Leden führen!
Das ist die wahre Danae!
Versuch' es nur, dies Leibchen zu berühren!
Wie deine Semele
Zerschmolz von deines Glanzes Flammen,
So wirst du fließen selbst zusammen
Von dieser Zaubrin Flammen.

Diese jugendliche Begeistrung ergötzte sie. Sie lächelte, wie die schönste Grazie, und Luna schien mir von einem Wölkchen in den reinen Aether gegangen zu seyn und ihr volles Antlitz darinnen zu zeigen. Darauf schlug sie zärtlich mit ihren Fingerchen an meine Wangen und sagte liebkosend: »Wenn dir ein schönes, junges Weibchen, das zum ersten-mahl' in diesem Jahr einen Mann erkannte, nicht unanständig ist, so hast du o Jüngling ein Schwesterchen gefunden! – Schon hast du zwar ein Brüderchen – denn meine Liebe hat es ausgekundschafft – aber was hindert dich, ihm noch ein Schwesterchen zuzugesellen? Ich komme zu dir in eben dem Grade der Verwandtschafft! würdige mich nur, mir bisweilen zur Abwechselung, wenn es dir gefällig seyn wird, ein Küßchen zu geben!« –

»Bey allen deinen göttlichen Reizen bitt' ich dich, rief ich aus, ver-schmähe nicht einen fremden Menschen! Nimm ihn unter deine Vereh-rer auf! Ewig anbeten will ich dich, wenn du es erlaubest! und damit du nicht glauben mögest, daß ich mich umsonst zu diesem Tempel Amors nahe, so schenk' ich dir meinen Bruder.«

»Was? sagte sie, du schenkest mir den, ohne welchen du nicht leben kannst? von dessen Umarmungen die Glückseeligkeit deines Geistes abhängt? welchen du so liebest, wie ich dich gegen mich wünsche?« –

Wie sie das sagte, so war eine solche Grazie in der Melodie ihrer Worte, so liebliche Töne versüßten die harmonische Lufft, daß ich glaubte, die Syrenen schwebten über die Lorbeerbäume dahin und sängen ihr süssestes Liedchen. Im Taumel entzückender Bewunderung stand ich da – mein Geist und alles, was Sinn an mir war, wurde von einem gewissen Glanze bezaubert, wie keiner im ganzen Himmel seyn kann. – »Wie ist dein Name o Göttin?« fragt' ich sie, nicht mehr bey mir selbst –

»So hat dir meine Magd nicht gesagt, antwortete sie, daß ich *Circe* heise? Ich bin zwar nicht die Tochter des Phöbus, und meine Mutter hat den Lauf der Welt nicht, wenn es ihr gefiel, an ihren Busen zurück gehalten; doch werd' ich etwas besitzen, das vom Himmel abstammet, wenn uns das Schicksal wird vereiniget haben. Ein Gott sagt mir es, ich weiß nicht, in was für geheimen Ahndungen und unaussprechlichen Gedanken! Nein! Circe liebt nicht ohne Ursache den Poliänon! So offt ich diesen Namen nur nenne, so offt lodert auch das Feuer der Sympa-thie in meinem Busen auf. Laß mich dich umarmen, Geliebter! du darfst hier keinen Neugierigen befürchten! – dein Brüderchen ist weit von diesen Lauben entfernt!« –

So sagte die reizende Circe und umwand mich mit weichern Armen, als Pflaum und zog mich auf einen Rasen nieder.

> Voll von Blumen, wie auf Idas Gipfel
> Einst die Mutter Erde goß,
> Als Frau Juno Zevsen wie Lede genoß,
> Und der blühnden Bäume Wipfel
> Dämmerung der Lieb' umfloß.
> Unter Junons Schoose
> Schwollen sanft empor
> Hyacinth und Rose
> Aus der Erd' hervor,
> Veilchen und Cyperon
> Wollten sie erheben,
> Und auf einem Wölkchen
> Schienen sie zu schweben –
> Eben so lag ich in Circens Schoose
> Seeliger als Jupiter
> Auf der Erde weichstem Moose!
> Blumen blühten um uns her,
> Und in blüthenvollen dunkeln Lauben
> Schnäbelten sich Venus Turteldauben.

Tausend Küsse gaben wir uns auf diesem Blumenthrone; Circe umschlang mich feurig mit den Armen der Begierden und suchte mich dadurch in das Heiligthum der Liebe zu führen, in welchem ich den süssesten Nektar der Jugend opfern sollte. Ich kam vor das Pförtlein des Heiligthums, aber wie ich weder Gefäß noch Nektar hatte, so rief Circe wüthend aus: »Wie? hat dich mein Kuß beleidiget? Athm' ich was unreines aus meinem Munde? Wie? Gefällt dir der Thau der Liebe an meinem Busen nicht? Oder wenn das nicht ist, befürchtest du irgend den Giton?« –

Ich wurde röther, als Purpur und ließ die sich noch ein wenig empor sträubenden Flügel gänzlich sinken und alle Seele fuhr aus allen Nerven meines Leibes. »Bey allen Göttern, sagt' ich, bitt' ich dich meine Königin! mache mich nicht noch elender! Ich bin behext!« –

Circe wollte diese lächerliche Entschuldigung nicht hören; verächtlich wandt' sie die Augen von mir und fragte ihr Mädchen: »Sage *Chrysis*, aber rede die Wahrheit! bin ich unreinlich? Ist irgend etwas eckelhafftes in meinen Locken? Lösch' ich mit irgend einem natürlichen Fehler meine Schönheit aus? Hintergehe deine Frau nicht! Ich weiß nicht, wobey wir etwas versehen haben.« –

Das Mädchen schwieg stille. Darauf riß sie ihr einen Spiegel aus den Händen und untersuchte iedes Fleckchen am ganzen Gesichte und betrachtete iede Mien' und iedes Lächeln, welches die Verliebten zu machen pflegen, riß ihr in die Blumen verflochtenes Gewand von der Erde und gieng hitzig in ihre Kapelle der Venus.

Ich aber lag da, wie ein armer Sünder, wie von einer Zaubrin an einen gähen Abgrund geführt, und fragte meinen Geist, ob ich wirklich hier die entzückendste Wollust meines Lebens einbüßte?

Wie, wenn die schlummerreichste Nacht
Vom Himmel sinkt und Träume mit uns spielen,
Herausgegrabnes Gold vor unsern Augen lacht,
Und wir die Schätze schon in unsern Händen fühlen,
Der Schweiß von Wangen rinnt und Sorge quält den Geist,
Daß der Besitzer uns nicht seinen Schatz entreist;
Und nun der Morgensonne Strahlen
Die leere Wahrheit deutlich mahlen –
Dann wünscht die Seele noch, was sie erwacht verlohr,
Und mahlt die Träume sich mit allen Bildern vor.

So schien mir auch dieses ein wahrer Traum und eine wahre Bezaubrung gewesen zu seyn. Ohnmächtig lag ich da, keine Nerve wollte sich regen und ich war nicht im Stande aufzusteigen. Endlich erhohlt ich mich wieder ein wenig und gieng nach Hauße und legte mich in's Bette unter dem Vorwand, es sey mir nicht wohl.

Gleich darauf kam Giton, welcher meine Krankheit erfahren hatte, traurig in mein Schlafzimmer. Ich sagt' ihm aber, um ihn zu beruhigen, daß ich nur deswegen zu Bette gegangen sey, um ein klein wenig einzuschlummern; und unterhielt ihn dann mit allerley Sachen; aber von meinem Unglücke durft' er nichts wissen, denn ich befürchtete seine Eyfersucht; und um allen Verdacht zu vermeiden, gab ich ihm Küsse und zog ihn zu mir in's Bett und wollte versuchen, ob ich wirklich behext sey. Aber Schweis und Keuchen war vergebens. Zornig stand er auf und beklagte sich über diese Schwächlichkeit des Leibes und die Veränderung der Seele, und sagte, er habe längst bemerkt, daß ich ihn iezt nur zum Nothhelfer brauche.

»O liebes Brüderchen, antwortet' ich ihm, meine Liebe zu dir ist immer einerley! Nur seit kurzer Zeit ist sie ein wenig vernünftiger geworden und braußt nicht mehr so stark.«

»Nun! wenn das ist, sagte er lächelnd, so dank' ich dir, daß du mich nach Sokratischer Art und Weise liebst! denn Alcibiades soll ia, wie seine Freunde sagen, eben so unberührt in dem Bettchen seines Lehrmeisters gelegen haben.«

Mit Zähren in den Augen antwortet' ich ihm: »Glaube mir liebstes Brüderchen, ich weiß nicht mehr, daß ich ein Mann bin! ich empfinde nichts davon! Ach! der Theil meines Leibes ist gestorben, mit welchem ich ehemals *Achill* war!«

Wie Giton diese klägliche Nachricht erfahren hatte, so lief er davon in den innren Theil des Haußes, damit man ihm, wenn man ihn allein bey mir würde gefunden haben, nichts böses nachreden möchte.

Kaum war er hinaus, so trat Chrysis in mein Schlafzimmer, und übergab mir folgendes Briefchen von ihrer Frau.

Circe dem Poliän

Wenn ich verbuhlt wäre, so würd' es dir übel gehen! So aber muß ich dir so gar für deine Ohnmacht danken. Im Schatten der Wollust hab' ich länger gespielt.

Aber was du mächtest, möcht' ich wohl wissen! Bist du denn mit deinen Füssen nach Hauße gekommen? denn die Aerzte behaupten, daß man ohne Nerven nicht gehen könne. Rathen will ich dir junger Mensch, nimm dich vor der Gicht in Acht! Ich habe niemals einen Kranken in so grosser Gefahr gesehen. Ach ihr Götter! Schon bist du vielleicht des Todes! Wenn eben dieser Frost in deine Schenkel und Hände geschlagen ist, so kannst du dich zur Abfarth fertig machen.

Nun! wir sind ia Menschen! ob du mich gleich auf der empfindlichsten Seite beleidiget hast, so will ich doch einem so gefährlichen Kranken das Mittel nicht verheelen, sein Leben zu retten. – Wenn du wieder willst gesund seyn, so bitte den Giton. Ich versichere dich, du wirst deine Nerven wieder erhalten, wenn er dir drey Rasttage zu halten erlaubt. – Was mich betrifft, so hab' ich keine Sorge, daß sich Jemand finden möchte, dem ich weniger gefalle. Es schmeichelt mir weder Spiegel noch Ruf.

Lebe wohl, wenn du kannst!

Wie Chrysis merkte, daß ich die ganze Spötterey gelesen hatte, so sagte sie: »Es kann einem bisweilen so ein Streich gespielt werden, insbesondre in dieser Stadt, wo es Hexen giebt, die so gar den Mond vom Himmel herab zaubern können. Aber wir wollen dir schon diese Bezaubrung vertreiben. Schreibe nur so zärtlich, als du kannst, an meine Gebieterin zurück und besänftige ihr Gemüth wieder mit einer ungeheuchelten Unterwürfigkeit! denn, ich muß die Wahrheit gestehen! seit dem Augenblicke, da sie die Beschimpfung erhielt, ist sie nicht mehr bey sich.«

Gern gehorcht' ich dem Mädchen und schrieb ihr diese Antwort.

Poliän der Circe

Ich gesteh' es, reizende Circe, daß ich offt gesündiget habe, denn ich bin auch ein Mensch, und noch jung; niemals aber hab' ich vor diesem Tage den Tod verdient.

Hier hast du einen Strafbaren, der seine Sünden bekennet! Ich habe alles verdient, wozu du mich verdammen wirst. Ich habe eine Verrätherey begangen, einen Menschen umgebracht, einen Tempel bestohlen. Diese Verbrechen kannst du bestrafen. Willst du mich umbringen, so komm' ich mit meinem Schwerde: bist du nur mit Peitschenstreichen zufrieden, so lauf' ich nackend zu dir. Nur dieses einzige bedenke, daß nicht Ich, sondern die Werkzeuge gesündiget haben. Wie ein muthiger Soldat hatt' ich keine Waffen. Wer diese verdorben habe? das weiß ich nicht.

Vielleicht that die Seele von Entzückung hingerissen einen Sprung und kam dem trägen Leibe zuvor; oder vielleicht hab' ich im Taumel der Begierden das Opfer verschüttet, eh' ich in's Heiligthum der Liebe kam.

Ich kann bey diesem allen kein Verbrechen finden.

Du befiehlst mir, daß ich mich vor der Gicht in Acht nehmen soll? als wenn sie noch hefftiger werden könnte, da sie mir den Schatz geraubt hat, durch welchen ich bey dir glückseeliger, als Zevs im Himmel und auf Erden werden konnte!

Alle meine Entschuldigung besteht darinn: ich werde deine Gnade wieder erhalten, wenn du mir wirst erlaubt haben, meinen Fehler zu verbessern. Lebe wohl!

Nachdem ich die Chrysis mit diesem Versprechen zurück geschickt hatte, so sucht' ich, so gut ich konnte, meinen übel zugerichteten Leib wieder herzustellen. Ich badete mich, gebrauchte eine mässige Salbe, aß die nahrhafftesten Speisen, Eschlauch und dergleichen hitzige Sachen und trank sehr wenig Wein dazu. Vor dem Schlafgehen macht' ich einen kleinen Spaziergang und begab mich ohne Giton in mein Schlafzimmer; denn die Sorgfalt, alles wieder gut zu machen, war bey mir so groß, daß ich befürchtete, Giton möchte mich in die Seite kitzeln und alles wieder verderben.

Den Tag darauf, da ich völlig wieder hergestellt, frisch und gesund an Seel und Leib aufgestanden war, gieng ich wieder in eben diesen Gang von Ahornbäumen und ein Schauer überlief mich, da ich mich an die gestrige Begebenheit darinnen erinnerte. Ich erwartete unter deren Schatten die Chrysis, meine Wegweiserin. Ich gieng ein wenig spazieren und setzte mich an das Oertchen, wo sie mich gestern angetroffen hatte.

Gleich darauf erschien sie und brachte ein altes Mütterchen mit sich, und nachdem sie mich gegrüßt hatte, sagte sie: »Nun! wie ist dir's armer Gebrechlicher? Bist du wieder gutes Muthes?«

Darauf zog das alte Weib eine Binde von verschiedenen bunten Fäden gewebt aus seinem Busen und wickelte sie um meinen Nacken. Nun vermischt' es Sand mit Speichel und machte wider meinen Willen Zeichen mit ihrem Mittelfinger an meine Stirne damit.

Wir dürfen noch hoffen, so lange wir leben,
So lange wir leben, nicht denken an's Grab!
Erscheine gewaltiger Vater Priap!
Und woll' uns deinen Seegen geben!

Nachdem diese Zauberey vorbey war, so befahl es mir, dreymahl auszuspeyen, und dreymahl magische Steinchen in den Busen zu werfen, welche es in ein Tüchlein von Purpur gewickelt hatte. Darauf untersucht' es mit seinen Händen den behexten Theil an meinem Leibe; und eh' es noch seine Zauberworte ausgemurmelt hatte, gehorchten die Nerven ihrem Befehle und füllten die Hand der Alten mit einem ungewöhnlichen Schwulste an. Sie machte Freudensprünge darüber und rief: »Siehest du meine Chrysis! Siehest du, was für einen Rammler ich für andere aus seinem Lager gehetzt habe?«

Nun übergab mich die Alte der Chrysis, welche vor Freuden ausser sich war, daß sie das verlohrne Kleinod ihrer Gebieterin wieder gefunden hatte. Mit eiligen Schrittchen führte sie mich zu sie in das lieblichste Oertchen auf der ganzen Erde, wo alles war, was die Natur den Menschen zur Augenweide hervorgebracht hat –

Der edle Ahorn goß hier Sommerschatten nieder,
Und ihr beschornes Haupt hob dort die Ficht' empor,
Und durch Cypressen sah der Lorbeer stolz hervor.
In Wipfeln gaukelten mit kühlendem Gefieder
Der Frühlingslüffte ganzes Chor
Und wehten Balsam in die offnen Glieder.

Und durch Blumen rollen Quellen
Unter ihnen klare Wellen –
Murmeln zornig sich zu Schaum
An den kleinen Kieselsteinen –
Süsser, als in Paphos Haynen
Muß sich schlummern hier ein Traum!

Für verliebte Seelen
Ist der Ort gemacht!
Amors Philomelen
Singen in der Büsche Nacht
Lauter Lieb' aus ihren Kehlen!
Nymphen schleichen, um sie nicht zu stören,
In die kühlen Grotten und hören
Entzückter sie, als die Musik der Sphären.

Sie lag auf einem goldnen Ruhebettchen, ihren schneeweisen Nacken auf eine Junonische Hand gelehnt und kühlte mit einem Myrthenzweige die laue Lufft. Wie sie mich erblickte, überzog ihr Gesicht eine Rosenröthe wegen der gestrigen Begebenheit. Darauf, wie sich alle ihre Mädchen entfernt hatten, setz' ich mich auf ihren Befehl an ihre Seite; sie hielt den Zweig vor meine Augen und kühner durch diese Scheidewand gemacht fragte sie mich: »Nun! mein lieber Gichtbrüchiger kömmst du heute, als ein ganzer Mensch? Hast du dich wieder gefunden?«

»Ich wollte, gab ich zur Antwort, daß du lieber versuchtest, als frag-test!« und darauf umarmt' ich sie mit ganzem Leibe, und wir nahmen und gaben uns unzählige Küsse bis zur Sättigung. Die Schönheit ihres enthüllten Leibes bezauberte mich mit nie empfundnen Reizen und zog mich allmächtig zum höchsten Genusse der Wollust. Schon sprachen unsere Lippen die Sprache stechender Begierden! Schon hatten unsere gelüstigen Hände aller Art von Liebe gefunden! Zusammengewachsen waren unsere Leiber! zusammen geflossen unsere Seelen! –

Aber auf einmahl lag ich wieder ohnmächtig da, als wie vom Blitze getroffen.

Bey dieser offenbaren Beschimpfung lief die Dame endlich zur Rache. Sie rief ihre Sklaven und befahl, mich wie einen Hund hinauszupeitschen. Dieses war ihr noch zu wenig für ein so schweres Verbrechen, sie rief alle Mägde und den Abschaum von Gesinde zusammen und gebot, mich anzuspeyen. Ich hielt die Hände vor meine Augen und dachte nicht daran, um Vergebung zu bitten, weil ich wußte, was ich verdient hatte; und ausgespeyen und ausgeprügelt wurd' ich zur Thür hinausgeworfen – hinausgeworfen wurde *Proselenos* die Alte, und Chrysis bekam eine ganze Tracht Schläge. Die ganze Familie fragte traurig und erschrocken, und murmelte, wer die Ruhe ihrer Gebieterin so sehr gestört hätte.

Ich aber ergab mich in mein Schicksal, weil ich es nicht ändern konnte, verband und bedeckte alle meine Wunden auf's beste, damit Eumolp mich nicht noch dazu schadenfroh ausspotten, und Giton be-dauren möchte und gieng muthig nach Haußse. Alles, was ich ohne mich schämen zu dürfen, thun konnte, war, ich stellte mich unbäßlich, hüllte mich in's Bett und ließ alle Wuth an dem aus, welcher die Ursache von allem diesen Unglücke gewesen war.

Dreymahl ergriff ich fürchterlich
Das Messer mit der Hand!
Und dreymahl krümmt' er furchtsam sich,
Als wie ein Wurm im Sand!
Es zitterten mir selbst die Glieder,
Ich konnte nicht und legt' es wieder nieder.
Und da ich's wüthend wieder nahm,
Verkroch er sich voll Furcht und Schaam

Voll Todesangst in's Eingeweide,
Vermummte sich, als wenn es auf ihn schneyte.
Geköpft hätt' ich den Bösewicht!
Allein ich fand sein Köpfchen nicht;
Drum mußt' ich ihn mit Worten strafen,
Ihm schimpfen, wie den ärgsten Sklaven.

Ich richtete mich also auf den Ellenbogen und ärgerte den Eigensinnigen mit dieser Anrede:
»Was antwortest du? du Scheusal aller Menschen und Götter? Sünde ist es, wenn man dich unter die wirklichen Dinge zählt! Hab' ich das um dich verdienet, daß du mich herab *hinunter* in die tiefste Hölle stürzest? daß du mich um die in der ersten Krafft blühenden Jahre bringest und mir die Mattigkeit des spätesten Alters aufbürdest? Gieb mir einen Todenschein, wenn du mir das Leben nicht wiedergeben willst!«

Er aber schlug die Augen immer nieder,
Kein Wort, kein Spott gab ihm das Leben wieder.
Da hieng sein Haupt, als wie zerknickter Mohn,
Und war nicht mehr der Wollust stolzer Thron. –

Wie ich diese abscheuliche Schmährede gehalten hatte, so gereute sie mich und ich erröthete innerlich darüber, daß ich meine Schaamhafftigkeit vergessen und mit dem Theile des Leibes gezankt hatte, an welchen ernsthaffte Leute zu denken sich scheuen. Lange rieb ich mir die Stirne. Endlich rief ich aus:
»Und was hab' ich denn böses gethan, wenn ich mich meines Schmerzens nach dem Rathe der Natur entlediget habe? Ist es nicht eben das, wenn wir auf unsern Magen fluchen? Oder auf den Gaum? Oder auf den Kopf, wann er uns wehe thut? zankte nicht Ulysses mit seinem Herzen? und züchtigen nicht die Theaterhelden ihre Augen, als wenn sie Ohren hätten? die Podagristen verwünschen ihre Füsse, die Chiragristen ihre Hände und die Triefäugigen ihre Augen, und die ihre Finger beschädiget haben, verstampfen den Schmerz mit ihren Füssen.

Was blickt ihr mich runzelnvoller Stirne
Catonen an? Warum verdammet ihr

Die Schildrung der Natur? – O Freunde, glaubet mir!
Sie lächeln drüber im Gehirne! –
Gewissenhafft, ohn’ alle Heucheley,
Sag’ ich, was unterm Volk geschehen sey!
In einer Sprache voller Klarheit
Erzähl’ ich lächerliche Wahrheit.
Wer weiß denn nicht, was man im Bett mit Mädchen macht?
Die Götter werden uns deswegen nicht bestrafen,
Daß bey Aspasien bißweilen wir geschlafen!
Für *Einen* Mann sind sie so reizend nicht gemacht!
Der weise Vater *Epikur*
Verstand gewiß so gut, als wie ihr die Natur!
Der lehrt uns gründlich, daß für Götter in dem Himmel
Selbst dies das beste sey, wie uns im Weltgetümmel.

Nichts ist fälscher, als dieser abgeschmackte Wahn der Menschen und nichts ist abgeschmackter, als dieser geheuchelte Strenge.«

Nach Endigung dieser Rede rief ich den Giton, und sagte zu ihm: »Liebes Brüderchen erzähle mir, aber auf dein Gewissen! brachte Ascylt die Nacht, da er dich mir entführte, mit Wachen zu, oder war er mit einer keuschen Wittwennacht zufrieden?« Der Knabe hielt schaamhafftig sein Händchen vor die Augen, und schwur mit den ausgewähltesten Worten, daß ihm Ascylt keine Gewalt angethan habe.

Ich wollt’ ihn nicht länger quälen, und mich selbst nicht mit der Erinnerung der vorigen Begebenheiten, und war nun darauf bedacht, wie ich wieder in meinen vorigen Zustand kommen konnte. Ich fieng von Oben an, und gieng aus, um den Priap zu erbitten, mir zu helfen. Ich nahm eine zuversichtliche Miene an, kniete auf die Schwelle seines Tempels, und redte in der Göttersprache mit dem Gotte.

Du des Bacchus und der schönen Nymphen Begleiter,
Welchen selbst die reizende Dione
Wäldern und Gärten zum allmächtigen Gotte gebohren,
Welchen Lesbos und das blüh’nde Thasos,
Welchen geschmückte Lyder in prächtigen Tempeln anbeten,
Zu Hypäpen ewig Opfer bringen –
Sey mir gnädig Beschützer der Reben! du der Dryaden
Wonne! Höre, was ich schüchtern bitte!

Nicht mit dem Blute der Unschuld besudelt erschein' ich o Vater!
Keinen Tempel hab' ich je bestohlen!
Sondern arm und verunglückt bin ich am edelsten Theile!
Dieser nur hat wider dich gesündigt!
Wer aus Mangel sündigt ist wohl weniger strafbar –
Mache wieder heiter meinen Busen!
Sohn der Dione verzeyh, was ich wider Willen verbrochen!
Wenn mir wieder wird Fortuna lächeln,
Dann will dankbar ich dich anbeten, dir feyerlich opfern!
Dann will ich ein Mutterschwein, ein Böckchen
Und den Vater der Heerden, den schönsten gehörneten Widder
Zum Altare tragen, ihn mit Blumen
Schön umflechten! und schäumen soll dir Falerner entgegen!
Knaben sollen um den Tempel taumeln!

Indem ich mein Gebet verrichte, und immer sorgfältig untersuche, ob die Hand des Gottes bey mir anfieng, zu würken, trat die Alte mit zerrissenen Haaren herein. Sie sah abscheulich in ihrem schwarzen Trauerkleide aus, ergriff mich bey der Hand, der ich bey iedem Geräusche zitterte, und führte mich aus dem Vorhofe.

»Was für Hexen, sagte sie, haben dir deine Nerven verzehrt? In welches Auskehricht bist du getreten? Oder auf welche Leiche? Nicht einmahl deinen Knaben hast du befriedigen können, sondern schlotternd, schwächlich, abgemattet, wie ein müdes Roß an einem Hügel hast du alle Mühe und allen Schweis vergeblich angewandt. O hättest du nur allein gesündiget und die Götter nicht auch wider mich aufgebracht! und ich soll mich nicht an dir rächen?«

Darauf führte sie mich in die Zelle der Priesterin; ich ließ mit mir machen, was sie wollte, sie stieß mich auf ein Bett, nahm ein Rohr von der Thür, und schlug auf mich zu, ohne daß ich ein Wort dawider hervorbrachte. Und wenn nicht das Rohr vom ersten Schlage zerbrochen wäre, und dadurch ihre Wuth zurück gehalten hätte, so hätte sie mir vielleicht Arm und Kopf in zwey geschlagen.

Ich seufzte nicht so wohl deswegen, als weil sie nun auch anfieng, meinen Zustand zu untersuchen. Die Thränen rollten mir darüber aus den Augen, ich hielt meinen rechten Arm an meine Stirne, und legte meinen Kopf auf das Kopfkissen.

Die Alte selbst weinte aus Sympathie mit, setzte sich auf die andere Seite des Bettchens, und beklagte sich mit zitterlicher Stimme, daß sie zu lange lebte. Endlich kam noch die Priesterin dazu, und sagte: »Warum seyd ihr in meine Zelle gekommen? Ihr liegt ia da, wie vor einer frischen Urne! Und so gar an einem Festtage, wo selbst die Traurenden sich freuen?«

»O! sagte die Alte, o *Enothea!* dieser junge Mensch, welchen du hier siehest, ist unter einem schlimmen Gestirne gebohren worden, denn er kann mit seinem Vermögen weder einem Knaben noch Mädchen dienen! Du hast in deinem Leben keinen so unglückseeligen Menschen gesehen! Er ist so schlaff, wie Leder im Wasser! Kurz! für was hältst du den, welcher aus dem Bette der Circe, ohne Wollust genossen zu haben, gestiegen ist?«

Wie Enothea dieses gehört hatte, so setzte sie sich zwischen uns beyde, schüttelte lange den Kopf, und sagte endlich: »Nur ich allein weiß diese Art von Krankheit zu heben! Und damit ihr nicht glauben möget, ich wolle hier mit meiner Kunst prahlen, so bitt' ich, daß dieser Jüngling eine Nacht bey mir schlafe, den andern Morgen soll er wie Horn und Stahl seyn!

Die Ober und die Unterwelt
Gehorchen meinen Worten!
Ich schliesse, wenn es mir gefällt,
Der Mutter Erde Pforten.

Im Frühling, wann die Bäume blühn,
Kann ich sie dürre machen!
Und kahlen Angern geben Grün
Und Wüsten lassen lachen.

Schlag' ich an trockne Felsen an,
So kömmt ein Nil gezogen:
Und stillen muß der Ocean
Auf mein Geheiß die Wogen.

Zephyre müssen Balsam wehn,
Mich fächeln ganz gelinde:

Im Laufe müssen Ströme stehn:
Und in dem Sturm die Winde.

Ein Tyger, der in Lybien wohnt,
Und Drachen müssen schweigen:
Und auf ein Wörtchen muß der Mond
Herab vom Himmel steigen.

Die Sonne mußte Phöbus schon
In meinen jüngern Jahren
Mit seinen Pferden auf mein Drohn
Zurücke wieder fahren.

Die Flammenstiere konnt' ein Weib
In Colchos gut behandeln,
Und Circe gar zum Zeitvertreib
Den Mensch in Schwein verwandeln.

Wie einst Ulyß bey ihr erfuhr
Mit seinen Reisgesellen,
Und Proteus kann aus der Natur
Ein iedes Ding vorstellen.

Ich aber stürz' in'n Ocean
Den Ida samt den Haynen,
Und Flüsse laufen berghinan
Als liefen sie mit Beinen.«

Ein Schauer überlief mich nach dem andern, wie ich diese wunderbare
Macht hörte, und öffters sah ich die Alte dabey an. Endlich rief diese:
»O Enothea übe deine Macht aus!« darauf wusch sie neugierig sich die
Hände, und legte sich über das Bettchen, und küßte mich einmahl und
noch einmahl.

Enothea setzte darauf einen Tisch in die Mitte des Altars, bedeckt'
ihn mit lebendigen Kohlen, und brachte mit geschmolzenem Peche ein
vom Alter zersprungenes Gefässe wieder in Ordnung. Nun schlug sie
einen Nagel wieder in die beräucherte Wand, welcher daraus gefallen
war, da sie das hölzerne Gefäß herabziehen wollte. Nun gürtete sie ihren

priesterlichen Schurz um sich, und setzte eine ungeheure Pfanne auf das Feuer, und hohlte zugleich mit einer Gabel aus einem Speiseschranke ein Säckchen mit Bohnen, und ein durchlöchertes Ueberbleibsel von einem uralten Hirnschädel. Sie machte das Säckchen auf, und schüttete einen Theil von den Bohnen auf den Tisch, und befahl mir, daß ich sie geschwind reinigen sollte. Ich gehorchte den Augenblick, und säuberte sie emsig von den alten schimmlichten Hülsen. Aber dennoch beschuldigte sie mich der Trägheit, nahm mir sie eilig aus den Händen, biß mit der größten Geschicklichkeit die Hülsen mit den Zähnen herab, spye sie auf die Erde, und bemahlte gleichsam den Boden mit Fliegen. Es ist wunderbar wenn man bedenkt, wie erfindrisch die Armuth ist. Wie viele Künste hat uns schon der Hunger gelehrt! Meine Priesterin schien auch zu dieser Secte zu gehören; denn ihre Wohnung war das wahre Heiligthum der Armuth.

Hier glänzte nicht in Gold des Elephanten Zahn
Und abgeschliffen warf der Marmor keine Strahlen!
Auf Weydenphälen Stroh ist eine sanft're Bahn,
Und dient zugleich zum Sitz bey mäß'gen Abendmahlen.
Von ird'nen Töpfen war die Ecke ganz besetzt,
Ein grosser Zuber stand von Wasser voll daneben,
Und Schüsselchen von Holz mit Scheuren durchgewetzt,
Und noch ein Fläschchen voll – Geruch vom Safft der Reben.
Von Stroh und Leimen war die lüfft'ge Wand gemacht,
Von Binsen und von Rohr ein Dach darauf gedecket;
Als Schätze hatte man in dieses Hauß gebracht,
Was an der Armuth Tisch, als wie Ambrosia schmecket.
Mit einem Blumenkranz gar schön umflochten hieng
Gedürrtes altes Obst, als wie im grünen Laube
Zum Putz im Zimmer da; hier glänzt ein Speyerling,
Ein bunter Apfel da, dort eine trockne Traube.
In ihre Hütte nahm Theseus den grossen Held
Einst *Hekale* so auf; dadurch ist's ihr gelungen,
Daß sie die Musen selbst zum Muster vorgestellt
Und Kallimach sie hat der Nachwelt vorgesungen.

Wie sie die Bohnen gereiniget hatte, so zog sie auch ein wenig Fleisch von dem Schädel herab, und legte den Kopf, der wohl so alt seyn mochte, als sie selbst, mit der Gabel wieder in den Speiseschrank. Darüber zerbrach der vermoderte Sessel, auf welchem sie getreten war, um hinauf reichen zu können, und die alte Priesterin stürzte auf das Feuer, indem sie aus ihrem Gleichgewicht gekommen war. Die Pfanne wurde zerbrochen, das Feuer ausgelöscht, sie verwundete sich den Ellenbogen an einem Brande, und ihr ganzes Gesicht war voll Asche und Kohlen.

Erschrocken sprang ich herbey, und hob die Alte nicht ohne Lachen auf. Gleich darauf trippelte sie in die Nachbarschafft, um Feuer zu hohlen, damit die Aussöhnung nicht verzögert werden möchte.

Kaum war sie zur Thür' hinaus, so kamen drey heilige Gänse, welche, wie ich glaube, gewohnt waren, am Mittage ihre Mahlzeit von der Alten zu hohlen, fielen mich an, und standen mit einem wüthenden Gezische um mich herum. Die eine zerriß meinen Rock, die andere zerrte die Bänder an meinen Schuhen aus einander, und die dritte, welche die Anführerin zur Grausamkeit war, zerfleischte mein Schienbein mit ihrem sägeförmigen Schnabel. Ich vergaß aller der Possen, zog einen Fuß aus dem Tischchen, und wehrte mich auf's tapferste mit bewaffneter Hand. Ich war nicht mit einem Vertheidigungsschlage zufrieden, sondern rächte meine Wunden mit dem Tode der Gans.

So mußten wohl die Stymphaliden
Einst in Arkadien wüthen,
Die Herkules aus ihrer Grufft
Mit Klapperblechen iagte durch die Lufft.
So quälten den *Phineus* die scheußlichen Harpyen
Die Eyter, Gifft und Tod in seine Mahlzeit spyen.
Der Aether zitterte von ihrem Heulen voll,
Das bis zur Residenz der Götter wild erscholl.
Man konnte Musen nicht vor ihnen singen hören,
Die Freude war verscheucht aus ihren frohen Chören,
Und aus den Angeln rissen sich empörte Sphären.

Die andern frassen nun die Bohnen auf, die auf dem Boden hier und da zerstreut lagen, und watschelten ihrer Heerführerin beraubt wieder zurück in den Tempel. Ich war über meine Rache vergnügt, versteckte die erschlagene Gans hinter das Bett, und wusch die leichte Wunde an meinem Schienbeine mit Essig aus. Darauf befürchtete ich den Zorn der Alten, und faßte den Endschluß, davon zu gehen; wickelte meinen

Mantel zusammen, und gieng zur Thür hinaus. Kaum war ich auf die Schwelle getreten, so kam mir Enothea entgegen mit einem Topfe voll Kohlen. Ich mußte also wieder zurück gehen, warf meinen Mantel ab, und blieb in der Thür stehen, als ob ich sie da hätte erwarten wollen.

Sie brachte das Feuer mit einem Rohre wieder in Ordnung, und legte Holz darauf. Nun entschuldigte sie sich, daß sie nicht eher zurück gekommen wäre, ihre Nachbarin hätte sie nämlich nicht eher von sich gelassen, als bis sie drey Becher, wie gewöhnlich, ausgeleeret hätte. »Was hast du, fuhr sie fort, in meiner Abwesenheit gemacht? Wo sind die Bohnen hin?«

Ich aber, der ich glaubte, eine lobenswürdige Handlung gethan zu haben, erzählte ihr das ganze Treffen nach der Ordnung, und damit sie nicht traurig darüber seyn möchte, erbot ich mich, ihr den Verlust der Gans zu ersetzen. Ich hohlte sie ihr hinter dem Bette hervor, und wie sie die Alte erblickte, so erhob sie ein so grosses Geschrey, daß ich glaubte, alle Gänse der ganzen Welt zischten um mich herum.

Ich wurde ganz bestürzt darüber, und konnte nicht begreifen, was ich für eine neue Art von Verbrechen begangen hätte. Ich fragte nach der Ursache ihres Zorns, und warum sie eher Mitleiden mit der Gans, als mit mir habe.

Aber sie schlug die Hände über den Kopf zusammen und schrye: »Wie? Bösewicht du redest noch? Weist du nicht, was für eine abscheuliche That du begangen hast? du hast die Wollust des Priap umgebracht, eine Gans, welche der Liebling aller Matronen war! Und damit du nicht glaubest, es sey eine Kleinigkeit, so wisse, daß, wenn es der Magistrat erfährt, du an's Kreuz mußt! du hast meine Wohnung mit Blute besudelt, die bis auf diesen Tag noch unentheiliget war! du hast gemacht, daß Jedermann, der mir nicht wohl will, mich von meiner Priesterinstelle vertreiben kann!«

Nun riß sie sich ohn' Maaß und Ziel
Heraus das graue Haar, zerschlug die Brust mit Schlägen,
Zerriß die Wangen sich, und aus den Augen fiel
Herab ein ganzer Thränenregen.
Wie wenn ein Strom herab von Bergen schiest,
Und Thäler überschwemmt, wenn Eiß und Schnee zerronnen
Von lauer Lufft und warmen Frühlingssonnen,
Und nun der Winter vor dem Lenz zerfliest:

So überströmt' ein Strom die Wangen voll von Jammer,
Die Seufzer pochten an den Busen wie ein Hammer,
Und brausseten darinn, wie Wind' in Aeols Kammer.

Darauf sagt' ich ganz erschrocken zu ihr: »Ich bitte dich, schreye nicht mehr! Einen Strauß will ich dir für deine Gans schaffen!«

Indem ich darüber erstaunte, und sie in dem Bettchen saß, und den Tod der Gans beweinte, kam Proselenos dazu, und brachte die Opfergebühren; und wie sie die Gans tod da liegen sah, und uns um die Ursache der Traurigkeit befragte, fieng sie selbst an, bitterlich zu weinen und mich zu bejammern, als wenn ich meinen Vater und nicht eine Gans umgebracht hätte. Endlich wurd' ich des Geheuls überdrüssig, und sagte: »Sagt mir einmahl, ob ich nicht mit Gelde, wenn ich auch noch dazu fußfällig bäte, mein Verbrechen aussöhnen könnte, und wenn ich auch einen Mord begangen? Hier habt ihr zwey Goldstücke, mit welchen ihr Götter und Gänse kaufen könnet!«

So bald der Schein davon der Enothea in die Augen gefallen war, so sagte sie: »Verzeyhe lieber Jüngling! ich bin deinetwegen bekümmert! Meine Klagen sind Beweise meiner Liebe und nicht des Zornes gegen dich! Wir wollen dafür sorgen, daß es Niemand erfahre. Bitte du nur die Götter, daß sie deiner Handlung verzeyhen!« –

Wer einen Kasten hat voll Silber und voll Gold,
Dem ist Fortuna selbst die flatterhaffte hold.
Rechts fliegen schaarenweis' ihm alle guten Vögel!
Und immer schiffet er mit aufgeschwollnem Seegel.
Er gießet Danaen ein Klümpchen in den Schoos,
Und wie entzaubert springt der Liebe Gürtel los.
Er machet dem Akris des Mädchens altem Drachen
Mit seinem Golde weiß, er woll' es selbst bewachen.
Ein Dichter ist er, ist ein Redner, Advocat,
Und wenn er spricht, so hat Gerechtigkeit gesprochen,
Beklagter habe was und habe nichts verbrochen!
Du wirst an's Kreuz gehängt, weil er's gesprochen hat.
Er übertrifft so gar an Ansehn die Catonen,
Ist mehr als Servius und alle Labeonen.
Kurz! wünsche, was du willst! dein Wunsch wird dir erfüllt. –
Hast du mit Golde nur den Kasten angefüllt,

So kannst du alles auf der weiten Welt erlangen!
Du hast in ihm den grossen Jupiter gefangen.

Unterdessen setzte Enothea unter meine Hände eine Schüssel voll Wein, machte meine Finger aus einander, und wie sie sie darinnen mit Lauch und Petersilie gereiniget hatte, so warf sie Haselnüsse mit heiligen Worten in den Wein, und wahrsagte daraus, sie mochten entweder untersinken oder darauf schwimmen. Ich konnte sehr leicht begreifen, daß diejenigen oben schwammen, welche keine Kerne, und diese untersanken, welche die volle Frucht in sich hatten.

Darauf wandt' sie sich zur Gans, schnitt ihr die Brust auf und zog die gesündeste Leber daraus, und nun prophezeyhte sie mir meine zukünftigen Schicksale. Ja, damit gar nicht eine Spur von meinen Verbrechen übrig bliebe, zerlegte sie die Gans, und steckte sie an den Bratspieß, und bereitete dem, welcher, wie sie selbst sagte, kurz zuvor des Todes schuldig war, ein herrliches Mahl.

Nun gieng der Becher herum, und die Alten verzehrten mit dem größten Vergnügen die Ursache ihrer Traurigkeit, die Gans. Wie sie aufgegessen war, sah mich Enothea mit einem taumelnden Blick' an, und sagte: »Nun wollen wir die Aussöhnung vollenden, damit du deine Nerven wieder bekömmst!« und zugleich brachte sie einen ledernen Priap herbey, dunkt' ihn in Oel, das mit gestossenem Pfeffer vermischt war, wälzt' ihn dann in Nesselmehle herum und schob ihn nach und nach mir in den Leib hinein. Nach diesem bestrich die grausame Alte meine Schenkel mit eben diesem vermischten Oele. Dann vermengte sie Gartenkreßsafft mit Stabwurz, und rieb meine Weichen damit; und nun ergriff sie einen Büschel grüne Nesseln, und fieng an, bedächtlich alle Theile unter dem Nabel zu hauen.

Wie die Nesseln anfiengen, mich zu brennen, so lief ich davon. Die Alten liefen, so sehr sie konnten, mir nach, und ob sie gleich von Wein, und Geilheit taumelten, so kamen sie doch noch zu mir in die nämliche Strasse, und verfolgten mich noch durch einige andere Gassen, und schryen immer: »Haltet auf! ein Dieb! ein Räuber!« dennoch entwisch' ich ihnen; aber meine Fußzehen waren alle auf der Flucht blutig gestossen.

Wie ich nach Hauße kam, so warf ich mich ganz abgemattet in's Bette. Ich konnte aber nicht ein Auge zuthun, weil mir alles im Kopfe herum gieng, was mir begegnet war. Ich rief aus:

»Niemand kann so viel besondre Zufälle erfahren haben, als du! Noch mußte mich auch das mißgünstige Glück mit der Liebe quälen. Ach! ich Unglückseeliger! Fortuna und Amor haben sich wider mich verschworen! Amor ist allezeit grausam gegen mich, ich mag lieben, oder geliebet werden, so quält er mich. – Nun liebt mich auch Chrysis auf das hefftigste, und verfolgt mich mit ihrer Liebe! Wie sie mich zu ihrer Frau bringen sollte, verachtete sie mich, als einen Sklaven, weil ich als Sklave gekleidet war – iezt will sie so gar mit Gefahr ihres Lebens dir folgen, wohin du willst! Sie, die zuerst deinen Zustand so sehr haßte! Innbrünstig schwört sie iezt, nicht von deiner Seite zu gehen! –

Aber Circe allein bezaubert mich, alle andere veracht' ich. Was ist reizender, als sie? Was hatte *Ariadne* oder *Lede,* das ihrer Schönheit gleich kam? Womit wollte sie *Helene,* womit selbst *Venus* übertreffen? Paris, der Schiedsrichter der auf ihre Schönheit eyfersüchtigen Göttinnen, wenn er dieses zärtliche Liebäugeln in den Augen meiner Circe bey dem Wettstreite hätte schweben sehen – Helenen samt den Göttinnen hätt' er ihr geschenkt! – Ach! wär' es nur wenigstens erlaubt, ihren holdseeligen Mund zu küssen! Ach! ienen himmlischen und göttlichen Busen an meine Brust zu drücken! Vielleicht würde dieser Leib dann seine Kräffte wieder erhalten, und die Theile würden daran wieder aufleben, welche, wie ich nichts anders glauben kann, behext seyn müssen. An meine Beschimpfungen denk' ich nicht; daß ich geprügelt worden bin, weiß ich nicht, wenn ich nur wieder ihre Gnade erhalten könnte!«

Das Bild der reizenden Circe wurde darauf so lebendig in meiner Phantasie, daß es alle Lebensgeister in mir erhitzte. In der Wuth der Liebe ergriff ich mein Bett, und glaubte, meine Liebe in den Armen zu haben. Aber alles war vergeblich; es war ein leeres, todes Bild der Wollust. Ich zankte auf meinen feindseeligen Genius, und verglich mich mit den alten Heroen, welche auch von den Göttern waren verfolgt worden, und suchte mich dadurch zu trösten.

Mich Armen nicht allein verfolgt ein Gott mit Plagen
Und stürzt das Schicksal in Gefahr,
Vor mir hat *Herkules* den Himmel müssen tragen,
Weil Juno seine Feindin war:
Und noch vor ihm ließ sie den *Pelias* erschlagen
Von seinen sanften Töchtern gar:
Laomedon erfuhr Neptunens wilde Rache,

Sein liebes, wunderschönes Kind,
Die *Hesione* sollt' auffressen gar ein Drache:
Wie grausam nicht auch Götter sind!
Den *Telephus* verfolgt sogar der Gott der Reben,
Den Ros' und Epheu stets umlaubt:
Ulysses mußte lang' auch vor Neptunen beben
Und iedes Schiff wurd' ihm geraubt.
Der Gott der Gärten und der Gott der schönen Damen
Verfolget mich zu Land und Meer!
Er raubet grausamlich mir meines Frühlings Saamen
Und – schickt mir schöne Circen her!

Ich brachte die ganze Nacht in dieser Unruhe zu; so bald es Tag wurde, kam Giton, welcher erfahren hatte, daß ich diese Nacht zu Hauße gewesen sey, vor mein Bett, hielt mir eine lange Rede über meine Ausschweifungen, und sagte mir endlich, daß sich die ganze Familie über mich beschwerte, weil ich niemals zu Hauße sey, und fügte endlich hinzu: »Der Krug geht so lange zu Wasser, bis er zerbricht! das Ding wird noch einen traurigen Ausgang haben!« –

Ich merkte nun wohl, daß er etwas von mir mußte erfahren haben; erkundigte mich also bey ihm, ob Jemand nach mir gefragt hätte. »Heute, sagt' er, Niemand; aber gestern kam ein artiges Mädchen zur Thür herein, unterhielt sich lange mit mir, und ermüdete mich ganz, indem es immer die Rede auf dich brachte. Endlich sagt' es, du habest einen schlimmen Streich gemacht, und du würdest gewiß die Sklavenstrafe ausstehen müssen, wenn der beleidigte Theil in seiner Klage beharrte.«

Diese Nachricht gefiel mir gar nicht, und ich fieng wieder an, mich mit der Frau Fortuna zu zanken. Kaum hatt' ich angefangen, so kam Chrysis dazu, und fiel mir um den Nacken, als wenn sie mich aus lauter Liebe zu tod drücken wollte. »Nun hab' ich dich! sagte sie, wie ich dich wünschte! du mein Verlangen! du meine Wollust! Nie wirst du dieses Feuer auslöschen können, als mit deinen letzten Blutstropfen!«

Die Hitze dieses Mädchens verwirrte mich, ich bediente mich der Schmeicheleyen, um es wieder los zu werden. Ich befürchtete sogar, Eumolp möchte die hefftigen Ausrufungen der Liebe hören; und das Glück hatt' ihm die Miene eines Herrn gegeben. Ich wandt' daher alle Mühe an, um die Chrysis zu besänftigen. Ich machte den Verliebten, und sagt' ihr lauter süsse Wörtchen, so daß sie endlich glaubte, ich sey es wirklich. Darauf mahlt' ich ihr die Gefahr vor, in welcher wir beyde wären, wenn man uns beysammen erwischte und daß Eumolp deswegen toben und rasen würde. So bald sie das gehört hatte, verließ sie mich, und desto geschwinder, weil sie den Giton kommen sah, welcher kurz vorher weggieng, ehe sie herein trat.

Kaum war sie hinaus, so kam einer von den neuen Sklaven des Eumolp in aller Eile herbeygelaufen, und schwur hoch und theuer, daß der Herr sehr zornig auf mich sey, weil ich ihm seit zweenen Tagen nicht aufgewartet habe. Ich würde daher sehr wohl thun, wenn ich mich auf eine gute Ausflucht besönne; denn sein Zorn sey so hefftig, daß es ohne Prügel nicht vorbey gehen würde.

Ich sah den Giton so niedergeschlagen an, daß er sich nicht unterstand, mich wegen des Mädchens zu befragen. Er rieth mir, was den Eumolp beträfe, mehr mit ihm zu scherzen, als ernsthafft zu handeln; welches ich denn auch that.

Er empfieng mich sehr freundlich, und scherzte mit mir darüber, daß mir Venus so gnädig sey, und lobte meine Gestalt und meine Reize, und versicherte mich, daß alle Damen nach mir sähen. »O! sagt' er, ich weiß sehr wohl, daß du von der schönsten in der ganzen Stadt geliebt wirst! Lieber Enkolp, das kann uns noch einmahl zu etwas nützen! Spiele du nur die Rolle eines Liebhabers gut, meine angefangene will ich schon fortspielen!« –

Er hatte noch nicht ausgeredt, so trat eine von den frömmsten vornehmen Damen herein, mit Namen *Philumena*, welche offt in ihrer Jugend mit der frischen Blüthe ihres Alters Erbschafften heraus gelockt hatte, und nun, da die Blüthe längst verschwunden war, ihren Sohn und ihre Tochter den verwaisten Alten aufdrang, um ihre Kunst durch ihre Nachkömmlinge ausüben zu lassen.

Sie kam also auch zum Eumolp, empfahl ihre Kinder seiner Klugheit, und vertraute seiner Gütigkeit sich und alle ihre Hoffnungen. Er sey der einzige auf dem ganzen Erdenkreise, welcher mit heilsamen Lehren die Jugend täglich unterrichten könne. Kurz! sie hinterließ ihre Kinder im Hauße des Eumolp, damit sie ihn nur möchten reden hören; das sey die beste Erbschafft, die man der Jugend geben könne. Wie gesagt, so gethan. Sie hinterließ die schönste Tochter mit ihrem sehr schönen Brüderchen in dem Schlafzimmer, und gab vor, in den Tempel zu gehen, um ein Gelübde für sein Wohlseyn zu thun.

Eumolp, welcher so mässig war, daß auch ich ihm noch Knabe zu seyn schien, verschob nicht, das Mädchen zu Lesbischen Geheimnissen einzuladen. Aber er hatte sich für einen Podagristen, und Lendenlahmen ausgegeben, und wenn er nicht die ganze Verstellung beybehielt, so mußt' er befürchten, daß die ganze Komödie ihr Ende erreichen könnte. Damit also das nicht geschehen möchte, bat er das Mädchen, auf seiner Gütigkeit zu sitzen. Seinem Sklaven *Korax* aber befahl er, daß er unter das Bett, worinn er lag, knien sollte, die Hände auf die Erde, und den Hintern an's Bett. Er gehorchte, und machte die Kunst des Mädchens von oben unterm Bette nach. Wie das Ding zu seinem Ausbruch kommen wollte, so rief Eumolp mit heller Stimme: »Korax geschwinder! noch einmahl so geschwind!« Der Alte lag so artig zwischen seiner Freundin und seinem Sklaven, daß man es für ein Spiel gehalten hätte, wenn es Kinder gewesen wären.

Eumolp fieng das Spiel noch einmahl von vorne an, wie es vorbey war, und lachte aus Leibeskrafften, so, wie wir alle. Ich selbst, damit ich nichts verlernen möchte, gieng zu dem Brüderchen der Schwester, welcher sie durch den Spalt, wie eine lebendige Maschiene betrachtete, und versuchte, ob etwas mit ihm anzufangen sey. Dieser war gleich bereitwillig und in seiner Kunst vollkommen; aber auch bey ihm verfolgte mich meine feindseelige Gottheit.

Doch schmerzte mich diese Ohnmacht nicht so sehr, als die vorigen, denn kurz darauf erhielt ich meine Nerven wieder, und empfand mich plötzlich in meinem alten gesunden Zustande. »Ihr grossen Götter im Himmel, rief ich aus, habt mich wieder ganz gemacht! du Merkur der du die Geister in die Hölle führst, und wieder auf diese Oberwelt zurücke bringest, hast mir wiedergegeben, was mir eine feindseelige Hand geraubt hatte! – Wisse Eumolp, daß ich mehr sey, als *Protesilas* und irgend ein Held des Alterthums!«

Wie ich dieses gesagt hatte, hob ich den Rock auf, und zeigte mich in meiner ganzen Stärke dem Eumolp. Er erstaunte darüber, und damit er sich gänzlich von der Wirklichkeit davon überzeugen möge, befühlt' er das Geschenk der Götter mit beyden Händen.

Diese unaussprechliche Wohlthat gab mir meine vorige Freude wieder. Wir lachten über die List der Philumene und die Geschicklichkeit ihrer Kinder, und bedaureten, daß wir ihnen nichts nützen würden; denn um zu erben hatte sie Mädchen und Knaben in unsere Hände geliefert.

Diese Art, verwaiste Alten zu fangen, gab mir Gelegenheit, über unsere Lage Betrachtungen anzustellen. Ich rieth dem Eumolp, auf seiner Huth zu seyn, indem wir leicht könnten gefangen werden. »Bey allen unsern Handlungen, sagt' ich, müssen wir sehr klüglich zu Werke gehen. Sokrates, der weiseste Sterbliche, nach dem Urtheile der Menschen und Götter, pflegte sich zu rühmen, daß er weder ein Wirthshauß, noch eine unruhige Menge Volkes seines Anblickes gewürdiget habe. Nichts ist behaglicher, als wenn man immer nach den Regeln der Weisheit handelt. Alles das ist wahr. Keine Art von Menschen geräth aber ehr in's Unglück, als welche ihres Nächsten Gut begehren. Woher aber sollten die Herumstreicher, woher die Spitzbuben nehmen, wovon sie leben könnten, wenn sie nicht Beutelchen oder Säckchen, die von Erzte, wie von Golde klingen, wie Hamen unter das Volk aushiengen? Wie die stummen Thiere vom Köder gefangen werden, so würden die Menschen auch nicht durch die Hoffnung allein gefangen, wenn sie nicht etwas zu beissen vor sich sähen.

Weswegen haben uns die Crotoniaten bis iezt so prächtig aufgenommen? Sie erwarteten das Schiff aus Afrika, wie du versprochen hattest, mit deinem Gelde und mit deiner Familie. Aber es kömmt nicht. Schon sind sie erschöpft und ihre Freygebigkeit vermindert sich. Das Glück, wo ich mich nicht irre, wird uns nun bald wieder für die empfangene Wohlthaten büssen lassen!« –

»Ich habe, sagte Eumolp, eine Art von Mittel ausgedacht, wie wir unsere Erschleicher hintergehen können;« und zugleich zog er sein Testament aus der Tasche und las folgendes daraus her.

»Alle, welche in meinem Testamente Vermächtnisse erhalten, ausser meinen Freygelassenen, empfangen sie mit dieser Bedingung: daß sie meinen Leib in Theile zerschneiden und vor dem Volk' aufessen. Sie dürfen sich deswegen nicht so sehr entsetzen; denn es giebt gewisse Völker, welche das Gesetz haben, daß sie ihre Verwanden nach ihrem Tode aufessen müssen; sogar zanken sich diese mit den Kranken, daß sie so lange zubringen und dadurch ihr Fleisch verschlimmern. Ich bitte meine Freunde, daß sie sich dessen nicht weigern. Mit eben denen Empfindungen, mit welchen sie für meinen Geist bitten, mögen sie auch meinen Leib verzehren.« –

Kaum hatt' er dieses hergelesen, so traten einige von den Vertrautesten des Eumolp in sein Schlafzimmer, und wie sie sein Testament in seinen Händen erblickten, so baten sie ihn innständig, daß er ihnen was daraus vorlesen möchte. Gleich erfüllt' er ihren Willen und las es ihnen vom Anfange bis zu Ende.

So bald sie die Bedingung gehört hatten, waren sie sehr traurig; aber der grosse Ruf, in welchem Eumolp stand, verblendete ihre Augen und Seelen; und sie waren so demüthig in seiner Gegenwart, daß sich keiner unter ihnen unterstand, sich darüber zu beklagen. Aber einer davon, mit Namen *Gorgias,* war bereit, alles zu erfüllen, wenn er nur nicht länger warten dürfe. Eumolp antwortete ihm: »Ich befürchte nicht, daß sich dein Magen davor ekeln werde. Er wird dir gehorchen, wenn du ihm für eine Stunde Ekel so viele Güter versprichst. Mache nur die Augen auf, und stelle dir vor, nicht einen Leichnam, sondern hundert tausend Thaler zu sehen! dazu kömmt noch, daß ihr allerley Gewürze habt, mit welchen ihr den Geschmack verändern könnet. Keine Art von Fleisch schmeckt für sich gut, sondern es muß durch eine Kunst verwandelt und dem ekelhaften Magen gefällig gemacht werden. Mit vielen Beyspielen kann ich euch das beweisen.

Die *Saguntiner,* wie sie von Hannibal belagert wurden, assen Menschenfleisch, und erwarteten keine Erbschafft. Die *Perusier* thaten eben das in der größten Hungersnoth; und alles, was sie zu dieser Speise antrieb, war der Hunger. Wie *Numantia* vom Scipio eingenommen wurde, so fand man Mütter, welche ihre halbaufgegessenen Kinder noch im Schoose hatten. Uebrigens da nur die Einbildung uns einen Ekel dabey verursacht, so überwindet euch damit, daß ihr nur die ungeheuren Vermächtnisse denkt, welche ihr von mir empfanget!« –

Eumolp trug diese abscheulichen Neuigkeiten mit so wenig Ordnung vor, daß die Erschleicher anfiengen, ein Mißtrauen in ihn zu setzen. Sie untersuchten gleich alle unsere Reden und Handlungen genauer; ihr Verdacht wurde vergrössert und sie hielten uns nun für nichts anders, als für Herumstreicher und Spitzbuben. Dazu kam noch, daß uns einige Fremden daselbst erkannt hatten. Sie beschlossen also alle einmüthiglich, sich an uns, wegen ihres grossen Aufwandes zu rächen.

Chrysis, welche dieses alles erfuhr, erzählte mir es wieder. Wie ich es hörte, so erschrack ich so hefftig darüber, daß ich den Augenblick mit ihr und dem Giton davon flohe, und den Eumolp seinem feindlichen Schicksal' überließ.

Wenige Tage darauf erhielt ich die Nachricht, daß die *Crotoniaten,* unwillig darüber, daß sie den alten Spitzbuben so lange auf gemeinschafftliche Unkosten auf das prächtigste ernährt hatten, ihn wie *Massilienser* behandelt. Bey diesen war zu den Zeiten der Pestilenz der Gebrauch, daß einer von den Armen freywillig sich zum Opfer anbot, wenn sie ihn ein ganzes Jahr lang mit den ausgesuchtesten Speisen ernähren würden. Dieser wurde dann mit Eisenkraut bekränzt, mit heiligen Kleidern angethan und durch die ganze Stadt mit Verwünschungen geführt, daß auf ihn alles Unglück der Stadt fallen möchte; und darauf von einem Felsen gestürzt.

Ende des zweyten Bandes.

Erzählungen aus dem Biedermeier

Biedermeier - das klingt in heutigen Ohren nach langweiligem Spießertum, nach geschmacklosen rosa Teetässchen in Wohnzimmern, die aussehen wie Puppenstuben und in denen es irgendwie nach »Omma« riecht.

Zu Recht. Aber nicht nur.

Biedermeier ist auch die Zeit einer zarten Literatur der Flucht ins Idyll, des Rückzuges ins private Glück und der Tugenden. Die Menschen im Europa nach Napoleon hatten die Nase voll von großen neuen Ideen, das aufstrebende Bürgertum forderte und entwickelte eine eigene Kunst und Kultur für sich, die unabhängig von feudaler Großmannssucht bestehen sollte.

Georg Büchner Lenz **Karl Gutzkow** Wally, die Zweiflerin **Annette von Droste-Hülshoff** Die Judenbuche **Friedrich Hebbel** Matteo **Jeremias Gotthelf** Elsi, die seltsame Magd **Georg Weerth** Fragment eines Romans **Franz Grillparzer** Der arme Spielmann **Eduard Mörike** Mozart auf der Reise nach Prag **Berthold Auerbach** Der Viereckig oder die amerikanische Kiste

ISBN 978-3-8430-1884-5, 444 Seiten, 29,80 €

Erzählungen aus dem Biedermeier II

Annette von Droste-Hülshoff Ledwina **Franz Grillparzer** Das Kloster bei Sendomir **Friedrich Hebbel** Schnock **Eduard Mörike** Der Schatz **Georg Weerth** Leben und Taten des berühmten Ritters Schnapphahnski **Jeremias Gotthelf** Das Erdbeerimareili **Berthold Auerbach** Lucifer

ISBN 978-3-8430-1885-2, 440 Seiten, 29,80 €

Erzählungen aus dem Biedermeier III

Eduard Mörike Lucie Gelmeroth **Annette von Droste-Hülshoff** Westfälische Schilderungen **Annette von Droste-Hülshoff** Bei uns zulande auf dem Lande **Berthold Auerbach** Brosi und Moni **Jeremias Gotthelf** Die schwarze Spinne **Friedrich Hebbel** Anna **Friedrich Hebbel** Die Kuh **Jeremias Gotthelf** Barthli der Korber **Berthold Auerbach** Barfüßele

ISBN 978-3-8430-1886-9, 452 Seiten, 29,80 €